KNAUR

*Von Katja Maybach sind bereits folgende Titel im Knaur Taschenbuch Verlag erschienen:*
Eine Nacht im November
Irgendwann in Marrakesch
Melodie der Erinnerung
Die Stunde der Schwestern
Das Haus unter den Zypressen
Das Haus ihrer Kindheit
Die Nacht der Frauen

*Über die Autorin:*
Katja Maybach war bereits als Kind eine echte »Suchtleserin«, was beinahe automatisch zum eigenen Schreiben führte. Schon mit zwölf Jahren schrieb sie ihren ersten Roman und einige Kurzgeschichten. Doch sie hatte immer schon eine zweite Leidenschaft: die Mode. Und so gewann sie mit fünfzehn Jahren den Designerpreis einer großen deutschen Frauenzeitschrift für den Entwurf eines Abendkleides. Mit siebzehn ging sie nach Paris und wurde zuerst Model in einem Couture-Haus, später eine erfolgreiche Designerin.
Nach einer schweren Krankheit begann sie erfolgreich, Romane zu schreiben. Bereits ihr Debüt-Roman »Eine Nacht im November« war ein großer Erfolg und wurde in Frankreich ein Bestseller. Heute lebt die Autorin in München, sie hat zwei erwachsene Kinder.
Mehr über die Autorin auf ihrer Website: www.katja-maybach.de

Chr.

Katja Maybach

# Dem Himmel entgegen

Roman

KNAUR

**Besuchen Sie uns im Internet:**
**www.knaur.de**

Wenn Ihnen dieser Roman gefallen hat und Sie auf der Suche sind nach ähnlichen Büchern, schreiben Sie uns unter Angabe des Titels »Dem Himmel entgegen« an: frauen@droemer-knaur.de

FSC
www.fsc.org
MIX
Papier aus verantwortungsvollen Quellen
FSC® C083411

Originalausgabe Mai 2016
Knaur Taschenbuch

Ein Imprint der Verlagsgruppe
Droemer Knaur GmbH & Co. KG, München

Redaktion: Ulrika Rinke
Umschlaggestaltung: Mediabureau Di Stefano, Berlin
Satz: Wilhelm Vornehm, München
Druck und Bindung: CPI books GmbH, Leck
ISBN 978-3-426-51793-2

2 4 5 3

# *Eins*

## Heloise/Nancy

*Juli 1963*

Bis zu ihrem Lebensende würde sich Heloise die Schuld an dem geben, was damals passiert war. Und das Schlimmste daran war, dass mit jedem Jahr des Schweigens nichts besser wurde, im Gegenteil. Eine Verjährung gab es nicht. Und doch schwieg sie.

Heute war der neunte Juli, ihr siebzigster Geburtstag – ein Tag, vor dem sie sich schon lange gefürchtet hatte. War sie nun endgültig eine alte Frau?

Am Morgen rief Emmanuelle und später auch Isabelle an. Beide Töchter hatten ihrer Mutter gratuliert und gefragt, ob ihre Geschenke angekommen seien.

»Ja, ja … ich habe mich sehr gefreut«, hatte Heloise bestätigt. Emmanuelle hatte ihr eine Perlenkette eines berühmten Pariser Juweliers geschickt und Isabelle ein großes Kaschmirtuch aus der Bond Street in London. Nun stand Heloise unentschlossen am Fenster ihres Elternhauses, in das sie vor neun Jahren zurückgekehrt war. Jahrelang war es unbewohnt gewesen. Ein schmales dreistöckiges Haus in einer Reihe anderer schmaler dreistöckiger Häuser, die einen runden, sandigen Platz umschlossen, auf den Heloise jetzt hinuntersah. Er war umgeben von alten, hohen Pappeln, deren Blätter in der heißen Sonne leicht zitterten und silbrig glänzten. Dunkelgrüne Bänke standen in loser Reihe um den Sandplatz herum. Eine davon hatte ihr Vater im Jahr 1899 gestiftet, zu Ehren des Klosters der *Dames du Saint-Sacrement*, dessen Äbtissin seine Schwester gewesen war, das Zeichen seiner tiefen Wertschätzung für sie.

Es war früher Nachmittag, und Heloise sah nachdenklich auf die paar alten Leute hinunter, die dort saßen, ihre Zeitung lasen oder einem Hund zusahen, der von Baum zu Baum trottete, um ihn zu beschnüffeln. Auf der letzten Bank, ein wenig abseits, saß eine junge Frau, die leise sang und im Rhythmus ihres Liedes einen hohen Kinderwagen hin und her schob.

Heloise erinnerte sich, dass sie bereits hier gestanden hatte, bevor sie in die Schule kam. Damals schon hatte sie ihr Elternhaus geliebt, so wie sie es immer noch tat, auch wenn die Fenster undicht waren und die alten Holzböden bei jedem Schritt knarrten. Trotzdem wollte sie nirgendwo anders leben als hier. Das Haus war vollgestopft mit Erinnerungen, mit Dingen, die Beständigkeit symbolisierten. Mehrere alte Bilder, einige Teile Meißner Porzellan im Glasschrank des Speisezimmers. Das Ölgemälde von der Place Stanislas in Nancy, gemalt von einem unbekannten Maler im Jahr 1789, das in ihrem Schlafzimmer hing – ein Bild, das einen Bogen spannte über drei Generationen der Familie Lambert. Das Haus war ihre Zuflucht geworden, ein Schutzwall vor der Realität, der sie sich nicht stellen konnte. Heloise fühlte sich sicher hier. Fast so, als könne man ihr in diesem Haus nichts anhaben, als gelte hier nur die positive Vergangenheit, hinter dem die Ereignisse der Jahre 1932 und 1933 verblassten. Heloise öffnete das Fenster und beugte sich weit hinaus, so weit, dass sie bis zum Kloster der *Dames du Saint-Sacrement* sehen konnte. Viele Kindheitserinnerungen verbanden sich mit dem Kloster und ihrer Tante, der Äbtissin. Dort hatte sie

Stunden in der geheimnisvollen Stille des alten Gemäuers verbracht, im schummrigen Halbdunkel der langen, gebohnerten Gänge, hatte die Gesänge aus der Kapelle tief in sich eingesogen. Auch die Ruhe des Gartens zog sie an. Doch am schönsten war es in der Backstube gewesen. Ihre Tante hatte ihr erzählt, dass das Kloster die *Macarons* erfunden habe. Die Benediktinerinnen vom Heiligen Sakrament durften kein Fleisch essen, und um sich darüber hinwegzutrösten, backten sie die kleinen *Macarons*. Schließlich verkauften sie das Mandelgebäck mit so großem Erfolg, dass sie das Kloster vor dem Ruin bewahren konnten.

»Wann war das?«, hatte die kleine Heloise ehrfürchtig gefragt.

»Ende des achtzehnten Jahrhunderts, ungefähr um 1790«, hatte ihre Tante erklärt und noch hinzugefügt, dass Schwester *Marguerite Gaillot* und Schwester *Marie-Elisabeth Marlot* im ganzen Land für ihre Macarons berühmt gewesen seien.

Heloise hatte damals an eine aufregende Zukunft geglaubt, auch an die eigene Unsterblichkeit. Und doch war das Leben so schnell vorbeigegangen.

Siebzig, wiederholte sie in Gedanken. Siebzig. Wie viele Jahre blieben noch? War es das letzte Jahrzehnt ihres Lebens, das heute anbrach?

Heloise wandte sich mit einem schweren Seufzer vom Fenster ab und blieb vor ihrem Sekretär stehen, an dem sie Glückwunschkarten an flüchtige Bekannte schrieb oder Überweisungsformulare ausfüllte. Neben der Schreibunterlage stand ein Foto von ihrer Hochzeit mit Felix, der sogar an diesem Tag seine Pilotenuniform der damaligen »Luft Hansa« getragen hatte. In Berlin, am 14. September 1913. Ein Jahr, bevor der Erste Weltkrieg ausbrach.

Sie hatte glücklich zu ihrem Felix hochgelächelt. Er war ein schöner Mann gewesen, blond, groß.

»*Très allemand*«, hatte ihre Mutter missbilligend erklärt, als Felix damals nach Nancy kam, um bei ihren Eltern um die Hand von Heloise anzuhalten. Heloises Mutter hatte ihren Schwiegersohn nie leiden können. Für sie war jeder Deutsche ein Verbrecher, schon vor dem Ersten Weltkrieg und seit dem Zweiten erst recht. Dabei hatten Heloise und Felix Deutschland 1932 verlassen und waren erst drei Jahre nach Kriegsende zurückgekehrt.

Zart strich Heloise über das alte Foto in dem Silberrahmen.

Felix war der einzige Mensch, der die Wahrheit von damals kannte, sie mit ihr zusammen getragen hatte.

Bis zum 19. Oktober 1953.

An diesem Tag hatte Heloise in der Küche ihrer Münchner Wohnung gestanden und gebügelt. Neben sich einen Berg Wäsche, hörte sie Radio. Es wurde die zweite Sinfonie von Rachmaninov gespielt, das würde sie niemals vergessen.

Es klingelte an der Tür, und als sie öffnete, standen dort zwei Polizisten und wollten sie sprechen.

Auf der Autobahn Richtung Stuttgart habe es einen schweren Unfall gegeben, bei dem man ihren Mann nur noch tot aus dem Auto hatte bergen können. Es hatte lange gedauert, bis Heloise begriff, dass Felix tot war.

Ihr Mann war damals auf dem Weg nach Paris gewesen, um mit Emmanuelle zu sprechen. Es sei Zeit, ihr die Wahrheit zu sagen.

»Zuerst fahre ich allein zu ihr«, hatte er zu Heloise gesagt, »ich glaube, das ist besser so.«

Nach seinem plötzlichen Tod hatte Isabelle alle Formalitäten erledigt, obwohl sie damals gerade erst zwanzig Jahre alt war. Heloise selbst war dazu nicht in der Lage gewesen. Der Unfall hatte Aufsehen erregt, und plötzlich erschienen in der Boulevardpresse Artikel über ihren Mann.

**Eine Legende der Luftfahrt stirbt bei einem Autounfall.**

Felix Lambert ist tot.

Der berühmte Pilot der ehemaligen deutschen Luft Hansa kam am Morgen des 19. Oktober 1953 auf der A8 kurz vor Karlsruhe ums Leben.

Auf der nassen Straße verlor er die Kontrolle über sein Fahrzeug, der Wagen kam von der Fahrbahn ab und überschlug sich mehrfach. Felix Lambert war sofort tot.

Im Jahr 1926 absolvierte Lambert erste Nachtflüge in einer Junkers G 24. Er saß bei den allerersten Flügen Berlin–Moskau im Cockpit. Seit er von Berlin aus in einer Junkers W 33 nach Sibirien geflogen war und kurz danach einen Langstreckenflug nach Tokio absolviert hatte, galt Felix Lambert als Held – ein Pionier der Luftfahrt.

Eine Frankfurter Zeitung, die ihrem Mann ebenfalls einen Nachruf widmete, schrieb:

**Tod eines Helden**

Der Held stürzte vom Himmel, als im Jahr 1932 bekannt wurde, dass er sich ganz offen gegen die NSDAP aussprach, vor allem gegen Adolf Hitler. Er wurde entlassen, da die damalige Deutsche Luft Hansa mit der Partei eng verbunden war. Die Fluggesellschaft hielt stets eine Maschine für Adolf Hitler und seinen Propagandachef Joseph Goebbels bereit, für ihren rastlosen Wahlkampf quer durch Deutschland.

Die Zeitungsberichte stießen auf großes Interesse. Nachbarn sprachen sie auf der Straße an, sie hätten gar nicht gewusst, dass ihr Mann so berühmt gewesen sei. Heloise hatte damals trotz ihrer Trauer auch Genugtuung und tiefe Freude empfunden, dass Felix durch diese Artikel posthum geehrt wurde.

Es war stickig im Haus, Heloise rang nach Luft, daher entschloss sie sich, in ihre Confiserie zu gehen und sich Macarons zu kaufen, schließlich hatte sie heute Geburtstag. Eine kleine Flasche Champagner hatte sie im Kühlschrank bereitgestellt. Sie würde sich einen Geburtstagstisch richten, die Macarons auf einer Etagere arrangieren, die Geschenke unter die Vase mit den weißen Lilien legen.

Kurze Zeit später überquerte Heloise auf ihrem Rückweg die Place Stanislas, in der Hand eine große Tüte, gefüllt mit dem Gebäck in sämtlichen Geschmacksrichtungen. Sie würde sich einen schönen Abend machen, ganz allein. Isabelle und Emmanuelle hatte sie erklärt, sie gebe eine kleine Party. Sie sollten kein schlechtes Gewissen haben.

Emmanuelle, die als erfolgreiche Designerin in Paris ihr eigenes Couture-Haus hatte, bereitete wie immer um diese Zeit ihre Haute-Couture-Präsentation für den Herbst vor. Sie konnte nicht weg, Heloise verstand das. Und Isabelle war als Flugbegleiterin bei der Lufthansa stets unterwegs; heute früh hatte sie noch aus Hamburg angerufen, kurz vor dem Abflug nach London. Flugbegleiterin war ein begehrter Beruf, den nur attraktive, unverheiratete Mädchen aus guten

Familien ergreifen konnten. Sie mussten gebildet sein, mehrere Sprachen beherrschen. Von vielen beneidet, standen sie im Mittelpunkt des öffentlichen Interesses, weil sie scheinbar ein glamouröses, aufregendes Leben führten. Doch Heloise wusste, dass ihre Tochter nur Stewardess geworden war, um fliegen zu können – das war ihre große Leidenschaft.

Die Hitze erschöpfte Heloise, so setzte sie sich auf eine Bank mit Blick auf die Basilika und die Cafés mit ihren Markisen und den vielen Touristen, die sich trotz der Hitze auf dem Platz aufhielten.

»Darf ich, Madame?« Ein älterer Mann stellte ihr die höfliche Frage, und als Heloise knapp nickte, setzte er sich neben sie auf die Bank. Heloise richtete sich kerzengerade auf.

»Heiß ist es heute«, wandte der Mann sich an sie. Heloise nickte stumm und musterte ihn aus den Augenwinkeln. Er trug einen hellen Leinenanzug und einen Strohhut, den er ein wenig zurückgeschoben hatte. Sein Gesicht besaß eine gesunde Farbe, und der weiße Schnurrbart stand ihm gut.

Aber sie fühlte sich gehemmt und unsicher. Sie war nicht frisiert, und das grüne Seidenkleid aus Emmanuelles letzter Kollektion hatte unter den Armen Schweißränder bekommen, als sie durch die Hitze quer über die Place gelaufen war. Und im Sonnenlicht sah dieser Mann sicher auch ihre vielen grauen Haare und die Falten in ihrem Gesicht.

Unauffällig rückte sie ein Stück von ihm ab. Die Tragetüte mit den Macarons stand zwischen ihnen.

»Madame, verzeihen Sie, wenn ich so direkt bin, ich will Sie nicht bedrängen, aber darf ich Sie zu einem Kaffee einladen?«

Heloise erstarrte. Wann war ihr das zum letzten Mal passiert? Sie war es nicht mehr gewohnt, von einem Mann angesprochen zu werden.

»Ich … ich muss gehen.« Fluchtartig erhob sie sich und lief davon. Erst als sie den Platz verließ, drehte sie sich wieder um. Der Mann war ebenfalls gegangen. Heloise fühlte Bedauern und Scham. Warum hatte sie sich so dumm benommen? Warum war sie nicht auf diese nette Einladung eingegangen? Es wäre eine Chance gewesen, sich an ihrem Geburtstag mit jemandem zu unterhalten, ein wenig zu lachen, nicht so furchtbar einsam zu sein.

# *Zwei*

## Emmanuelle/Paris

Ich gehe dann.«

»Ist gut, Chloé, war ein langer Tag.« Emmanuelle trank den letzten Schluck ihres café noir und schob die vielen Skizzen und Entwürfe zur Seite, mit denen ihr Zeichentisch überhäuft war. »Wir haben harte Tage hinter uns, nicht wahr?«

»Ja, haben wir«, bestätigte Chloé. Sie war seit über zwanzig Jahren Emmanuelles wichtigste Mitarbeiterin. Mit ihr zusammen hatte Emmanuelle ihr Modehaus im Jahr 1943 hier in der Rue Saint-Honoré eröffnet. Erschöpft und schwach vor Hunger hatten sie zuvor nächtelang in ihrer kleinen Wohnung die erste Kollektion fertiggestellt. Chloé saß an der alten Nähmaschine und nähte die Kleider, die Emmanuelle entworfen und zugeschnitten hatte. Die Stoffe stammten vom Schwarzmarkt, oder sie arbeiteten alte Uniformen zu Kostümen um. Langsam, Schritt für Schritt, hatte Chloé mit Emmanuelle die Leiter des Erfolges erklommen.

»Paula will morgen mit dir die Akkreditierungen für die Modenschau durchgehen, hast du Zeit?«, wollte Chloé wissen.

»Natürlich. Ist *Vogue* auch dabei?«

»Selbstverständlich, Emmanuelle, wieso denn nicht?«

»Ach, ich weiß nicht, Chloé. Wir sind nur ein kleines Couture-Haus, und manchmal denke ich, ich schaffe das nicht mehr.«

»Unsinn«, wehrte Chloé lächelnd ab. »Das glaubst du jedes Mal.«

»Du hast ja recht. Vielleicht bin ich einfach nur müde«, seufzte Emmanuelle. »Gestern übrigens ist meine Mutter siebzig geworden. Als ich sie anrief, war sie seltsam am Telefon, aufgedreht und irgendwie unnatürlich.«

»Was meinst du damit?«, fragte Chloé.

»Ich weiß nicht. Ich vermute fast, die Zahl siebzig macht ihr sehr zu schaffen. Sie hatte schon immer Angst vor dem Älterwerden.«

»Deine Mutter muss sich doch keine Sorgen machen. Sie ist immer noch eine sehr attraktive Frau und sieht viel jünger aus. Wie hat sie denn gefeiert?«

Emmanuelle zuckte mit den Schultern. »Sie hat gesagt, sie gebe eine Party, aber ...«

»Aber was?«

»Ich glaube, es stimmt nicht. Ich vermute, dass sie sehr zurückgezogen lebt und einsam ist.«

»Das tut mir leid.« Chloé warf Emmanuelle einen raschen Blick zu. Sie wusste, dass vor Jahren zwischen Mutter und Tochter etwas vorgefallen war, über das Emmanuelle nicht redete. Auch nicht mit ihr, der besten Freundin. »Wie geht es deiner Schwester?«, wechselte Chloé deshalb das Thema.

»Mal so, mal so. Isabelle ist Chefstewardess, aber sie ist bereits dreißig Jahre alt.«

»Na und? Die Altersgrenze liegt doch bei vierzig«, wandte Chloé ein.

»Das schon, aber die meisten heiraten bereits, bevor sie dreißig sind«, erklärte Emmanuelle, »und Isabelle behauptet, am Schluss bliebe ihr nur noch der Posten der Checkstewardess.«

»Was ist das denn?«

»Das sind die ehemaligen Flugbegleiterinnen, die unangemeldet kommen, um die anderen Stewardessen zu überprüfen. Die Frisur, das Make-up, das Kostüm.«

»Das ist nichts für deine Schwester«, entgegnete Chloé sofort.

»Das will sie auch nicht. Aber im Moment weiß sie nicht weiter. Sie ist sehr unzufrieden und es fällt ihr schwer, die unzähligen Vorschriften zu befolgen«, erzählte Emmanuelle. »Einmal musste sie sogar schon nach Frankfurt zum Rapport bei dem gefürchteten Fräulein Tautz. Nur weil ihre Fingernägel nicht vorschriftsmäßig farblos lackiert und zu lang waren.«

Chloé schüttelte ungläubig den Kopf. »Das wusste ich gar nicht, das hast du mir nicht erzählt.«

»Ja, ich denke, es gibt einige Gründe, warum sie nicht glücklich ist, aber darüber spricht sie nicht«, antwortete Emmanuelle, während sie sich erhob, zum Fenster ging und es weit öffnete. »Schau dir nur diesen Stau da unten an, und dazu dieser Krach. Dabei sind die meisten Pariser jetzt schon am Meer.«

Emmanuelles Arbeitszimmer lag im ersten Stock ihres Couture-Hauses, und von unten drangen Hupen, Rufe und gereizte Stimmen zu ihnen herauf.

»Um diese Zeit am Nachmittag ist es besonders schlimm«, stimmte Chloé zu. »Also, Emmanuelle, ich gehe jetzt besser, bis später. Und falls du mit Isabelle telefonierst, sage ihr liebe Grüße von mir.«

»Ja, Chloé, das mache ich, also bis dann. Salut.«

Chloé nickte ihr noch zu und verließ den Raum.

Emmanuelle horchte ihren schnellen Schritten auf der Wendeltreppe nach, bis unten die Eingangstür zufiel. Sie beobachtete Chloé, die sich zwischen einem kleinen schwarzen Lieferwagen des Modehauses Jeanne Lanvin und anderen parkenden Autos hindurchschlängelte. Chloé war eine extravagante Frau, nach der sich die Leute interessiert umsahen. Ihre kurzen Haare waren weiß gefärbt, und die Lippen schminkte sie sich stets in einem dunklen Rot, das einen auffallenden Kontrast zu den Haaren ergab. Heute trug Chloé eine weite schwarze Hose, dazu eine Bluse mit einem auffallend geschnittenen Kragen. Emmanuelle sah ihr noch nach, bis sie um die Ecke zur Place Vendôme einbog. Als sie das Fenster schließen wollte, fiel ihr Blick zufällig auf die kleine Tagesbar *»Elise«* gegenüber, in der sie am Morgen meist ihren ersten café noir trank und hastig am Tresen ein Croissant verschlang.

Drei Tische standen vor der Bar auf dem Gehsteig, zwei waren von Japanern besetzt, die ihre Kameras vors Gesicht hielten und knipsten. Ein wenig abseits davon saß ein Mann, die langen Beine ausgestreckt und lässig übereinandergeschlagen. Emmanuelle wollte sich bereits wieder abwenden, als ihr Blick an ihm hängenblieb. Er war nicht mehr jung, er musste Anfang fünfzig sein, und er trug die Uniform eines Piloten der Deutschen Lufthansa. Trotz dieser Hitze hatte er seine Jacke korrekt geknöpft. In dem Moment, als Emmanuelle ihn ansah, nahm er seine Mütze ab und fuhr sich mit einer ungeduldigen Bewegung durch die blonden Haare.

Emmanuelle bewegte sich nicht, ihr Atem ging flach, und sie konnte nicht anders, als zu diesem Mann hinunterzustarren. Konnte es einen solchen Zufall geben? Nach so vielen Jahren?

Sie musste sich täuschen, es gab viele Piloten der Lufthansa. Wieso sollte ausgerechnet Julian David Kröger hier in der Rue Saint-Honoré in einer Bar sitzen? Er, der vor dreißig Jahren spurlos verschwunden war, als habe der Boden sich unter ihm aufgetan und ihn verschluckt.

»Ich liebe dich, ich werde dich immer lieben«, hatte er zu Emmanuelle gesagt, an jenem Nachmittag, als sie in dem breiten Bett in seiner Berliner Wohnung lagen, die er sich mit zwei anderen Piloten teilte. Zärtlich hatte er ihr die Haare aus dem Gesicht gestrichen. »Ich werde immer für dich da sein, wann immer du mich brauchst, solange ich lebe.«

Eigentlich hatte sie ihm noch etwas sagen wollen, doch da hatte einer der Mitbewohner diskret an die Tür geklopft und Julian daran erinnert, dass er sich beeilen müsse. Ob er seinen Flugplan vergessen habe?

Nicht daran denken, nicht an die Tage des Verliebtseins, an die leidenschaftlichen Nächte, auch nicht an das, was danach kam. Nicht an ihre Verhaftung im November 1932, auch nicht …

Ende Januar 1933 war sie noch einmal in der elterlichen Wohnung gewesen, einsam, verzweifelt. Sie wollte noch einige Sachen holen, da ihre Eltern Berlin bereits verlassen hatten und längst in Buenos Aires angekommen waren. Sie hatte sich in ihrem alten Zuhause umgesehen, das ab dem 1. Februar von einer anderen Familie bewohnt werden sollte. Von der Decke im Wohnraum hing noch der Adventskranz, auf dem Parkettboden darunter lag ein kleiner Kreis vertrockneter Tannennadeln. Es hatte kein Weihnachten mehr gegeben wie die Jahre zuvor, kein »Stille Nacht« am Klavier, keine Geschenke, keine Mitternachtsmesse.

An diesem Abend des 30. Januar hatte sie am Fenster gestanden und zum Reichstag hinübergesehen.

»Heil! Heil!« Es klang wie ein einziger Schrei.

»Zehntausende jubeln dem neuen Reichskanzler Adolf Hitler zu …«

Wie betäubt hatte sie der Stimme im Radio gelauscht, die aus der Nachbarwohnung zu ihr herüberschallte.

»Über fünfzehntausend Angehörige der SA formieren sich mit Fackeln zu einem Hakenkreuz, sie …« Der Sprecher hatte sich wie der Kommentator eines Fußballspiels angehört. Was er sonst noch sagte, glitt an Emmanuelle vorbei, während sie ihr Gesicht gegen die kalte Scheibe des Fensters presste. Sie spürte nur diese Leere, diese Dunkelheit in sich.

Sie erinnerte sich nur noch an die paar Schneeflocken, die gegen die Fensterscheibe wirbelten, dann an nichts mehr. Emmanuelle war damals ohnmächtig geworden und zu Boden geglitten. Ihre Begleiterin aus dem Heim der Frau von Denk hatte sie gefunden. Sie habe etwas gestammelt, einen Namen: Julian oder etwas Ähnliches.

Emmanuelle bewegte sich nicht, sie starrte weiterhin zu dem Mann hinüber, der sich erhob und seinen Kaffee noch rasch im Stehen austrank. Das war schon früher eine Angewohnheit von ihm gewesen. Er setzte seine Pilotenmütze wieder auf, grüßte zu den Japanern am anderen Tisch hinüber und ging. Emmanuelle nahm aus dem Augenwinkel wahr, dass der Fahrer des Jeanne-Lanvin-Lieferwagens zurückkam, einstieg und sich in den stockenden und hupenden Verkehr in der engen Straße einfädelte. Damit nahm er Emmanuelle schließlich die Sicht auf den Mann. Dann war der Pilot verschwunden.

Eine schreckliche, eine würgende Traurigkeit überfiel Emmanuelle. Langsam ließ sie sich auf ihren Stuhl fallen und verbarg ihr Gesicht in den Händen. Nicht mehr daran denken, nicht den Schmerz zulassen, den sie damals empfunden hatte. Aber sie konnte sich nicht dagegen wehren, die Erinnerung an ihre Zeit mit Julian kam zurück. Glasklar und entsetzlich schmerzhaft.

# *Drei*

## Isabelle/Hamburg

*August 1963*

Das Flugzeug aus Stockholm landete um kurz nach acht Uhr in Hamburg Fuhlsbüttel. Isabelle bedankte sich bei den Passagieren, dass sie mit Lufthansa geflogen waren, und wünschte ihnen einen schönen Abend in Hamburg. »Endlich«, seufzte sie, als alle Passagiere den Flieger verlassen hatten, »ich kann kaum mehr laufen.« Sie schlüpfte aus ihren hohen Schuhen und nahm ein paar flache Schuhe aus ihrer großen Tasche.

»Was machen Sie während Ihrer dreitätigen Ruhepause?«, fragte ihre Kollegin Maria, während Isabelle in ihre Ballerinas schlüpfte.

»Ausruhen, die Tour war doch sehr anstrengend. Vielleicht fliege ich auch schnell zu meiner Schwester nach Paris, das mache ich, sooft ich kann«, antwortete Isabelle, während sie gemeinsam die Gangway hinuntergingen und das Rollfeld überquerten.

»Und gehen Sie zu der Abschiedsparty von Walter Herrmann?«, wollte Maria wissen.

Isabelle nickte. »Ja, aber nur kurz. Ich laufe schnell nach Hause, um mich umzuziehen, auch wenn es dann spät wird.«

Vor der Ankunftshalle blieb sie stehen. Gerade war das letzte Flugzeug des Tages gelandet, eine Boeing 727, die vom Idlewild Airport New York kam.

Isabelle spürte das Prickeln in ihrem Körper, die Sehnsucht, im Cockpit einer solchen Maschine zu sitzen und sie zu steuern.

Warum konnte sie nicht Pilotin werden, warum musste sie sich mit dem Beruf einer Flugbegleiterin zufriedengeben? So viele Freiheiten sie auch genoss, vieles kam ihr wie Schikane vor: zum Rapport zitiert zu werden, nur weil die Fingernägel nicht den Vorschriften entsprachen, die ständigen Kontrollen, das ewige Lächeln, sich unterordnen zu müssen, nur um sowieso bald aussortiert zu werden.

»Isabelles Uhr tickt«, hatte sie neulich eine Kollegin flüstern hören. »Auch wenn sie Chefstewardess ist, sie wird nicht jünger.«

Isabelle passierte mit ihrer Kollegin den Zoll, winkte den Beamten zu und verabschiedete sich dann von Maria. Kurz blieb sie vor dem Flughafen stehen und sah in den Abendhimmel. Sie dachte an ihren Freund, den Piloten Bernd Schumann. Als sie ihm erzählte, dass sie den Flugschein auf einer Cessna 172 gemacht hatte, war seine ablehnende Reaktion für sie unverständlich und verletzend gewesen. Eine Frau habe im Cockpit nichts verloren, behauptete er. Frauen seien einfach zu emotional für den Pilotenberuf, der schnelles, überlegtes Handeln auch in Krisensituationen erfordere.

Ihre Schwester Emmanuelle hatte auf diese Nachricht ebenfalls nicht euphorisch reagiert, bei ihr jedoch überwog die Sorge um Isabelle. Aber war das nicht ein Mangel an Vertrauen in ihre Fähigkeiten? Ihre Mutter hatte sich kaum dazu geäußert, aber Isabelle glaubte, dass auch sie sich Sorgen um die Zukunft ihrer jüngsten Tochter machte.

Langsam machte sie sich auf den Weg zu ihrer Wohnung, die nur fünfzehn Minuten entfernt vom Flughafen lag.

*

»Du willst schon gehen? Du bist doch gerade erst gekommen, Kleines«, protestierte Walter, als sie sich im Gedränge der vielen Leute von ihm verabschieden wollte. Isabelle lächelte. Er war der Einzige, der sie Kleines nennen durfte, denn er war der Pilot gewesen, mit dem sie ihren ersten Flug als Stewardess geflogen war. Kurz nach dem Start gab es Turbulenzen, und ihr war so übel geworden, dass sie die gesamte Flugzeit von Hamburg nach München ausgestreckt auf leeren Sitzen in der ersten Klasse verbringen musste. Ein fürsorglicher Fluggast reichte ihr mehrere Tüten, da sie sich übergeben musste. Walter hatte sie hinterher getröstet und in den Arm genommen. »Ich kann diesen Beruf nicht ausüben«, hatte Isabelle verzweifelt an seiner Schulter geweint, »die ganze Ausbildung umsonst.« Walter hatte nur gelacht.

»Das wird schon, Kleines, du wirst sehen, du wirst eine erstklassige Stewardess werden.«

»Walter«, erklärte sie ihm jetzt, »ich bin völlig gerädert, sei mir bitte nicht böse.«

»Wann fliegst du wieder?«, wollte er wissen.

»In drei Tagen. London, dann Stockholm, Rom, Kopenhagen und zurück nach Hamburg.«

»Und mit wem?«

»Mit Bernd Schumann.« Isabelle versuchte, ihre Stimme möglichst neutral klingen zu lassen, denn Walter kniff ein wenig seine Augen zusammen und beobachtete sie scharf. Walter kannte vermutlich das Gerücht, sie habe seit einem halben Jahr eine heimliche Beziehung mit Bernd Schumann. Es war den Flugbegleiterinnen strengstens verboten, eine Affäre mit einem Piloten anzufangen.

»Ah, mit Bernd«, sagte Walter bedächtig und sah sie weiterhin prüfend an.

»Walter, was soll das? Wenn du mich etwas fragen willst, dann tu es einfach.«

Jetzt lachte er versöhnlich. »Nein, das geht mich ab sofort nichts mehr an. Adieu, Lufthansa. In ein paar Wochen gebe ich meine Wohnung hier auf, und ab geht's nach Sylt zu meiner Familie. Aber komm, ich stelle dir noch schnell einen sehr interessanten Mann vor, einen Freund von mir, der lange bei der Pan Am gewesen ist. Ein echter *skygod*«, betonte Walter mit einem kleinen Lachen.

*Skygods*, so nannte man die Piloten bei der amerikanischen Fluggesellschaft. »Ja, aber ich kann wirklich nicht lange bleiben.«

»Ist schon gut, ich bestelle dir dann auch ein Taxi, aber du musst ihn einfach kennenlernen.«

Walter nahm Isabelle am Arm und drängelte sich mit ihr durch seine Gäste, die in kleinen Gruppen zusammenstanden. Dann blieb er stehen und tippte einem Mann auf die Schulter, der sich sofort zu ihm umdrehte.

»Ich will dir jemanden vorstellen«, erklärte Walter. Dann wandte er sich an Isabelle.

»Isabelle, das ist mein alter Freund Julian David Kröger, und das ist Isabelle Lambert, die Tochter des legendären Felix Lambert – den hast du doch auch gekannt?«

»Ja, natürlich«, antwortete Julian und sah Isabelle fast erschrocken an. So kam es ihr vor. Julian war sehr groß, seine Schultern waren leicht nach vorne geneigt. Er hatte ein schmales Gesicht, dessen rechte Wange von einer tiefen Narbe gezeichnet war. Trotzdem war er ein attraktiver Mann. Das Auffallendste an ihm war das tiefe Blau seiner Augen, die jetzt forschend auf Isabelle gerichtet waren. »Na, was ist denn?«, fragte Walter. »Hat es euch beiden die Sprache verschlagen?«

Endlich gaben sie sich die Hand. Kurz und flüchtig berührten sie sich nur.

»Isabelle ist ein tolles Mädchen, sie hat den Flugschein auf einer Cessna 172 gemacht.«

»Ach ja?« Ihr Gegenüber hob interessiert die Augenbrauen.

»Entschuldigt mich«, bat Walter, »Isabelle, ich bin gleich wieder da, ich begleite dich nachher noch hinaus, also nicht weglaufen.« Schon war er weg. Julian griff nach einem Glas Rotwein, das ein Kellner den Gästen auf einem Tablett anbot, Isabelle lehnte ab.

»Meine Gratulation. Man trifft nicht häufig auf Frauen, die selbst eine Maschine steuern können.« Julian hatte eine dunkle, warme Stimme, die sicher jeden für ihn einnahm. »Aber haben Sie auch ein Flugzeug, um zu fliegen?«, fragte er lächelnd.

»Nein, natürlich nicht.« Isabelle schüttelte den Kopf. »Eigentlich wollte ich immer Pilotin werden«, erzählte sie. »Leider ist das für eine Frau offenbar unmöglich, überall stehe ich vor verschlossenen Türen.«

»Ich kann das auch nicht verstehen«, pflichtete Julian ihr bei. Einen kurzen Moment schwiegen sie, dann erzählte Julian: »Ich habe Ihren Vater gekannt.« Wieder traf sie der Blick aus diesen tiefblauen Augen. Er war so intensiv, dass Isabelle ihr Gesicht nicht abwenden konnte. »Das war in Berlin. Ihre Familie ging damals nach Argentinien, nicht wahr? Ich erinnere mich vage daran.«

Isabelle hatte das Gefühl, dass er sich sogar ganz genau erinnerte, während er sie weiterhin beobachtete.

»Ja, nach Buenos Aires. Dort bin ich auch geboren.«

»Es war ein großer Verlust für die Luftfahrt. Ihr Vater galt als Pionier, einer, der sein Leben für seinen Beruf einsetzte.

Wir haben ihn alle bewundert«, sagte Julian David Kröger. Isabelle aber hatte den Eindruck, etwas anderes schien ihn zu beschäftigen.

»Hat Ihre Familie Deutschland damals aus persönlichen Gründen verlassen?«, fuhr er fort, da Isabelle schwieg.

»Soviel ich weiß, ja«, antwortete sie vorsichtig, denn ihre Eltern hatten selten über diese Zeit, die noch vor ihrer eigenen Geburt lag, gesprochen. Irgendwann hatte ihre Mutter zwar erwähnt, die Luft Hansa habe ihren Mann hinausgeworfen, da er Gegner der NSDAP gewesen sei. Ihr Vater hatte das abgestritten. »Unsinn. Ich wurde entlassen, weil sich meine Sehkraft rapide verschlechtert hatte.«

»Ja, ja, das haben sie dann einfach behauptet«, hatte ihre Mutter nur gesagt.

Aber irgendwann, als sie noch in Argentinien lebten, hatte Isabelle ein Gespräch zwischen ihnen belauscht, in dem es um Emmanuelle ging, deren Handeln angeblich eine »Tragödie« ausgelöst hatte. Isabelle hätte gerne mehr erfahren, konnte aber schlecht zugeben, dass sie ihre Eltern belauscht hatte. Sie beschwichtigte sich damit, dass ihre Mutter Heloise schon immer einen Hang zur Dramatik gehabt hatte.

Jetzt lächelte Isabelle, da sie an ihre Mutter denken musste.

Um sie herum lockerte sich die Stimmung, es wurde gelacht, die Leute riefen sich laut Begrüßungen zu und drängten sich an ihnen vorbei.

»Und … Sie haben doch auch eine Schwester?« Endlich sprach er wieder. Isabelle bemerkte ein leichtes Zittern seiner Hand, als er sein Glas an die Lippen führte. »Lebt sie in Argentinien?«

Isabelle schüttelte den Kopf. »Nein, in Paris, sie ist inzwischen eine bekannte Modeschöpferin. Sie hat ihr Couture-

Haus noch während des Krieges aufgebaut, zusammen mit ihrem Mann und einer guten Freundin.«

»Ach, wirklich?« Julian Kröger war blass geworden, das konnte Isabelle trotz des gedämpften Lichts erkennen. Isabelle beobachtete ihn erstaunt. Er trank einen weiteren Schluck, offensichtlich um Zeit zu gewinnen. »Ich bin öfter in Paris, das letzte Mal erst vor ein paar Tagen«, sagte er langsam. »Wenn ich das gewusst hätte ...« Er zögerte, sprach nicht mehr weiter, da Walter in diesem Moment zu den beiden zurückkam, sich bei Isabelle einhakte und erklärte, ihr Taxi sei da.

Plötzlich kam Leben in Julian.

»Übrigens, da fällt mir etwas ein: Ich habe einen Bekannten, einen Industriellen im Rheinland, der mehrere Flugzeuge besitzt. Er sucht immer wieder Piloten. Soll ich die Verbindung zu Ihnen herstellen? Ich denke, man sollte nicht umsonst den Flugschein gemacht haben.«

Es war das erste Mal, dass jemand Isabelle in ihrer Leidenschaft für das Fliegen ernst nahm. Und nicht nur das: ihr sogar weiterhelfen wollte! Aber warum machte er ihr diesen Vorschlag – interessierte er sich für sie? Gab es etwa das Gerücht, dass sie für einen Piloten leicht zu haben war? Doch dann verwarf sie diesen Gedanken als absurd.

»Ich will Ihnen helfen«, sagte Julian in diesem Moment, »weil ich Ihren Vater sehr bewundert habe und er sicher möchte, dass Sie Erfolg haben und nicht daran scheitern, dass ein paar Männer behaupten, Frauen hätten im Cockpit nichts verloren.«

»Danke, vielen Dank! Ich weiß gar nicht, was ich sagen soll.« Isabelle war überwältigt und zugleich zutiefst erleichtert, da er ganz offensichtlich kein Interesse als Mann an ihr hatte. »Dann rufe ich Sie an, wenn ich mit meinem Bekannten gesprochen habe. Ist Ihnen das recht?«, fragte er.

»Ja, natürlich, danke.«

Erst als sie bereits auf der Straße unten stand, fiel ihr ein, dass sie ihm ihre Telefonnummer nicht gegeben hatte. Unentschlossen verharrte sie, doch dann ging sie auf das wartende Taxi zu. Sie würde Walter in den nächsten Tagen bitten, seinem Freund ihre Nummer zu geben.

Als sie die hintere Tür des Taxis öffnete und einsteigen wollte, warf sie einen Blick hoch zu dem hell erleuchteten Fenster von Walters Wohnung.

Dort stand ein Mann, der offenbar zu ihr heruntersah. Gegen das Licht konnte sie nur seine Silhouette erkennen, doch sie ahnte, dass es Julian David Kröger war.

*

Wenig später betrat sie ihr kleines Appartement, ein Zimmer mit Kochnische und einem winzigen Bad. Viele ihrer Kolleginnen wohnten zu zweit oder zu dritt in einer großen Wohnung, doch Isabelle wollte lieber für sich sein können, wenn ihr danach war. Sie schlüpfte aus ihren hohen Schuhen, die sie für Walters Party wieder angezogen hatte, schleuderte sie mit den Füßen jeweils weit durchs Zimmer, dann warf sie sich mit einem Seufzer aufs Bett. In diesem Moment rief Bernd aus Frankfurt an.

»Was gibt es Neues?«, wollte er wissen.

»Ich habe zwei Kilo zugenommen und muss jetzt Diät halten, sonst bekomme ich wieder eine Extraaudienz bei unserem Fräulein Tautz.«

Bernd lachte. »Und sonst?«

Isabelle zögerte einen Moment. Dann sagte sie: »Ich war noch kurz auf Walter Herrmanns Abschiedsparty. Ich habe dort einen Piloten getroffen, der früher bei der Pan Am war.«

»Meinst du Julian Kröger?«

»Ja, genau. Woher wusstest du das?« Obwohl die Welt der Piloten und Flugbegleiterinnen klein war, konnte Isabelle ihr Erstaunen nicht verbergen.

»Es gibt nur einen einzigen Piloten bei der Lufthansa, der bis vor kurzem noch bei der Pan Am war. Ich habe ihn vor zwei Monaten in Berlin kennengelernt. Habe ich dir das nicht erzählt? Du weißt schon ... *Ich bin ein Berliner* ... Kennedys Rede am 26. Juni.«

Bernd war ein Bewunderer des amerikanischen Präsidenten. Da die Lufthansa nicht nach Westberlin fliegen durfte, war er als Passagier mit der British Airways geflogen, um John F. Kennedy live zu erleben.

»Es gab einen kleinen Empfang der Amerikaner im Hotel, zu dem auch ich eingeladen war«, erzählte Bernd. »Dort kam ich mit ihm ins Gespräch. Er hat mir erzählt, er bliebe jetzt in Deutschland und wolle noch ein paar Jahre für die Lufthansa fliegen. Er ist ein typischer *skygod*. Sie sind arrogant, ziemlich eingebildet und sehen sich als Vertreter ihres großartigen Landes«, fügte Bernd mit einem geringschätzigen Lachen hinzu.

Isabelle wusste, dass er die amerikanischen Piloten um den hohen gesellschaftlichen Status beneidete, den sie in ihrer Heimat genossen. So überging sie mit einem kleinen amüsierten Lächeln seinen Seitenhieb. Dann aber wollte sie mehr wissen, sie war neugierig geworden.

»Und was hat Julian David Kröger über sich erzählt?«

»Wenig. Ich weiß nur, dass er Anfang der dreißiger Jahre bei der alten Luft Hansa flog, als Copilot. Dann verließ er offenbar Deutschland.«

»Und dann?«

»Isabelle, ich kenne seinen Lebenslauf nicht. Ich weiß nur, dass er jetzt mit seiner Frau in Frankfurt lebt.«

Obwohl sie anstrengende Arbeitstage hinter sich hatte, konnte Isabelle nach diesem Abend und dem Gespräch mit Bernd nicht einschlafen. Julian David Kröger. Seine Hände hatten gezittert, als er nach ihrer Schwester fragte. Er hatte ihren Vater gekannt, vielleicht auch Emmanuelle? Isabelle überlegte, rechnete noch einmal nach. Ihre Schwester war jetzt neunundvierzig Jahre alt. Sie war also neunzehn gewesen, als ihre Eltern 1932 nach Argentinien gingen. Sie hatte sie nicht begleitet, und auch sie hatte nie viel über dieses letzte Jahr in Berlin erzählt, bevor sie dann bei Tante Simone in Deauville lebte. Irgendwann hatte Emmanuelle allerdings angedeutet, es habe in Berlin einen jungen Mann gegeben. Kerzengerade setzte sich Isabelle im Bett auf. Konnte es sein, dass dieser junge Mann Julian David Kröger gewesen war?

# *Vier*

## Emmanuelle/Paris

*Ein paar Tage später*

Emmanuelle hatte sich mit ihrem geschiedenen Mann Pierre vor dem Regen in die kleine Bar geflüchtet, die versteckt in der Nähe des Marché Saint-Honoré in einem Innenhof lag. Sie war nur an drei Tagen in der Woche geöffnet und wurde seit Jahren von einer Familie aus Sancerre geführt, die an diesen Tagen ihren Wein, selbstgemachtes dunkles Brot und Leberwurst aus eigener Herstellung anbot. Die drei Brüder hinter der Bartheke trugen Baskenmützen, karierte Hemden und lange graue Schürzen.

Emmanuelle und Pierre hatten diese Bar bereits vor über zehn Jahren entdeckt. Heute waren sie vor dem großen Ansturm gekommen und ergatterten einen kleinen Tisch am Fenster, noch bevor sich die Bar füllte. Leute standen sogar in der Tür, die man nicht mehr schließen konnte, weil es so voll war. Hierher kamen viele direkt vom Markt, um rasch ein Glas zu trinken und sich die kleinen Brotscheiben mit Leberwurst von der Theke zu nehmen, die dort auf Tellern angeboten wurden. Man trank schnell, warf sich Grüße zu, tauschte rasch Neuigkeiten aus und verschwand wieder. In den vergangenen zwei Jahren war die Bar berühmt geworden, jetzt kamen auch Bank- und Museumsangestellte und Mitarbeiter aus den Modehäusern hierher. Eine interessante Mischung, wie Emmanuelle fand, während Pierre es bedauerte, dass es nicht bei den Marktleuten geblieben war.

Seit fünf Jahren waren sie geschieden, doch sie verstanden sich weiterhin sehr gut. Sie hatten festgestellt, dass sie beide nicht für die Ehe geschaffen waren, jeder von ihnen war in erster Linie mit seinem Beruf verheiratet. Pierre war seit langem als Innenarchitekt erfolgreich.

»Geht es dir nicht gut?«, fragte er besorgt, da Emmanuelle schwieg und kaum reagierte, als er ihr von seinem neuen großen Auftrag erzählte. Er sollte in Lausanne ein Haus für einen deutschen Unternehmer einrichten. »Ich weiß nicht«, antwortete sie und biss lustlos in ihr Brot. Dann legte sie es auf den Teller zurück. »Vor ein paar Tagen saß Julian David Kröger in der Tagesbar ›*Elise*‹. Ich habe ihn zufällig von meinem Fenster aus gesehen.«

»Julian Kröger?«, rief Pierre so laut aus, dass sich die Leute an dem Nebentisch nach ihnen umdrehten. »Warum hast du mir das nicht gleich gesagt?«

»Ich erzähle es dir doch gerade.«

»Meinst du, er saß absichtlich dort, um dich zu sehen?«

Emmanuelle schüttelte den Kopf. »Nein, das glaube ich nicht, nein, er sah nicht einziges Mal rüber. Es gibt doch diese verrückten Zufälle.«

»Das stimmt. Aber vielleicht hast du dich auch nur getäuscht. Es sind inzwischen mehr als dreißig Jahre vergangen.«

»Das dachte ich erst auch. Aber gestern wurde es zur Gewissheit.«

»Gestern?«

»Ja, Isabelle rief mich an. Sie hat Julian vorgestern auf einer Party in Hamburg kennengelernt.«

»Und?« Pierre legte sein kleines Leberwurstbrot ebenfalls zurück auf den Teller.

»Nichts, sie scheint sehr beeindruckt von ihm zu sein. Er war bis vor kurzem Pilot bei der Pan Am und will jetzt noch einige Jahre bei der Lufthansa fliegen.«

»Hat er Isabelle irgendetwas erzählt? Ich meine, über dich, über euch?«

»Pierre! Ich bitte dich!«

»Wieso denn nicht?«

Emmanuelle reagierte gereizter, als sie es wollte. Sie versuchte, ruhig zu klingen, als sie fortfuhr: »Er lernte meine Schwester zufällig auf einer Party kennen, warum sollte er ihr gleich unsere Geschichte erzählen?«

»Du hast ja recht«, meinte Pierre versöhnlich. »Vielleicht hat er auch abgewartet, wie sich Isabelle verhält, was sie so sagt.«

Emmanuelle zuckte die Schultern. »Wie ich Isabelle verstanden habe, war es nur ein kurzes Gespräch und es ging hauptsächlich darum, dass sie gerade ihren Flugschein gemacht hat. Er will ihr helfen«, fügte Emmanuelle hinzu. »Aber in unserem Telefonat hat Isabelle wohl gespürt, wie betroffen ich über ihre Begegnung mit Julian war. Sicher hat sie mich deswegen auch gefragt, ob ich ihn kenne.«

»Und? Was hast du gesagt?«

»Nur, dass ich ihn durch Vater kennengelernt habe, mehr jedoch nicht.«

»Das war alles?«, wollte Pierre wissen, während er dem Kellner mit seinem erhobenen Glas ein Zeichen machte. »Magst du auch noch einen?«

Emmanuelle schüttelte den Kopf. »Nein, nicht am Mittag.«

Sie warteten schweigend, bis der Kellner das zweite Glas Sancerre vor Pierre hinstellte. Pierre prostete Emmanuelle kurz zu, trank einen Schluck, und während er sein Glas abstellte, sah er Emmanuelle an. Sie wirkte blass, nervös und hatte einen gequälten Gesichtsausdruck.

»Weißt du, du musst es selbst entscheiden ... Aber ich würde dir raten, mit deiner Schwester zu sprechen. Erzähle ihr von ihm. Wenn du über deine Vergangenheit schweigst, fühlt sie sich verletzt, denkt, du hast kein Vertrauen zu ihr.«

Nur zögernd nickte Emmanuelle. »Das weiß ich doch, Pierre. Aber es fällt mir schwer, darüber zu sprechen, verstehst du das nicht? Du weißt doch, wie lange ich gebraucht habe, um dir alles zu erzählen.«

Pierre griff nach ihrer Hand und drückte sie leicht. »Natürlich verstehe ich dich. Aber diese Zeit damals ist ein wichtiger Teil deines Lebens, von dem du deine Schwester ausschließt.« Emmanuelle entzog ihm ihre Hand, und Pierre lehnte sich in seinem Stuhl zurück.

»Mache es so, wie du es für richtig hältst«, sagte er nach einer Weile. »Hast du ihr gesagt, dass du ihn zufällig in der Bar hast sitzen sehen?«

»Ja, das habe ich.«

»Na, wenigstens das. Isabelle weiß so wenig über dich und auch über eure Eltern. Dabei steht ihr euch so nah.«

»Ich weiß auch nicht alles, Pierre. Gerade über die Eltern. Aber jede Familie hat wohl ihre Geheimnisse, ich denke, das ist nichts Ungewöhnliches.«

Emmanuelle griff nach ihrem Glas und trank schweigend den letzten Schluck des herben Sancerres.

»Gibt es sonst noch etwas, über das du sprechen möchtest?« Pierre sah sie forschend an. Wie immer spürte er, wenn es Emmanuelle nicht gutging. Sie seufzte auf.

»Ja, ja, nichts klappt im Atelier, wir liegen hinter der Zeit. Die Stoffe für die wichtigsten Entwürfe sind noch nicht aus Italien geliefert worden.«

»Aber das ist doch seit Jahren so, ich verstehe gar nicht, warum du dich jedes Mal so aufregst. Im August sind in Italien alle Firmen geschlossen. Auch ich habe Schwierigkeiten mit Lieferanten. Aber bis jetzt hat es doch jedes Mal rechtzeitig geklappt.«

»Ich weiß, Pierre, aber ich habe einfach Angst, dass die Kollektion nicht gut genug ist.«

Jetzt lachte Pierre. »Entschuldige, Emmanuelle, aber das kenne ich nun schon seit Beginn deiner Karriere. Vor jeder Modenschau gerätst du in Panik.«

»Ja, das stimmt«, bekannte Emmanuelle. »Aber das ist nicht unbegründet. Die Nachwuchsdesigner lauern in den Startlöchern. Eine einzige schlechte Kollektion bricht mir den Hals.«

Pierre schwieg, und Emmanuelle seufzte wieder.

»Ich weiß, ich gehe dir auf die Nerven. Aber erinnerst du dich an den Januar im vorigen Jahr? Plötzlich sprach *tout Paris* nur noch von ihm.«

»Du sprichst von Yves Saint-Laurent?«

Emmanuelle nickte.

»Mach dich nicht verrückt, Emmanuelle, du bist gut, und du weißt das. Du wirst sogar immer besser. Denke an Chanel, sie ist Jahre älter als du.«

Emmanuelle lachte jetzt, und Pierre war froh, sie wieder gelöster zu sehen.

Doch gleich darauf war ihre Miene wieder besorgt. »London drängt sich immer mehr in den Vordergrund, die Designer dort haben junge frische Ideen, Mary Quant mit ihrem neuen Look …«

»Emmanuelle, ich bitte dich. Das ist doch etwas völlig anderes, Mode nur für ganz junge Frauen. Du kannst die Kings Road nicht mit der Rue Saint-Honoré oder der Avenue Montaigne vergleichen.«

Wie immer hatten Pierres Stimme und seine sachlichen Argumente eine beruhigende Wirkung auf Emmanuelle.

»Danke dir«, seufzte sie, »ich weiß, dass meine Fantasie ständig mit mir durchgeht.«

»Ja, aber warum nur in die negative Richtung? Pole dich doch mal um«, schlug Pierre vor.

»Ich versuche mein Bestes«, erwiderte Emmanuelle lächelnd. »Ich muss jetzt auch zurück, der Regen hat aufgehört«, sagte sie dann. »Kommst du noch mit?«

Auch Pierre erhob sich. Emmanuelle beobachtete, wie er aus seiner Hosentasche ein paar zerknüllte Francscheine herauszog, sie sorgfältig glättete und erst dann auf den Tisch legte. Pierre war fünfundfünfzig Jahre alt, braun gebrannt, weil er beim Zeichnen auf seinem Balkon saß. Seine kleine, runde Brille und sein sich allmählich lichtendes Haar waren die einzigen Zeichen des Älterwerdens. Wie immer war sein Hemd zerknittert, die Ärmel hochgekrempelt, und am Handgelenk trug er eine uralte Uhr mit einem abgewetzten Lederband. Alles an ihm wirkte lässig, selbstverständlich und unprätentiös.

»Was ist?«, fragte er mit einem Lächeln, als er spürte, wie Emmanuelle ihn aufmerksam betrachtete.

»Nichts«, antwortete sie, »ich schaue dich nur gern an.«

Pierre lachte. »Das hat mir schon lange keine Frau mehr gesagt.«

Als sie sich durch die Menge gedrängt hatten – die Gäste standen vor der Tür und sogar im Innenhof –, nahm er ihren

Arm. »Ich begleite dich noch«, erklärte er. Am Nachmittag hatte ein Gewitter Abkühlung gebracht, und Emmanuelle atmete tief die frischere Luft ein.

»Gibt es sonst noch etwas, das dich bewegt?«, fragte Pierre, als sie in die Rue Saint-Honoré einbogen.

»Du meinst, ob es einen neuen Mann in meinem Leben gibt, nicht wahr?«

»Ja, natürlich«, lächelte Pierre, blieb stehen und sah sie forschend an. »Du wirkst irgendwie verändert, bist du etwa verliebt?« Emmanuelle schüttelte lachend den Kopf. »Nein, nein. Und du?«, stellte sie die Gegenfrage.

»Ich liebe nur dich«, entgegnete Pierre, sein Lächeln war verschwunden, und seine Augen blickten sie mit so großem Ernst an, dass Emmanuelle unwillkürlich ihren Kopf zur Seite wandte.

»Wir sind zwei einsame Menschen«, antwortete sie verlegen. »Wir sind umgeben von Leuten, aber wenn wir abends nach Hause kommen, sind wir allein. Vielleicht ist das unser Schicksal.«

»Du hast recht, wir kennen viele Leute, aber Freunde haben wir wenige, du und auch ich«, stimmte Pierre zu.

»In den vergangenen Tagen habe ich oft an meine Mutter gedacht«, fuhr Emmanuelle fort. »Sie ist sicher auch sehr einsam, aber sie gibt es nicht zu.«

»Nur wenige Menschen können das, es gehört Mut dazu«, antwortete Pierre nachdenklich.

»Manchmal habe ich den Verdacht, dass auch Isabelle Angst vor Einsamkeit hat und sich deswegen immer wieder in kurzlebige Beziehungen stürzt. Sie hat schon mehrere Affären mit Piloten hinter sich, obwohl das verboten ist. Jetzt ist sie wieder mit einem zusammen, aber das hat keine Zukunft.«

»Jeder Mensch geht auf seine Weise mit Einsamkeit um. Deine kleine Schwester ist längst erwachsen«, betonte er noch einmal mit einem amüsierten Lächeln. Er nahm es mit Humor, wie sehr sich Emmanuelle stets um ihre so viel jüngere Schwester sorgte, mit der sie ein inniges Verhältnis verband. Die beiden telefonierten oft, und Emmanuelle lebte während der Besuche ihrer Schwester in Paris auf. Sie war stets für Isabelle da und genoss die Rolle der starken älteren Schwester, die der jüngeren in allen Lebensentscheidungen beistand. Und doch: Über die schwierigen Phasen ihres eigenen Lebens redete sie nicht mit Isabelle.

Deshalb fügte Pierre vorsichtig hinzu: »Und wenn du mit ihr sprechen willst ... dann ist diese zufällige Begegnung mit Julian Kröger vielleicht ein guter Anlass dafür.«

Emmanuelle schwieg.

Sie standen immer noch an der Kreuzung zur Rue Saint-Honoré, als Pierre sie an sich zog.

»Ich möchte später zu dir kommen«, murmelte er in ihr Haar. »Willst du?«

Emmanuelle sah zu ihm hoch. »Heute nicht, sei mir nicht böse.«

Sie und Pierre verbrachten immer noch oft die Nacht miteinander. Ihre Beziehung war unverbindlich, ohne gegenseitige Ansprüche, ohne Vorwürfe. Ideal, hatte Pierre es einmal genannt. Jetzt spürte Emmanuelle, dass ihre Absage ihn traf.

»Ich werde heute lange arbeiten«, erklärte sie daher, »Chloé wartet bereits auf mich.«

»Nun, dann ein anderes Mal«, sagte Pierre leichthin. »Wie geht es übrigens Chloé?«, fragte er dann, um das Thema zu wechseln.

»Gut, sehr gut.«

»Hat sie nicht eine neue Liebe?«, wollte Pierre wissen.

»Ja, Anne. Sie ist Redakteurin der englischen Vogue.«

»Das freut mich für sie, sag ihr einen schönen Gruß von mir.«

Emmanuelle nickte lächelnd, und Pierre küsste sie auf beide Wangen. »Also, salut.«

Emmanuelle sah ihm noch kurz nach, dann ging sie weiter. Vor dem Schaufenster ihres Modehauses verharrte sie einen Moment und warf einen Blick ins Innere des Geschäfts. Ihre beiden schwarzgekleideten Verkäuferinnen hatten alle Hände voll zu tun. Wie jedes Mal, wenn Emmanuelle erkannte, dass ihre Kreationen bewundert und gekauft wurden, war sie glücklich.

Rasch betrat sie das Modehaus durch den Nebeneingang und ging hoch in ihr Arbeitszimmer. Sie wusste, dass man im zweiten Stock bereits mit der Anprobe auf sie wartete, aber sie wollte einen Moment allein sein.

Bevor sie sich an ihren Zeichentisch setzte, ging sie zum Fenster und öffnete es weit, um die frische Luft nach dem Regen in den stickigen Raum zu lassen. Sie warf einen Blick hinunter auf die Straße, die noch vom Regen glänzte, und beobachtete, wie der Besitzer der Bar gegenüber die Tische und Stühle abwischte, die Aschenbecher aus Porzellan mit der roten Aufschrift BYRR abräumte, die Möbel gegen die Wand lehnte und sie ankettete, da es wieder nach Regen aussah.

Dort hatte vor acht Tagen Julian David Kröger gesessen. Sie hatte sich nicht getäuscht. Er war also nach Deutschland zurückgekehrt.

Und er war verheiratet. Ihr Herz zog sich schmerzhaft zusammen, auch jetzt noch, nach all den Jahren.

# *Fünf*

## Emmanuelle/Berlin

*Herbst 1932*

Julian, das ist ein komischer Name, findest du nicht?«, fragte Mathilde ihre Freundin Emmanuelle, als sie eingehakt im Gleichschritt den Kurfürstendamm hinunterliefen.

»Nein, wieso? Julian.« Emmanuelle ließ sich den Namen schwärmerisch auf der Zunge zergehen. »Das klingt doch schön.«

Mathilde kicherte. »Ja, weil du in ihn verliebt bist, aber mir gefällt der Name nicht. Dann auch noch *David*«, betonte sie.

»Ja und?«

»Weißt du, Rolf hat mich wegen des Namens sogar gefragt, ob dein Freund Jude ist.«

Emmanuelle blieb abrupt stehen und löste sich von Mathilde.

»Und?«

»Rolf meint, die Juden nehmen uns alles weg, drängen sich vor, und er ...«

»Rolf meint ... Rolf sagt ... Und was meinst du, Mathilde?«, unterbrach Emmanuelle sie verärgert. Mit Unbehagen erkannte sie, was sie lange nicht hatte wahrhaben wollen: wie sehr sich ihre Freundin veränderte hatte, seit sie mit Rolf Beckmann zusammen war.

Mathilde zuckte jetzt unentschlossen mit den Schultern. »Was soll ich dir sagen? Ich weiß es nicht, Rolf ist doch so viel gescheiter als ich.«

»Ach, und das sagt er auch? Mathilde! Lass dir doch nicht diesen Unsinn einreden.«

»Wenn es aber stimmt.«

»Du hast Abitur gemacht, Mathilde, das bedeutet doch auch etwas.«

»Gar nichts bedeutet das. Rolf sagt, der Abschluss auf meinem Mädchengymnasium sei nur ein ›Puddingabitur‹.«

»Ein Puddingabitur?« Emmanuelle schüttelte den Kopf. »Was soll das denn sein?«

»Abitur für Mädchen, die nicht gerade intelligent sind und auf der Universität nichts verloren haben. Sie gehören an den häuslichen Herd.«

»Und das lässt du dir gefallen?« Emmanuelle war empört.

»Weil es doch stimmt. Aber du bist auf der Universität richtig, Emmanuelle.« Tiefe Bewunderung sprach aus Mathildes Worten.

»Ach, die Universität«, antwortete Emmanuelle, sprach aber nicht weiter. Sie hatte schon nach den ersten Vorlesungen festgestellt, dass Jura nichts für sie war. Sie hatte sich dem Wunsch ihrer Eltern gefügt, die ihr stolz erklärt hatten, sie sei ein so gescheites Mädchen, sie hätte das Zeug zur Juristin. Sie war von Anfang an unsicher gewesen, doch jetzt wusste sie endlich, was sie wirklich wollte: Modeschöpferin werden. Schon als Kind hatte sie kleine Modepuppen gezeichnet, wie hatte sie das aus den Augen verlieren können? Aber konnte sie sich überhaupt irgendwelchen Zukunftsplänen hingeben, jetzt, da sie ...

»Wollen wir ins Kranzler?«, hörte sie Mathilde fragen, die Emmanuelle damit aus ihren Gedanken riss. »Ich muss mit dir reden«, setzte die Freundin zögernd hinzu.

»Gern.« Emmanuelle nickte, und so liefen sie die paar Meter weiter bis zum Café.

Als sie an ihrem Tisch saßen und auf ihre Bestellung warteten, fing Mathilde unsicher an: »Es geht um Rolf.«

»Was ist mit ihm?« Emmanuelle mochte Mathildes Freund nicht. Er war ihr zu glatt, zu elegant. Dazu kam, dass man aus jedem seiner Sätze Verachtung heraushörte, für Frauen, für sozial Schwache, für Andersdenkende. Für Gläubige, egal welcher Religion – Rolf war Atheist und betonte das bei jeder Gelegenheit. Überhaupt verspottete er Menschen, die Begriffe wie Moral oder Verantwortung lebten. Hinter seiner polierten Fassade erkannte Emmanuelle eine morbide, kranke Seele.

Sie kannte ihn, seit sie Mathilde zu einem Fest seiner Studentenverbindung begleitet hatte. »Es ist eine schlagende Verbindung«, hatte Mathilde ihr vorab erklärt. Der Höhepunkt des Abends war ein Duell zwischen Rolf und einem seiner Kommilitonen gewesen. Ohne Fechtanzug und ohne Maske. Zwar verlief der Kampf unblutig, doch die Mitglieder dieser Verbindung, das erfuhr Emmanuelle während dieses Festes, brüsteten sich damit, ihre Differenzen wie Helden aus vergangenen Jahrhunderten auszutragen, auch auf Leben und Tod.

Emmanuelle hatte Mathilde nie erzählt, dass Rolf Beckmann ihr seit diesem Abend schon mehrmals aufgelauert hatte. Einmal schien er betrunken gewesen zu sein, drückte sie gegen die Hauswand und versuchte, sie zu küssen und seine Hand in ihren Ausschnitt zu schieben. Als Emmanuelle ihm eine Ohrfeige verpasste, hatte er sie abrupt losgelassen.

»Das wirst du noch bereuen«, zischte er ihr mit gepresster Stimme ins Ohr. »Man weist einen Rolf Beckmann nicht zurück.« Bei anderen Männern hätte Emmanuelle nur gelacht, doch bei ihm hatte es wie eine ernstzunehmende Drohung geklungen.

»Emmanuelle … hörst du mir zu?«, unterbrach Mathilde jetzt ihre Gedanken.

»Entschuldige, aber was wolltest du mir erzählen?«

»Eigentlich habe ich dir gerade eine Frage gestellt«, erklärte Mathilde. Sie wirkte gekränkt, und Emmanuelle bemühte sich rasch, der Freundin ihre ganze Aufmerksamkeit zu widmen.

Mathilde wiederholte ihre Frage: »Du glaubst doch auch, dass Rolf mich liebt, oder?« Emmanuelle sah ihre Freundin stumm an, deren blaue Augen unsicher auf sie gerichtet waren. Für eine Sekunde war sie nahe daran, Mathilde von Rolfs Aufdringlichkeit zu erzählen. War es nicht besser, sie zu warnen? Bevor sie antworten konnte, brachte die Kellnerin Mathilde den bestellten Kaffee und für Emmanuelle einen Kakao.

»Wieso trinkst du keinen Kaffee wie sonst auch?«, fragte Mathilde erstaunt.

»Ich habe einfach Lust auf Kakao.« Seit einer Woche wusste Emmanuelle, dass sie bereits im dritten Monat schwanger war. Bis jetzt hatte sie es niemandem erzählt, selbst Julian nicht. Wie würde er reagieren? Und ihre Eltern?

Vor acht Monaten hatte sie Julian kennengelernt, als sie ihren Vater am Flughafen Tempelhof abholte. Da hatte er ihr den jungen Copiloten vorgestellt. »Dieser Julian Kröger ist vom Fliegen genauso besessen wie ich.« Ihr Vater war begeistert gewesen.

Das Ehepaar Lambert wusste bis jetzt nur, dass sich ihre Tochter manchmal mit ihm traf. Einen Tag nachdem sie Julian auf dem Flughafen kennengelernt hatte, rief er sie zu

Hause an und bat sie um eine Verabredung. Wenn Emmanuelle heute daran zurückdachte, erkannte sie, dass sie schon vor diesem ersten Rendezvous in ihn verliebt gewesen war.

»Also, was willst du mir über Rolf erzählen?«, fragte sie jetzt ihre Freundin.

»Ich habe dich gefragt«, Mathildes Stimme klang ungeduldig, »ob du glaubst, dass er mich liebt.«

»Das kann ich dir nicht beantworten«, wich Emmanuelle ihr aus. »Aber weißt du es denn nicht?«, setzte sie vorsichtig hinzu.

»Doch!«, betonte sie. »Doch, natürlich weiß ich das.«

»Also warum fragst du mich dann?« Jetzt wurde Emmanuelle ungeduldig. »Mathilde. Wolltest du dich deswegen mit mir treffen? Damit ich dir bestätige, dass Rolf dich liebt?«

»Das auch, aber ... da ist noch etwas anderes.«

Mathilde schaufelte gedankenverloren mehrere Löffel Zucker in ihren Kaffee. Dann sah sie hoch. »Du kennst doch Bernhard?«

»Rolfs Freund?«

»Ja, aber das ist er nicht mehr. Er gehört nicht mehr zur *Gruppe*.« Emmanuelle kannte die *Gruppe*, alles Studenten aus sehr wohlhabenden und einflussreichen Familien Berlins.

»Warum nicht? Wegen Rolf?«

»Ja ... Ich weiß nicht ... eigentlich schon. Also, ich bin Bernhard vor ein paar Tagen begegnet«, vorsichtig sprach Mathilde weiter, »da hat er mir erzählt, dass er mit der *Gruppe* gebrochen habe. Und zwar wegen Rolf. Er nannte ihn gewissenlos und hat mich vor ihm gewarnt. Rolf gehe an die Grenzen, tue furchtbare Dinge, und die anderen machten mit.«

»Was denn für Dinge? Und wer macht mit?«

»Na, die *Gruppe* eben.« Mathilde zögerte und rührte mit dem Löffel ihren verzuckerten Kaffee um. »Sie haben neulich russisches Roulette gespielt.«

»Russisches Roulette? Davon habe ich mal in einem Roman aus dem achtzehnten Jahrhundert gelesen, aber das gibt es doch nicht wirklich.«

»Doch, gibt es. Bernhard erzählte mir, dass Rolf und die anderen einen Kommilitonen besucht haben. Er war …«, Mathilde hielt inne, bevor sie weitersprach, »… Jude. Die anderen hielten ihn fest, und Rolf presste ihm den Revolver an die Stirn. Und drückte ab. Was niemand wusste: Rolf hatte alle Kugeln herausgenommen. Aber«, jetzt wurde Mathildes Stimme zu einem Flüstern, »der junge Mann war herzkrank, und er hat aus Angst einen Herzanfall bekommen.«

»Und? Ist er tot?« Auch Emmanuelles Stimme war nur noch ein Flüstern.

Mathilde nickte stumm. »Aber Rolf kann ja nichts dafür«, verteidigte sie dann sofort ihren Freund, »er wollte ihn nur erschrecken.«

»*Nur*? Mathilde! Das ist pervers! Wenn du meine Meinung hören willst: Rolf ist von Grund auf verdorben, wenn er sich so etwas einfallen lässt.«

»Ich weiß nicht«, Mathilde zuckte ratlos mit den Schultern. »Ich liebe Rolf doch. Und vielleicht wäre dieser junge Mann an seinem Herzleiden sowieso gestorben, das meint zumindest Rolf.«

»Hat Bernhard Rolf nicht angezeigt? Gab es denn keine polizeilichen Untersuchungen?«

Mathilde schüttelte den Kopf. »Nein, die *Gruppe* hat den Notarzt gerufen und behauptet, der Kommilitone sei ein

Freund von ihnen gewesen und plötzlich zusammengebrochen. Herzversagen lautete daher die Diagnose des Arztes.«

Emmanuelle war erschüttert über die Skrupellosigkeit von Rolf Beckmann und der ganzen *Gruppe.* Sie griff nach der Hand ihrer Freundin und beschwor sie: »Das ist kriminell, Mathilde, dagegen muss man doch etwas unternehmen! Wie willst du mit jemandem zusammenleben und eine Familie gründen, der zu so etwas fähig ist? Er und die anderen sind bereits so abgestumpft, so gefühllos, dass sie das Leid anderer Menschen brauchen, um überhaupt etwas zu spüren.«

Mathilde schüttelte eigensinnig den Kopf und zog ihre Hand abrupt zurück. »Es gab keine polizeilichen Ermittlungen, und das ist der Beweis, dass es ein Unfall gewesen ist, die *Gruppe* hat einfach nur Spaß gemacht. Der Revolver von Rolf war doch leer. Hätte ich es dir bloß nicht erzählt«, klagte Mathilde. »Und Rolf und ich, wir werden heiraten«, trumpfte sie dann auf, »das ist alles schon geplant. Meine Eltern sind mit den Beckmanns eng befreundet, sie bewegen sich in denselben Kreisen, haben die gleichen politischen Ansichten, sind alle Mitglieder der NSDAP. Wie auch deine Eltern.«

»Oh nein!«, fuhr Emmanuelle hoch. Ohne nachzudenken, widersprach sie: »Mein Vater war heilfroh, dass diese Partei bei der Wahl am 6. November so viele Stimmen verloren hat. Er hat Adolf Hitler einen Clown genannt, wenn auch einen sehr gefährlichen.«

»Was sagst du da?« Mathilde riss die Augen auf, und Emmanuelle erschrak. Hatte sie einen Fehler gemacht?

»Und deine Mutter?«, fragte Mathilde jetzt nach.

»Meine Mutter interessiert sich nicht für Politik«, erklärte Emmanuelle hastig. »Sie geht ganz in der Musik auf und im

Organisieren unserer Hauskonzerte. Zurzeit laufen die Proben für ihr Weihnachtskonzert am fünfzehnten Dezember.«

»Ach, wie schön …« Mathilde lächelte unkonzentriert. »Weißt du«, nahm sie das Gespräch wieder auf, »Rolfs Eltern mögen mich sehr. Sie sagen, ich entspreche so ganz dem heutigen Frauenideal. Die Frau als Beschützerin häuslicher Werte.«

Emmanuelle atmete hörbar aus und setzte ihre Tasse so fest auf den Unterteller auf, dass der Kakao überschwappte. »Wer glaubt denn so einen Unsinn? Ach so …«, fuhr Emmanuelle dann fort, als Mathilde schwieg, »das sind die Ansichten der NSDAP. Die Frau hat ihren Platz am Herd und soll möglichst viele Kinder bekommen, nicht wahr?«

Mathilde war rot geworden, aber sie ließ sich nicht beirren. »Warum auch nicht? Kinder zu haben, dem Mann ein schönes Zuhause zu gestalten, was ist falsch daran?«

Stumm sah Emmanuelle ihre Freundin an. Mathilde erinnerte sie an die Käthe-Kruse-Puppen im Schaufenster vom KaDeWe, die Teil der Weihnachtsdekoration waren. Die blauen Augen, die sie ständig ein wenig aufriss, was ihr einen kindlichen Ausdruck verlieh. Die blonden Haare und die runden Wangen, der kleine Mund, den sie spitzte, was den naiven Ausdruck ihres Gesichts noch verstärkte. Süß. Das war die richtige Beschreibung für ihre Freundin, die sie seit den ersten Schultagen kannte. Aber unglaublich naiv.

Wieso war ihr das noch nie so bewusst geworden wie gerade heute?

»Warum hast du mir das alles erzählt?«, fragte Emmanuelle ihre Freundin. »Wolltest du wissen, was ich von Rolf halte, bevor ihr heiratet?«

»Ja. Ich habe gehofft, du siehst das auch so. Dass es einfach ein Unfall gewesen ist.«

»Mathilde! So, wie du es mir geschildert hast, war es keineswegs ein Unfall.«

»Emmanuelle, auch wenn du es nicht glaubst, bitte! Du musst es für dich behalten, du darfst niemandem erzählen, was ich dir gerade anvertraut habe. Bitte! Weißt du, Rolf mag dich, und ich dachte, du magst ihn auch.«

»Hast du mit ihm über mich gesprochen?« Emmanuelle wurde hellhörig.

Mathilde zögerte. Sie wurde erneut rot und umfasste unsicher ihre Tasse mit beiden Händen. »Ja, schon. Hätte ich das nicht gedurft? Er hat mich eben nach dir gefragt und gesagt, ich soll dich warnen. Ich hatte das Gefühl, er macht sich Sorgen um dich.«

Emmanuelle runzelte die Stirn. »Mich warnen? Wieso?«

»Na, weil dein Freund doch Jude ist.«

»Rolf soll sich um seine eigenen Angelegenheiten kümmern«, fuhr Emmanuelle hoch. »Julians Mutter ist Jüdin, das ist richtig, das habe ich dir erzählt. Aber sie ging mit einem anderen Mann nach New York, als er noch ein kleiner Junge war. Er hat sie dann nie mehr gesehen. Er hat zu ihr und ihrer Religion gar keinen Bezug.«

»Ach, das ist ja schrecklich! Wie kann man nur sein Kind verlassen! Aber siehst du, so sind Juden, gefühllos, ohne Charakter, nur auf den eigenen Vorteil bedacht, genau wie Rolf sagt. Deshalb will er dich ja auch vor Julian warnen.«

Emmanuelle schüttelte den Kopf. »Lass dich doch bitte nicht so beeinflussen, vertraue auf deine eigene Meinung.«

»Das ist meine eigene Meinung«, beharrte Mathilde.

Plötzlich machte sich Emmanuelle Vorwürfe, mit ihrer Freundin über Julian und seine Mutter gesprochen zu haben. Hatte sie womöglich auch einen großen Fehler begangen, als sie von der politischen Überzeugung ihres Vaters erzählte? Sie erschrak zutiefst. »Mathilde, versprich mir bitte, dass du mit Rolf nicht über meinen Vater redest. Und erzähl ihm nicht, was ich eben gesagt habe. Vielleicht habe ich meinen Vater nur falsch verstanden, manchmal passe ich nicht auf, wenn meine Eltern über Politik reden.«

Wieder schoss tiefe Röte in Mathildes Gesicht. »Nein, nein«, versicherte sie hastig. »Aber was wäre denn so schlimm daran?«, fragte sie dann.

»Dass mein Vater Pilot bei der Luft Hansa ist, verstehst du das denn nicht? Außerdem kenne ich die Ansichten meines Vaters gar nicht so genau, ich kann mich irren«, sagte Emmanuelle noch einmal eindringlich. »Vielleicht ist er ja auch ein Anhänger Adolf Hitlers, und ich weiß es nur nicht«, setzte sie nach, in dem verzweifelten Versuch, ihren Fehler zu korrigieren.

»Ja, ja, ist schon gut«, erwiderte Mathilde. Jetzt war sie es, die nicht ganz bei der Sache schien. »Ich werde mit niemandem über deine Eltern reden.«

»Versprich es mir, bitte!«

»Ja, Emmanuelle, versprochen, aber … ich … es … ich muss dir was sagen, aber du darfst mir nicht böse sein, bitte! Ich weiß auch gar nicht, ob das wichtig ist, aber … ich sag's dir jetzt einfach mal.«

Emmanuelles Herz begann heftig zu klopfen. Mathilde sah sie unsicher an und drehte mit einer Hand ratlos an dem Knopf ihrer Strickjacke herum, bevor sie sagte: »Es geht um deinen Julian …« Mathilde stockte und sprach nicht weiter, wieder drehte sie den Knopf an ihrer Strickjacke.

»Was, Mathilde, was noch?«

»Du weißt doch sicher, dass Rolfs Vater im Vorstand der Luft Hansa ist«, fing Mathilde an.

Emmanuelle schüttelte den Kopf. »Nein, das wusste ich nicht. Aber was hat das mit Julian zu tun?«

Mathilde seufzte tief, bevor sie fortfuhr. »Also, Rolfs Vater hat seinem Sohn erzählt, dass dein Julian schon mehrmals als Copilot die Maschine geflogen hat, die Adolf Hitler mit seinem Gefolge nutzen kann, wenn er auf Wahlreise geht.«

»Wieso hat sich Rolf mit seinem Vater über Julian unterhalten?«

»Nun, Rolf kennt doch Julian, aus dem *Bel jour,* darum. Du warst doch einmal mit ihm dort. Rolf meint, die Fluggesellschaft weiß gar nicht, dass Julian Halbjude ist«, platzte Mathilde heraus.

»Du hast es Rolf gesagt, und jetzt will er nicht nur mich warnen, sondern auch die Luft Hansa?« Emmanuelles Stimme zitterte.

»Ach, Emmanuelle, es tut mir leid«, sagte Mathilde verzweifelt. »Ich habe ja nicht gewusst, dass ich darüber nicht reden darf«, verteidigte sie sich dann sofort.

Emmanuelle schwieg, sie bereute immer mehr, mit ihrer Freundin über Julian und ihren Vater gesprochen zu haben. Aber was konnte sie tun?

»Weißt du, das enttäuscht mich«, sagte sie, als sie sich wieder gefasst hatte. »So habe ich jetzt das Gefühl, dass ich dir nichts mehr anvertrauen kann.«

»Aber das kannst du doch! Ich spreche ja mit dir auch über alles, was mich beschäftigt.«

»Ja, aber ich rede mit niemandem darüber.«

Schweigend schenkte Mathilde den Rest Kaffee aus dem Kännchen in ihre Tasse. »Das weiß ich, und ich verspreche dir, Rolf nichts mehr zu erzählen«, sagte sie dann leise.

»Weißt du«, fuhr sie fort, »ich war vorhin noch nicht fertig. Da gibt es noch etwas, das mir Bernhard erzählt hat. Bitte sage mir, dass du das nicht glaubst.« Mathildes Stimme klang so flehentlich, dass Emmanuelle wortlos nickte. Sie wollte eigentlich nichts mehr über Rolf hören, doch auf Mathildes Gesicht stand eine so tiefe Sorge, dass sie ihre Freundin mit diesem Kopfnicken aufforderte, weiterzusprechen.

»Du hast doch auch Alfred gekannt, erinnerst du dich an ihn?«, fing Mathilde an.

»Natürlich, er gehörte auch zur *Gruppe*, bis er vorigen Winter in der Schweiz tödlich verunglückt ist.«

»Du bist also auch überzeugt, dass es ein Unfall war?«, fragte Mathilde rasch.

Emmanuelle versuchte, sich ihre Beunruhigung nicht anmerken zu lassen. »Ich war nicht dabei, woher soll ich die Wahrheit kennen? Aber es stand in der Zeitung, dass ein junger Mann aus Berlin in der Nähe von Ischgl von der Piste abgekommen und abgestürzt ist«, sagte sie.

»Ja.« Mathilde sah sich in dem gutbesuchten Café um und beugte sich dann über den Tisch zu Emmanuelle. »Siehst du? Ein Unfall. Und nun kommt Bernhard mit seiner Theorie, Rolf habe mit Alfred gewettet, dass der sich nicht trauen würde, weitab von der Piste ins Tal abzufahren. Und weil Alfred so dringend Geld brauchte, sei er darauf eingegangen. Ein tödliches Unterfangen, sagt Bernhard, und ... Rolf hat es angeblich gewusst.«

»Bernhard glaubt also, Rolf habe diesen Unfall provoziert?«

Mathilde nickte.

»War Bernhard denn dabei?«, fragte Emmanuelle vorsichtig.

»Ja, die ganze *Gruppe* war dabei, aber sie fuhren auf der Piste nach unten. Damals glaubte Bernhard noch, es sei ein schrecklicher Unfall gewesen. Aber nach der Sache mit dem russischen Roulette hat er sich den Tag in Ischgl noch einmal durch den Kopf gehen lassen und glaubt nun, es sei ein perfides Spiel gewesen. Aber«, fuhr Mathilde beschwörend fort, »wenn es so in der Zeitung stand, muss es doch ein Unfall gewesen sein.«

Emmanuelle antwortete nicht sofort. Dann aber entschloss sie sich, ihre Freundin noch einmal vor Rolf Beckmann zu warnen. »Ich war nicht dabei und du auch nicht, Mathilde. Aber der Vorwurf von Bernhard ist nicht so abwegig. Wie es auch gewesen sein mag: Heirate Rolf nicht, bitte, Mathilde. Das ist das Einzige, was ich dir raten kann.«

Tiefe Enttäuschung breitete sich auf Mathildes Gesicht aus. Sie wandte sich ab und sah durchs Fenster auf den Kurfürstendamm hinunter.

»Wollen wir gehen?«, fragte Emmanuelle schließlich. Eigentlich hatte sie vorgehabt, sich ihrer Freundin anzuvertrauen und ihr von der ungewollten Schwangerschaft zu erzählen, doch zum ersten Mal wurde ihr klar, wie fremd sie sich geworden waren, seit Mathilde Rolf kannte.

Als die beiden jungen Frauen kurz darauf das Café verließen, standen sie sich auf der Straße schweigend gegenüber.

»Also, auf Wiedersehen«, murmelte Mathilde schließlich, ohne ihre Freundin anzusehen.

»Du nimmst mir meinen Rat übel, nicht wahr?«, fragte Emmanuelle. »Aber du wolltest meine Meinung hören. Ich kann dich nur bitten, überlege es dir sehr gut, ob du Rolf heiraten willst.« Sie umarmte ihre Freundin, die sie steif abwehrte. Emmanuelle konnte ihren Ärger nicht verbergen:

»Wenn du die Wahrheit nicht verträgst, dann hättest du mich nicht fragen dürfen.«

Als Mathilde beharrlich schwieg, griff Emmanuelle nach deren Hand. Zur Sorge um die Freundin gesellte sich die Angst um ihren Vater und Julian. »Bitte, Mathilde, versprich mir, dass du Rolf nicht erzählst, was ich dir über meinen Vater gesagt habe. Bitte!«

Und Mathilde versprach es.

*

Zwei Mal noch ging Emmanuelle zu einer Vorlesung, dann entschloss sie sich endgültig, das Studium abzubrechen. Seit Beginn des Semesters kristallisierte sich ihr Wunsch, Modeschöpferin zu werden, immer stärker heraus. Wieso hatte sie sich von ihren Eltern beeinflussen lassen und überhaupt mit Jura angefangen?

An diesem Abend wollte sie mit ihnen darüber sprechen. Julian war drei Tage unterwegs und würde erst danach wieder nach Berlin zurückkommen. Emmanuelle hatte sich entschieden, ihre Schwangerschaft erst einmal zu ignorieren. Sie hatte keinerlei Beschwerden, und insgeheim hoffte sie, es sei nur ein Irrtum. In jedem Fall musste sie erst mit Julian sprechen, bevor sie ihre Eltern auch noch damit konfrontierte. Aber was wollte sie selbst? Julian heiraten, das Kind bekommen, Hausfrau und Mutter sein? Tagelang zu Hause sitzen, während Julian als Pilot die Welt sah und seine Freiheit genießen konnte?

Tiefe Unruhe erfasste Emmanuelle, fast rannte sie von der Bushaltestelle nach Hause. Sie dachte auch an Mathilde, die sich nicht mehr gemeldet hatte. Und wenn sie an Rolf dachte, befiel sie eine noch größere Unruhe.

Als Emmanuelle vor dem Wohnhaus stand, in dem sie mit ihren Eltern lebte, musste sie erst einmal tief durchatmen. Sie hatte nicht bemerkt, wie schnell sie von der Bushaltestelle nach Hause gelaufen war. Am Aufzug hing ein großes Schild mit der Aufschrift »defekt«, so dass Emmanuelle die vier Etagen hochsteigen musste. Langsam brachte sie Stufe für Stufe der Treppe hinter sich, immer noch außer Atem. Zwischendurch blieb sie stehen. Alles schien sich im Moment zu verändern. Sie war schwanger, und sie wollte die Universität verlassen. Wie würden ihre Eltern auf diese Neuigkeiten reagieren? Ihre Mutter, die sich vor dem Älterwerden fürchtete und ihrem vierzigsten Geburtstag im nächsten Jahr mit Schrecken entgegensah: Was würde sie wohl davon halten, Großmutter zu werden? Und wie würde ihr Vater reagieren? Wann sollte sie ihren Eltern alles beichten?

»Bist du es, Emmanuelle?«, rief ihre Mutter aus dem Esszimmer. »Wir haben schon mit der Suppe angefangen.«

»Ja, ich wasche mir nur schnell die Hände«, rief Emmanuelle zurück. Als sie dann das Esszimmer betrat, nickte sie der Haushälterin zu, die gerade Kartoffelschaumsuppe in ihren Teller goss.

»Danke, Berthe.« Emmanuelle ließ sich erschöpft auf den Stuhl sinken und hörte dem Gespräch ihrer Eltern zu, das offenbar schon im vollen Gange war. Ihre Mutter Heloise warf ihrer Tochter nur einen flüchtigen Blick zu.

»Du bist blass«, unterbrach sie kurz die Unterhaltung mit ihrem Mann, der gerade von seinen Freunden, der Familie Dambach aus Bayern, erzählte. Emmanuelle wusste, dass es ein Familienunternehmen war, das Flugzeuge baute.

»Weißt du«, jetzt wandte sich auch Felix Lambert gut gelaunt an seine Tochter, die mit wenig Appetit die Kartoffelsuppe löffelte, »man hat mir ein Angebot gemacht, das heißt, nicht mir direkt, aber die Dambachs haben es an mich weitergeleitet.«

»Was für ein Angebot?« Emmanuelle war unkonzentriert, dachte an das, was sie ihren Eltern eröffnen musste.

»Das Angebot, nach Argentinien zu gehen. Aber erst mal nur für ein Jahr. Ich soll Berater der Regierung werden und Vorträge über meine Flüge halten. Sie suchen einen erfahrenen Mann, der sich mit Routen und Flugzeugen auskennt. Die Dambachs haben mich vorgeschlagen, da ich ja Spanisch spreche. Das war die Voraussetzung. Und so liegt mir jetzt ein konkretes Angebot vor, ich muss nur unterschreiben. Ich bekäme ein gutes Honorar und eine voll möblierte Wohnung zur Verfügung gestellt. Es wäre eine neue Herausforderung«, setzte Felix Lambert hinzu und sah fragend zu seiner Frau.

»Und es wäre ab sofort, Emmanuelle, stell dir vor, ab *sofort*!« Die Stimme ihrer Mutter kippte leicht, als sie sich an ihre Tochter wandte. Emmanuelle fuhr entsetzt hoch. »Das geht doch nicht, wir können nicht so einfach von hier weg und dann noch so weit …« »Wir werden unsere Wohnung möbliert an einen Piloten vermieten. Wir brechen also die Brücken nicht hinter uns ab. Und wenn Argentinien nicht das Richtige ist, können wir problemlos nach diesem Jahr zurückkommen.«

»Das hast du dir alles schon überlegt?« Seine Frau war sichtlich schockiert. »Aber du willst das Angebot doch nicht annehmen?«

»Der einzige Nachteil ist«, fuhr Felix unbeirrt fort, »dass wir bereits das Schiff am sechzehnten Dezember nehmen müssten. Zuerst mit dem Zug nach München, umsteigen nach Neapel und von dort mit dem Schiff nach Buenos Aires.«

»Nie und nimmer, hörst du?« Heloises Stimme zitterte. »Ich habe hier mein Leben, meine Musik, meine Konzerte, das gebe ich nicht einfach so auf. Ich bin mitten in den Vorbereitungen für das Weihnachtskonzert.«

Emmanuelle hatte ihren Löffel neben den Teller gelegt, auch sie war erschrocken. »Mama hat recht, es ist völlig unmöglich, nach Argentinien zu gehen, auch wenn es nur für ein Jahr ist.«

Als Berthe hereinkam, um die Suppenteller abzuräumen und das Hauptgericht zu servieren, lehnte sich Heloise Lambert schweigend zurück. Nachdem Berthe das Esszimmer verlassen hatte, wandte sie sich wieder an ihren Mann: »Wieso willst du die Luft Hansa verlassen? Du hast doch immer gesagt, die Fliegerei sei dein Leben. Die Fluggesellschaft gebe dir jede Möglichkeit, deine Träume zu verwirklichen.«

»Ich habe nicht gesagt, dass ich gehen *will*«, die Stimme von Felix Lambert klang ein wenig gepresst. »Aber da gibt es noch etwas anderes ...« Er machte eine kleine Pause. »Ich war bei meiner üblichen Routineuntersuchung.«

»Und? Bist du krank?« Heloise erschrak.

»Meine Sehkraft hat sich verschlechtert«, berichtete er und bemühte sich, nicht beunruhigt zu klingen.

Heloise griff nach seiner Hand und drückte sie stumm. Sie wusste, was das für einen Piloten bedeutete. Schweigend fingen die drei an zu essen. Es gab einen Kalbsbraten mit Kartoffelpüree und Karotten-Erbsen-Gemüse. Aber Emmanuelle aß lustlos und stocherte in dem Püree herum.

Ihr Vater wirkte resigniert, als er das Thema wieder aufnahm. »Also, wie gesagt, es ist ein Angebot, und es wäre ja erst einmal für eine begrenzte Zeit«, betonte er, »also falls ich hier …« Er sprach nicht weiter. Aber die beiden Frauen ahnten, was er sagen wollte. Falls man ihn bei der Luft Hansa entließ. »Und wenn dieser Vertrag in Buenos Aires ausläuft, kommen wir zurück, und was dann?« Heloise war zutiefst beunruhigt.

»Ich weiß es nicht!« Felix reagierte ungeduldig. »Dieses Angebot liegt mir vor, und es klingt verlockend. Es ist besser, als hier herumzusitzen.«

»Das ist doch blanker Unsinn«, sagte Heloise heftig. »Du bist einer ihrer besten Piloten, du hast so viele Ehrungen erhalten, ich glaube einfach nicht, dass sie dich entlassen. Außerdem«, fiel ihr plötzlich ein, »geht das auch wegen Emmanuelle nicht. Sie hat ihr Studium gerade erst begonnen.«

Heloise und Felix wandten sich beide ihrer Tochter zu. Emmanuelle atmete tief durch und richtete sich auf ihrem Stuhl auf. Sie musste sich jetzt zu ihren Plänen äußern, auch wenn es nicht gerade der beste Moment schien. »Ja«, begann Emmanuelle. »Also … dazu muss ich euch etwas sagen.«

Ihre Eltern legten das Besteck ab und sahen ihre Tochter fragend an.

»Was ist los?«, wollte ihr Vater wissen, als Emmanuelle zögerte.

»Ich möchte nicht weiterstudieren, ich will die Universität verlassen. Jura ist nicht das Richtige für mich. Schon als ich in der ersten Vorlesung …«

»Was ist das für ein Unfug?«, unterbrach ihre Mutter sie. »Du hast dein Abitur mit einer Eins gemacht, warte doch zumindest das erste Semester ab.«

»Hast du andere Pläne?« Felix Lambert blieb ruhig, erwartungsvoll sah er seine Tochter an.

»Mode! Ich will Modeschöpferin werden! Ich habe schon als Kind Kleider gezeichnet, und auch jetzt entwerfe und nähe ich meine ganze Garderobe selbst.«

Heloise Lambert brauchte einen Moment, um zu begreifen. »Du willst Schneiderin werden?«, fragte sie entsetzt.

»Nein, ich will Modeschöpferin werden, so wie Coco Chanel.«

»Wer ist das?«, fragte ihr Vater. »Ist sie berühmt?«

»Natürlich ist sie das. Sie hat die Mode revolutioniert, sie entwirft Sachen für die moderne Frau, sehr weiblich, chic und auch bequem. Sie hat das Korsett abgeschafft.«

»Ach Kindchen, wir wollten doch alle kein Korsett mehr tragen, dafür brauchten wir keine Coco Chanel«, warf ihre Mutter ein.

»Wie stellst du dir das genau vor?«, wollte ihr Vater wissen. Er wollte seiner Tochter die Möglichkeit geben, ihre Pläne zu erklären.

»Es gibt in Berlin eine Modeschule«, sagte Emmanuelle. Darüber hatte sie bereits nachgedacht, eine Ausbildung dort konnte sie notfalls auch mit Kind machen. »Oder ich könnte nach Paris gehen, das wäre natürlich das Beste«, fuhr sie fort. Das wäre ihr großer Wunsch gewesen, doch ihre Zukunft hing durch die Schwangerschaft von Julian ab.

»Das könnte dir so passen.« Heloise fuhr hoch. »Nach Paris! Allein! Ein junges Mädchen von neunzehn Jahren.«

Der Vater lachte gutmütig, und Emmanuelles Herz schlug heftig. War jetzt der Moment gekommen, in dem sie gestehen sollte, dass sie längst kein junges Mädchen mehr war? Und dazu noch schwanger?

»Ich denke, unserer Tochter können wir vertrauen«, meinte Felix Lambert mit Nachdruck. »Nicht wahr, Emma?«

Emmanuelle spürte, wie ihr die Röte ins Gesicht schoss. Ihr Vater hatte sie beim Kosenamen ihrer Kindheit genannt und ließ sie dadurch fast hilflos werden. »Natürlich könnt ihr das«, murmelte sie. Hatte sie das Vertrauen ihrer Eltern missbraucht, als sie die Geliebte von Julian wurde? Ihre Eltern würden das wahrscheinlich so sehen.

Sie nahm kaum mehr am Gespräch teil, bis ihre Mutter erklärte, sie könne sich ihre Pläne aus dem Kopf schlagen, sie müsse weiter studieren. »Du bist noch nicht volljährig«, sagte sie. »Du kannst nicht einfach machen, was dir durch den Kopf schießt. Und Modeschöpferin, das ist wirklich nichts anderes als eine bessere Schneiderin.«

Da sprang Emmanuelle auf. »Ich setze keinen Fuß mehr in die Universität«, rief sie. »Ich will nicht. Auch wenn ich noch nicht volljährig bin, könnt ihr mich nicht dazu zwingen. Das ist mein letztes Wort.«

»Und mein letztes Wort ist, dass du weiterhin in die Vorlesungen gehst, und wenn ich dich dorthin tragen muss!« Auch Heloise war aufgesprungen und rief ihrer Tochter diese Drohung noch nach, als Emmanuelle bereits die Tür hinter sich zuwarf.

In ihrem Zimmer blieb sie stehen und horchte nach draußen, doch ihre Mutter war ihr nicht gefolgt. Es würde schwierig werden, ihren Eltern alles zu erzählen. Aber *ein* Geständnis hatte sie jetzt schon einmal geschafft, und niemand konnte sie zwingen, auf die Universität zurückzugehen. Aber wie sah die Zukunft aus, wenn ihr Vater wirklich nach Buenos Aires gehen wollte? Hatte er es ernst gemeint? Und da ergriffen wieder Unruhe und Angst von ihr Besitz. Emmanuelle machte sich erneut große Vorwürfe, mit Mathilde über ihn und auch über Julian gesprochen zu haben. Was würde geschehen, wenn Mathilde ihr Versprechen nicht hielt?

*

Die Diskussionen über den Abbruch ihres Studiums gingen in den folgenden Tagen weiter. Doch Emmanuelle erklärte, sie habe sich schon abgemeldet und werde nicht mehr in die Universität gehen.

Zum Glück waren ihre Eltern zu sehr mit dem eigenen Leben beschäftigt. Ihr Vater wurde für einen Flug nach Moskau eingeteilt, und ihre Mutter versuchte die unerfreulichen Gespräche innerhalb der Familie zu vergessen und stürzte sich in die Vorbereitung fürs Weihnachtskonzert. Sie hatte schon vor einigen Jahren die Flügeltüren zwischen zwei der großen Zimmer herausnehmen lassen, so dass ein kleiner Konzertsaal entstand. Damals hatte sie Stühle für die Zuhörer gekauft und einer Freundin das Klavier abgeschwatzt. Die Musiker und Sänger, die bei ihnen auftraten, waren Studenten der Musikhochschule, die nur zu gern an diesen Hauskonzerten teilnahmen, denn es hatte sich herumgesprochen, dass zu Heloise Lamberts Konzerten auch ein bekannter Konzertveranstalter kam, um neue Talente zu entdecken.

Seit Wochen wurde schon geprobt, die jungen Künstler blieben auch oft zum Essen oder zu einem Imbiss, den Berthe in der großen Küche bereitwillig für alle zubereitete. Heloise Lambert, ganz in ihrem Element, flatterte in der Wohnung hin und her, schrieb Einladungen und hörte bei den Proben zu. Die Überlegungen ihres Mannes verdrängte sie, so gut es ging.

Für Emmanuelle zogen sich die Tage endlos in die Länge, während sie auf Julian wartete. Endlich meldete er sich. Während Emmanuelle mit ihm telefonierte, unterhielt sich ihre Mutter in der Diele mit dem jungen Dirigenten, lauschte aber mit einem Ohr auf das Gespräch ihrer Tochter.

Emmanuelle wandte sich ab und flüsterte in den Hörer: »Ich muss mit dir reden, Julian.«

»Das will ich auch, Emmanuelle, aber leider kannst du heute nicht zu mir kommen, da meine beiden Mitbewohner ein großes Fest feiern«, antwortete Julian. »Warum flüsterst du so?«, wollte er dann wissen.

»Unwichtig. Wo treffen wir uns?«, fragte sie ihn.

»Sagen wir, im Club *Bel jour*? Da gehst du doch gerne mit deinen Freunden hin, und am Nachmittag ist es dort ruhig.«

»Es sind nicht meine Freunde, es sind Mathildes Freunde«, stellte Emmanuelle klar und erwiderte dann: »Nein, bitte nicht dort.«

»Wo sonst? Sag schnell, ich stehe noch am Flughafen.«

»Na gut, dann im *Bel jour*«, antwortete Emmanuelle, da ihre Mutter neugierig näher gekommen war, während sie sich von dem jungen Dirigenten verabschiedete. »Also, sagen wir, um vier?«

»Ja, in Ordnung, aber es kann sein, dass ich mich etwas verspäte«, fügte Julian noch hinzu.

»Macht nichts. Bis später!« Schon hängte Emmanuelle ein. Wie sollte sie heute im Club mit ihm über ihre Schwangerschaft sprechen? Aber vom *Bel jour* konnten sie ja noch woanders hingehen. Es musste sich eine bessere Umgebung für ihr Gespräch finden.

*

Vor dem Club kam ihr Mathilde völlig aufgelöst entgegen.

»Hast du auf mich gewartet?«, wollte Emmanuelle erstaunt wissen. »Woher weißt du, dass ich heute hierherkomme?«

»Ich habe es gehofft. Ich warte schon eine ganze Weile. Ich muss unbedingt mit dir reden.«

»Warum?«

»Es geht um irgendeine Wette, mehr weiß ich auch nicht, das musst du mir glauben.«

»Und was hat das mit mir zu tun, Mathilde?« Emmanuelle war erschrocken. »Was für eine Wette?«, wiederholte sie drängend, da ihre Freundin schwieg. »Lass uns reingehen«, bat Mathilde schließlich, »Rolf merkt sonst, dass ich mit dir gesprochen habe.«

Es war kalt und nebelig, Emmanuelle fröstelte und stellte den Kragen ihres Mantels hoch. »Also gut«, sagte sie und versuchte, ihre unbestimmte Angst zu überspielen. »Gehen wir rein.«

Sie zog die massive Holztür auf und schob den schweren Vorhang zur Seite. Die Bar war an diesem späten Nachmittag noch fast leer, nur die *Gruppe* war schon da. *Bel jour* war eine kleine intime Bar mit holzvertäfelten Wänden und englischen Möbeln, extravagant und ausgefallen. An den Wänden hingen Fotos großer Chansonetten. Abends sang ein bekannter Transvestit Lieder über die Liebe. Rolfs Freunde standen an der Theke, rauchten ihre Zigarillos und ließen sich vom Barkeeper ein paar Geschichten erzählen, die sie mit brüllendem Gelächter quittierten. Auf dem Sofa saßen die jungen Frauen der *Gruppe*, Helga, Gudrun und Veronika, drei blonde »Mädel«, wie Rolf sie bezeichnete.

Er selbst lehnte am Klavier, beugte sich jetzt über die Tasten und fing im Stehen zu spielen an. »Das gibt's nur einmal, das kommt nie wieder …« Er ging eine Oktave höher, verzerrte die Melodie, sang mit hoher Stimme den Text, und die anderen klatschten Beifall.

»Du singst großartig«, rief Helga, stand auf und applaudierte begeistert.

»Die sind ja alle schon angetrunken«, flüsterte Emmanuelle Mathilde zu. »Ich warte lieber draußen auf Julian.«

Schon drehte sie sich um, doch da hörte Rolf abrupt mit dem Spielen auf. »Ah, die beiden Unzertrennlichen«, rief er ihnen zu. »Kommt, setzt euch«, forderte er die beiden Frauen freundlich auf.

Stumm sah Emmanuelle ihn an. Ihr war unbegreiflich, wieso ihre Freundin diesen Mann liebte und ihm vertraute. Sie versuchte, um Mathildes willen, irgendetwas Sympathisches in seinem glatten, schönen Gesicht zu entdecken. Es gelang ihr nicht. Hatte er es verwunden, dass sie ihn abgewiesen hatte, oder wartete er auf eine Gelegenheit, sich an ihr zu rächen, da sie ihn abwies? Du wirst es bereuen, hatte er gedroht. Wie würde Mathilde reagieren, wenn sie ihr davon erzählte? Würde sie ihr überhaupt glauben?

Das schoss ihr durch den Kopf, als sie ihn beobachtete, wie er nach seinem vollen Whiskyglas griff, das auf dem Klavier stand. Er nahm es hoch, kam lächelnd auf sie zu und bot es Emmanuelle an. Doch sie schüttelte ablehnend den Kopf.

»Danke, ich will nichts trinken.«

»Willst du überhaupt nichts oder willst du nur von mir nichts?« Er lächelte weiterhin, während er laut und unüberhörbar die provokante Frage stellte. Es wurde still im Raum. Rolfs Freunde an der Bar drehten sich um, auch die jungen Frauen brachen ihre Unterhaltung ab, alle sahen sie auf Rolf und Emmanuelle.

»Vor allem mag ich nicht aus deinem Glas trinken«, erklärte Emmanuelle in gleicher Lautstärke. Rolf wurde blass, doch er lächelte weiterhin, während seine Augen sie ausdruckslos anstarrten. Was wollte dieser Mann nur von Mathilde, einem hübschen »Puppenmädchen« mit strahlenden Augen und naivem Lächeln? Was verband ihn mit ihr? Zog ihn gerade ihre Naivität an, suchte er bei Mathilde die einfachen, klaren Gefühle, gab sie ihm das, wonach er sich insgeheim sehnte? Während Emmanuelle noch stumm verharrte, forderte Rolf Veronika und Gudrun auf, zusammenzurücken und auf dem Sofa Platz zu machen. Sofort folgten die beiden jungen Frauen seiner Anweisung, doch Emmanuelle setzte sich auf einen Stuhl. Mathilde aber quetschte sich zwischen die Mädchen.

»Ich bleibe nicht lange«, wandte sich Emmanuelle an Rolf. »Ich warte nur auf meinen Freund, und dann bin ich wieder weg.«

»Ach ja, dein Freund«, betonte Rolf. Er nahm einen Schluck von seinem Whisky, bevor er weitersprach: »Mathilde hat mir erzählt, dass er öfter als Copilot im Cockpit sitzt, wenn Adolf Hitler und sein Gefolge ein Flugzeug brauchen.«

»Und?« Emmanuelle blieb ruhig. »Das ist kein Geheimnis.«

»Das sicher nicht«, lächelte Rolf weiterhin, ohne sie aus den Augen zu lassen, »aber vielleicht ist seine jüdische Mutter ein Geheimnis, das die Fluggesellschaft nicht kennt. Nicht das einzige Geheimnis übrigens …«

Emmanuelle drehte sich Mathilde zu, die ihren Kopf gesenkt hielt und an ihrer kleinen Handtasche zerrte.

»Ja, Mathilde – unser kleines Mädchen kann einfach nicht den Mund halten«, setzte Rolf spöttisch hinzu. »Aber weißt du, Emmanuelle«, er trat hinter ihren Stuhl und beugte sich zu ihr hinunter, so nahe, dass sie sein Rasierwasser roch. Angeekelt sprang sie auf.

»Ganz ruhig«, sagte er freundlich, »ich will dich nur um einen Gefallen bitten, mehr nicht.«

Mathilde hatte von einer Wette gesprochen, und jetzt ging es nur um einen Gefallen? Ihr Misstrauen wuchs, da Rolf sie anlachte, als sei alles nur ein Spaß.

Sie wartete angespannt, dass er weitersprach, doch jetzt hatte der Barkeeper das Radio auf höchste Lautstärke gestellt. Die jungen Frauen sprangen vom Sofa hoch und fingen auf die Melodie »Mein kleiner grüner Kaktus« zu tanzen an, drehten sich im Kreis, kicherten und warfen ihren Freunden an der Bar Kusshände zu. Nur Mathilde tanzte nicht mit.

»Wann kommt Julian? Hat er dich versetzt?« Rolf trat ganz nahe zu ihr, damit sie ihn trotz der lauten Musik verstehen konnte. Wieder wich sie zurück und hob die Schultern.

»Ich weiß nicht, wann er kommt.«

»Nun, dann pass mal auf.« Er nahm ihren Arm, und widerstrebend folgte sie ihm durch die tanzenden jungen Frauen bis zum Klavier.

»Also nehmen wir mal an«, er sprach weiterhin laut, um die Musik zu übertönen, und Emmanuelle musste sich trotzdem anstrengen, ihn zu verstehen. »Also, meine Liebe, nehmen wir mal an«, wiederholte er, »ich spreche mit meinen Eltern über deinen Vater und seine politischen Ansichten. Ich denke, du weißt, dass mein alter Herr im Aufsichtsrat der Luft Hansa sitzt. Und sicher hat dir Mathilde auch erzählt, dass meine Eltern überzeugte Nationalsozialisten sind und Adolf Hitlers Ideen sehr begrüßen.« Hier machte er eine Pause und beobachtete Emmanuelle scharf.

Sie ahnte, worauf er hinauswollte. Sie hatte ihren Vater verraten, als sie mit Mathilde so leichtsinnig über seine politische Meinung sprach. Und Mathilde hatte ihr Versprechen gebrochen. Sie musste weg hier, so schnell es ging. Emmanuelle sah sich nach Mathilde um, die immer noch auf dem Sofa saß und den Blick gesenkt hielt.

»Möchtest du gar nicht wissen, was ich von dir will?«, klang Rolfs Stimme an ihr Ohr.

»Mathilde hat etwas angedeutet, eine Wette oder so ähnlich«, murmelte sie.

»Unser kleines Mädchen«, unwillkürlich sah Rolf zu Mathilde und lachte auf. »Ich wusste doch, dass sie nicht schweigen kann. Also, Folgendes, ich weiß, dass am Freitag Adolf Hitler und sein Gefolge mit der Luft Hansa nach München fliegen. Ich habe auch erfahren, dass dein Julian *David*« – er betonte den zweiten Vornamen – »Kröger der Copilot ist. Falls er es schafft und du mitfliegen kannst, hat er praktisch die Wette, wie wir es jetzt mal nennen wollen, gewonnen. Aber ich brauche ein Beweisfoto, eine nette Aufnahme von Hitler im Flugzeug. Ein Bild, das du machen wirst. Nicht irgendein Pressefotograf, der vielleicht mitfliegt.«

»Das ist doch … kindisch …« Emmanuelle bemühte sich, ruhig zu bleiben »Und das weißt du auch. Warum sollte Julian das tun?«

»Warum? Weil es mir so passt, darum! Sollte es ihm gelingen, wird die Luft Hansa nichts über Julian *David* Krögers jüdische Abstammung erfahren. Und da ist ja auch noch die politische Meinung deines alten Herrn. Aber auch sie bleibt dann unser kleines Geheimnis.« Rolf lachte auf, als er sah, wie Emmanuelle blass wurde. »Du musst also nichts anderes tun, als deinen Freund zu überzeugen, dich ins Flugzeug zu schmuggeln. Das Schicksal deines Freundes und das deines Vaters liegen praktisch in deiner Hand. Aber natürlich bleibt das zwischen uns, Kröger darf nicht erfahren, warum du mitfliegen willst. So lautet meine Bedingung.«

»Ich werde mit ihm reden«, antwortete Emmanuelle langsam, »aber versprechen kann ich nichts.« Sie versuchte, ruhig zu bleiben, sich vor Rolf keine Blöße zu geben. »Aber er wird fragen, warum er das machen soll.«

»Dir wird schon was einfallen«, meinte Rolf und tastete seine Anzugjacke nach seinem Zigarettenetui ab. »Also streng dich an, und vergiss nicht, ich brauche ein Beweisfoto.«

Emmanuelle sah wieder zu Mathilde, die weiter schwieg und sie jetzt mit einem flehenden Blick ansah. Emmanuelle erwiderte den Blick ungläubig, schüttelte nur den Kopf und verließ das Lokal.

»Ich brauche ein Beweisfoto.« Der Satz klang noch in ihren Ohren nach, während sie vor dem Club auf und ab lief. Sie fror erbärmlich, und ihre Zähne schlugen aufeinander, vor Kälte, vor Nervosität. Sie behielt die Tür im Auge, in der Hoffnung, Mathilde käme heraus, würde sich entschuldigen und ihr versprechen, alles wieder in Ordnung zu bringen. Aber die Tür blieb geschlossen.

Endlich sah sie Julian, der mit wehendem rotem Schal auf sie zulief. Sie kam ihm entgegen und warf sich in seine Arme. »Es tut mir leid«, sagte er, »dass ich so spät dran bin. Aber was hast du denn, warum weinst du?« Betroffen löste er ihre Arme, die sich um seinen Hals geschlungen hatten, und schob Emmanuelle ein wenig von sich ab. Sie hatte nicht einmal gemerkt, dass ihr Tränen über die Wangen liefen.

»Gehen wir rein?«, fragte er, doch Emmanuelle schüttelte heftig den Kopf. »Nein, bitte nicht.«

Er warf ihr einen kurzen Blick zu und schlug dann vor, ins Café Flora zu gehen. Emmanuelle nickte, und so nahm er sie am Arm und überquerte mit ihr die Straße. Hand in Hand gingen sie schweigend am KaDeWe vorbei, das hell angestrahlt war und in den Schaufenstern eine opulente Weihnachtsdekoration mit inszenierten Märchenbildern präsentierte. Und dazwischen standen die hübsch angezogenen Käthe-Kruse-Puppen. Viele Eltern mit ihren Kindern, die ihre Nasen an den Schaufenstern platt drückten und jubelten, drängten sich davor.

»Ich habe nur eine halbe Stunde Zeit«, erklärte Julian bedauernd, als sie im Café Flora zwischen Palmen und Kakteen saßen. »Ich übernehme morgen in aller Frühe einen Flug nach Hamburg und von dort weiter nach Frankfurt.« Besorgt sah er sie an und fragte: »Also, warum hast du geweint? Was ist los?« Er winkte eine Kellnerin herbei und bestellte zwei Tassen Kaffee.

Eine halbe Stunde nur. Zu kurz, um ihm zu erzählen, dass sie schwanger war. Julian wirkte nervös, immer wieder fuhr er sich durch die blonden Haare. Kein guter Zeitpunkt.

Aber eine halbe Stunde war genug, um über Rolf zu sprechen. Als der Kaffee gebracht wurde, zahlte Julian bereits, während Emmanuelle in hastigen Worten von Rolfs Ansinnen erzählte. Sie wollte es schnell hinter sich bringen.

Zuerst schwieg Julian, trank einen Schluck und beugte sich ihr über den Tisch entgegen.

»Rolf hat sich doch auch schon mehrmals an dich herangemacht, oder?«

Emmanuelle nickte wortlos.

»Weißt du«, antwortete Julian nach einer kleinen Pause, »dieser Rolf ist ein dummer, eitler Junge, nichts weiter, genau wie seine Freunde, verwöhnte Bengel reicher Eltern. Aber worum geht es in der Wette? Um dich? Was ist der Einsatz?« Julian sah sie an, Anspannung lag auf seinem Gesicht.

»Es gibt keinen Einsatz, genau genommen, er sagt, es ist …« Emmanuelle suchte nach den geeigneten Worten, sie musste glaubwürdig klingen, ohne die Wahrheit preiszugeben. Das schmerzte sie, da es ihr widerstrebte, Julian anzulügen. Sie konnte ihm auch nicht sagen, dass es eigentlich keine Wette war, mehr eine Erpressung. Aber wenn sie es nicht schaffte, Julian zu überreden, dann zerstörte sie seine Existenz und wahrscheinlich auch die ihres Vaters.

»Also, worum geht es?«, drängte er auf Antwort.

»Nun, Rolf glaubt, dass du dich nicht traust, mich in das Flugzeug zu schmuggeln, mit dem Adolf Hitler reist. Er meint, du hättest keinen Mut dazu.«

»Ach ja?«

Emmanuelle erschrak, als sie Julian ansah. Er war blass geworden und presste die Lippen zusammen.

»Das meint er? Er will so eine Art Mutprobe? Dieser dumme Schuljunge.« Julian lachte, aber es klang hart und geringschätzig. »Es geht also nur darum, zu beweisen, dass er der Stärkere ist?«

»Ich denke, ja«, ging Emmanuelle auf Julians Argument ein. Sie war erleichtert, dass Julian glaubte, es ginge nur um eine Mutprobe zwischen Männern.

»Das wollen wir doch mal sehen«, sagte Julian. »Also, Emmanuelle, sei am Freitag um fünfzehn Uhr am Flughafen, wir treffen uns dort. Du fliegst mit Adolf Hitler und seinen Adjutanten nach München, Abflug 15.55 Uhr. Rolf wird schon sehen, was ich kann und was nicht. Informiere ihn schon mal, dass ich den Fehdehandschuh aufnehme.«

Julian sprang vom Stuhl hoch und trank im Stehen noch rasch den letzten Schluck Kaffee aus seiner Tasse. Auch Emmanuelle hatte sich erhoben. Angst ergriff sie plötzlich, tiefe Angst vor dem, was sie ausgelöst hatte und was sich nun verselbständigte.

»Vielleicht vergessen wir das Ganze einfach, meinst du nicht auch?« Für einen Moment kam ihr der Gedanke, dass es vielleicht klüger war abzuwarten, ob Rolf seine Drohungen wahr machte. Doch Julian schüttelte den Kopf, fuhr ihr kurz durch die dunklen Locken und gab ihr einen leichten Kuss auf die Wange.

»Das ist eine Sache zwischen Männern, das verstehst du nicht. Wir ziehen das durch. Ich werde es diesem Rolf Beckmann, diesem verwöhnten Jüngelchen, schon zeigen. Ich melde mich noch und sage dir, wo genau wir uns am Flughafen treffen.«

Damit verabschiedete er sich und hastete aus dem Café. Emmanuelle verharrte einen Moment, bevor auch sie langsam dem Ausgang zustrebte.

»Eine Sache zwischen Männern«, wiederholte sie in Gedanken. Nur eine Mutprobe. Wer ist der Stärkere, das war alles, worum es für Julian ging. Doch tief in ihrem Herzen zweifelte Emmanuelle an ihrer Entscheidung, Julian die Wahrheit verschwiegen zu haben.

*

Julian hatte vor, Emmanuelle ganz offen mit in den Flieger zu nehmen. Er war der Erste, der die Maschine betrat, und er würde bei eventuellen Fragen erklären, Emmanuelle sei eine Angestellte der Luftfahrtbehörde und müsse dringend nach München. Das erklärte er ihr rasch vor dem Abflug.

»Wir fliegen heute nicht mit der Junkers Ju 52«, fügte er hinzu, was Emmanuelle gar nichts sagte. »Sondern mit einer großen Maschine, der …«

Emmanuelle war so aufgeregt, dass sie nicht hörte, mit welchem Flugzeugtyp sie flogen. Es war ihr auch egal. Sie hatte die ganze Nacht nicht geschlafen. Seit ihrem kurzen Gespräch im Café Flora fragte sie sich selbst immer wieder, ob sie verantwortungsvoll handelte, wenn sie ihm die Wahrheit verschwieg. Hatte sie das Recht dazu? Oder hätte sie ihren Vater einweihen müssen? »Es wird alles gutgehen, ich verspreche es dir, Emmanuelle«, versicherte Julian ihr und zog sie an sich.

Während er mit ihr übers Rollfeld hastete, sah Emmanuelle die Gruppe von Männern, die auf den Einstieg ins Flugzeug warteten. Sie konnte einen kurzen Blick auf Adolf Hitler werfen, der einen Trenchcoat trug, gerade den Hut abnahm und sich mit einer Hand die Haare fest an die Stirn drückte.

In der Maschine nahm Julian sie beiseite. »Komm, die Passagiere werden gleich ausgezählt«, flüsterte er ihr zu.

Er schob sich mit ihr in die Toilettenkabine.

»Wir müssen warten.« Julian war blass und wirkte jetzt extrem nervös. War seine kühle Haltung, die er gerade noch demonstriert hatte, nur gespielt, war er genauso in angespannter Verfassung wie auch sie? Doch dann nahm er Emmanuelle in die Arme und flüsterte ihr zu, sich ganz ruhig zu verhalten. Eng umschlungen verharrten sie schweigend miteinander in der winzigen Kabine.

»Und jetzt?«, flüsterte Emmanuelle. Da klopfte es mehrmals an der Tür, und ein Mann rief, man solle bitte aufmachen. Man habe ihn gerufen, die Toilette funktioniere nicht. Und eigentlich müsse er schon wieder von Bord, damit die Maschine pünktlich starten könne.

»Das ist der Mechaniker«, flüsterte Julian. »Davon wusste ich gar nichts. Hoffentlich öffnet er nicht von draußen die Tür.« Er kniff die Augen zusammen, dachte kurz nach, dann rief er durch die Tür, er sei der Copilot Kröger und habe sich Kaffee über das Hemd und die Hose geschüttet.

»Es tut mir sehr leid, aber ich muss dringend die Flecken entfernen. Ich stehe hier in der Unterhose.«

Die Antwort von draußen war ein gutmütiges Lachen.

Julian und Emmanuelle horchten angespannt, sie hörten, wie sich zwei Männer direkt vor der Tür unterhielten.

»Ist gut«, rief der Mechaniker dann, »wir hängen ein ›Defekt‹-Schild an die Tür. Ich gebe durch, dass sich am Münchner Flughafen ein Kollege darum kümmert.«

Julian seufzte erleichtert auf und benetzte sein Hemd und die Hose mit Wasser, um seine Geschichte glaubhaft zu machen.

»Das ist noch mal gutgegangen«, flüsterte er Emmanuelle zu, doch er konnte seine Nervosität kaum verbergen. Emmanuelle spürte, dass er bereute, sich auf Rolfs »Mutprobe« eingelassen zu haben.

»Pass auf«, instruierte er sie dann eindringlich, »es darf nichts schiefgehen. Ich muss jetzt ins Cockpit. Bleibe noch so lange hier drin, bis wir in der Luft sind. Dann kannst du raus und setzt dich in der Ecke auf den Sitz, schnallst dich an und wartest dort. Deine Kamera hängst du dir nicht um, die steckst du lieber in deine Tasche.«

»Und wenn mich jemand fragt, soll ich dann sagen, ich sei von der Luftfahrtbehörde?«

Doch Julian hörte Emmanuelles Frage nicht mehr, er schloss die Tür auf, sah vorsichtig hinaus, und schon hatte er sich durch den Spalt gedrückt. Rasch verriegelte Emmanuelle die Tür hinter ihm. Sie lauschte nach draußen, hörte, wie die Türen geschlossen wurden, wie die Motoren aufheulten und die Maschine die Startbahn entlangholperte und an Tempo gewann.

Emmanuelle setzte sich auf den Toilettensitz und stützte sich mit den Händen an den Wänden ab, als der Flieger abhob. Sie versuchte, ruhig zu bleiben.

»Es geht alles gut«, flüsterte sie, »alles wird gut.«

Sie dachte an den Moment, als sie ihrer Mutter erklärt hatte, sie käme erst am späten Abend wieder heim. Julian hatte für sie den Rückflug aus München nach Berlin um siebzehn Uhr gebucht.

Heloise fragte nicht einmal, warum ihre Tochter die Leica ihres Vaters aus dem Schrank in der Diele holte, denn als sich Emmanuelle den Mantel überzog, läutete es.

»Das ist der Blumenhändler!«, rief sie. »Ich habe einen sehr großen Adventskranz bestellt, mit roten und goldenen Bändern und goldenen Kerzen.«

Während ihre Mutter zur Eingangstür ging, um zu warten, bis der Aufzug nach oben kam, drückte sich Emmanuelle schnell an ihr vorbei.

»Bis heute Abend«, rief sie und rannte die Treppe hinunter. »Es wird spät, ich bin bei Mathilde.«

Was würde ihre Mutter sagen, wenn sie Emmanuelle hier auf der Toilette im Flugzeug sitzen sah, ängstlich, wegen ihrer gedankenlosen Aussagen über die politischen Ansichten ihres Vaters und der jüdischen Abstammung ihres Freundes? Konnte sie die beiden wirklich schützen? Wieder brachen Zweifel bei ihr durch, Rolf würde sich nicht an die Absprachen halten. Denn was war ein Versprechen von einem solchen Menschen wert?

Emmanuelle hätte die Kabine am liebsten gar nicht verlassen. War sie hier nicht sicherer, wenn an der Tür das Schild »defekt« hing? Aber irgendwie musste sie das Beweisfoto machen. Vielleicht beim Aussteigen, wenn ohnehin alle in Bewegung waren, dann würde sie am wenigsten auffallen. Sie blieb sitzen, die Hände bei Turbulenzen wieder gegen die Wände gestemmt. Die Zeit wollte nicht vergehen, sie hatte das Gefühl, der Flug dauerte ewig, bis die Maschine langsam in den Sinkflug ging. Endlich setzte sie hart auf den Boden auf, brauste die Landebahn entlang, stand schließlich still. Emmanuelle erhob sich, ihr war schwindlig. Dann hörte sie laute Stimmen, Schritte, Rufe, die sie nicht verstand. Konnte sie überhaupt noch ein Foto machen? Angespannt horchte sie nach draußen. Die Männer, in eine angeregte Unterhaltung vertieft, schienen das Flugzeug zu verlassen, dann wurde es ruhig. Stille umfing Emmanuelle. Wo blieb Julian, wieso holte er sie nicht? Emmanuelles Nervosität wurde zu Panik. Waren Adolf Hitler und sein Gefolge dann nicht schon längst vom Flughafen abgebraust, bevor sie überhaupt die Maschine verlassen konnte? War alles verloren?

Jetzt versuchte jemand, die Tür zu öffnen, ein Mann rief ihren Namen und befahl ihr, sofort herauszukommen. Sie war entdeckt worden, sie war aufgeflogen! Mit rasendem Herzklopfen öffnete Emmanuelle die Tür einen Spaltbreit, da wurde sie schon von außen gewaltsam aufgestoßen. Ein

Mann stand ihr gegenüber und fragte, ob sie Fräulein Emmanuelle Lambert sei? Als sie nickte, erklärte er, sie sei vorläufig festgenommen.

»Wieso?«, brachte sie mühsam über die Lippen. Sie versuchte sich zu wehren, als der Mann sie schweigend am Arm aus der Kabine zerrte und ihr ein zweiter die Arme nach hinten bog, um ihr Handschellen anzulegen. Dann führten sie Emmanuelle die Gangway hinunter. Sie stolperte, fing sich wieder, doch ihre Beine versagten, so dass der eine Mann sie stützen musste. Als sie sich umsah, wuchs ihre Angst ins Unermessliche. Überall wimmelte es von Polizei, als man sie zu einem dunklen Wagen führte und sie mit dem Kopf zuerst in den Fond des Wagens drückte.

*

Die Männer, die sie in den Wagen gestoßen hatten, schwiegen auf Emmanuelles Fragen, auch auf ihr Schluchzen. Wo war Julian, war er auch verhaftet worden? Die Männer führten sie durch den Innenhof eines alten Gebäudes und dort in einen Raum mit vergitterten Fenstern. Einer von ihnen nahm ihr die Tasche ab, holte die Kamera heraus und übergab sie seinem Kollegen. Dann verließen sie wortlos das Zimmer.

Völlig verängstigt blieb Emmanuelle stehen. Durfte sie ihre Eltern anrufen? Oder würde man sie verständigen, wenn man sie hierbehielt? Wieder packte sie entsetzliche Angst, sie war keines vernünftigen Gedankens fähig. Nach einiger Zeit kam eine Beamtin herein, befahl ihr, die Schuhe auszuziehen, den Gürtel zu lösen und sich auszuziehen. Hilflos stand Emmanuelle in Unterwäsche vor ihr, während die Beamtin sie abtastete. Danach durfte sie sich wieder anziehen, und die

Beamtin brachte sie in einen anderen Raum. Sie solle hier warten, bis sie dem Haftrichter vorgeführt wurde.

Emmanuelle stellte sich einen Gerichtssaal vor mit langen Bankreihen und oben auf einem Podest einen Richter in seinem Talar hinter einem langen Holztisch. Doch als sie endlich abgeholt wurde, brachte man sie in ein karg eingerichtetes Büro. Hinter dem Schreibtisch saß ein dicker glatzköpfiger Mann, der in ein Wurstbrot biss. Starker Knoblauchgestank füllte den kleinen Raum, so dass Emmanuelle würgender Brechreiz überfiel. Das also war der Haftrichter? Fast war sie erleichtert, hier und nicht in einem hohen alten Gerichtssaal zu stehen, der an sich schon Angst einjagte. Schweigend sah sie ihn an, bis er sie mit einer Geste seiner Hand, die das Brot hielt, anwies, auf dem Stuhl vor dem Schreibtisch Platz zu nehmen. Dann legte er endlich sein Brot auf den Teller, hob ein Blatt Papier hoch und las Emmanuelle vor, was man ihr zur Last lege. Sie und ihr jüdischer Freund Julian David Kröger seien verhaftet worden, und zwar wegen des »Verdachts, ein Attentat auf Adolf Hitler am Flughafen München geplant zu haben«. »Nein«, schrie Emmanuelle verzweifelt auf. »Nein, das ist eine Lüge, es stimmt nicht, niemals! Es war doch nur eine Wette, eine dumme Wette mit Rolf Beckmann, bitte fragen Sie ihn.« Oder sollte sie sagen, dass er sie erpresst hatte?

Ungerührt von Emmanuelles Versicherungen, verfügte der Richter, dass sie von heute, Freitag, bis Montag früh in Gewahrsam blieb. »Aber wer kommt denn auf die Idee, dass wir ein Attentat geplant hätten?«, fragte Emmanuelle weinend.

»Es ging ein anonymer Anruf bei uns und gleichzeitig bei der Luft Hansa ein«, erklärte der Haftrichter. »Wir müssen jede Anzeige ernst nehmen und ihr nachgehen.«

Während Emmanuelle ihren Tränen freien Lauf ließ, kamen zwei Polizistinnen und brachten sie in eine Zelle. Dann fiel die Tür hinter ihr zu und wurde verschlossen.

Nach einer Weile ließ sie sich vorsichtig auf dem Rand der Pritsche nieder. Aufrecht und steif saß sie da und lauschte, doch nichts regte sich. In ihrem ganzen Leben würde Emmanuelle niemals wieder eine so lange Nacht erleben.

Das matte Licht der Sterne drang durch das hohe vergitterte Fenster und versickerte irgendwo in der Dunkelheit des Raumes.

Wo aber war Julian?

»Julian, Julian«, flüsterte sie und unterdrückte ein Aufschluchzen. Sie war schuld. Sie hatte Mathilde gedankenlos zu viel anvertraut, obwohl sie hätte wissen müssen, dass man ihr nichts mehr erzählen durfte. Rolf hatte nie vorgehabt, fair zu sein. Für einen wie ihn existierten keine Regeln. Er wollte Rache, Rache an ihr für die Zurückweisung, und er benutzte dazu ihren Vater und den Mann, den sie liebte. Und den er zerstören wollte. Was kam jetzt noch?

Verzweifelte Einsamkeit und die irrationale Angst, nie mehr hier herauszukommen, befielen sie.

Emmanuelle konnte nicht schlafen, obwohl sie übermüdet war. Sie konnte die Suppe und das Brot nicht essen, die man ihr brachte – wenn sie es versuchte, revoltierte ihr Magen. Sie konnte kaum trinken. Sie verspürte nur diese furchtbare Angst, ihre Eltern würden nie erfahren, wo man sie hingebracht hatte, man würde sie irgendwie vergessen und diese Tortur nie enden. In diesem Zustand verbrachte sie auch die folgenden zwei Tage und Nächte.

Am Montagmittag wurde Emmanuelle aus ihrer Zelle geholt und in das Zimmer 312 gebracht. Es roch nach Kaffee, und ein freundlicher Beamter bot ihr den Stuhl an, fragte, ob sie eine Tasse Kaffee haben wolle, und erklärte ihr, er halte die ganze Geschichte für absurd.

»Aber schließlich waren Sie als blinder Passagier an Bord, das wirft natürlich Fragen auf«, erklärte er, »und wir müssen jeder Anzeige nachgehen, auch wenn sie anonym ist.«

»Ja, das habe ich schon gehört«, antwortete Emmanuelle tonlos. »Sind meine Eltern hier?«

Als der Beamte den Kopf schüttelte, bat sie ihn, zu Hause anrufen zu dürfen.

»Das haben wir bereits für Sie getan, Fräulein Lambert. Sie waren ja völlig außer sich, keines vernünftigen Wortes fähig. Am Freitagabend haben wir bereits Ihre Eltern in Berlin verständigt.«

»Was haben sie gesagt? Warum sind sie nicht gekommen?«

Der Beamte hinter dem Schreibtisch zuckte die Achseln und ging darauf nicht ein. Emmanuelles erste Erleichterung verwandelte sich in Entsetzen: Ließen ihre Eltern sie im Stich? Hatte sie sie so tief enttäuscht? Der Beamte erklärte ihr jetzt, man habe in Berlin Rolf Beckmann verhört, der bestätigt hatte, dass es sich tatsächlich nur um eine Wette gehandelt habe. Eine Wette, die sie, Emmanuelle Lambert, und ihr Freund Julian David Kröger, ihm vorgeschlagen hätten.

»Nein«, fuhr Emmanuelle auf, »es war genau umgekehrt.« Doch dann schwieg sie. Es hatte keinen Sinn zu widersprechen, sie sah es an dem Blick des Beamten. Dann musste sie einige Papiere unterschreiben und bekam ihre Handtasche zurück. »Der Fotoapparat bleibt noch hier. Der Film ist herausgenommen worden und wird heute untersucht. Beides geht Ihnen dann an Ihre Berliner Adresse zu«, erklärte der Beamte. »Das ist eine ziemlich dumme Sache gewesen, die Sie sich da haben einfallen lassen«, sagte er abschließend. »Nicht nur kindisch, sondern auch gefährlich. Und leider wurde auch die Presse verständigt«, fuhr der Beamte fort. Emmanuelles Magen krampfte sich zusammen. »In einer Zeitung stand sogar, dass Ihr Vater sich gegen den Nationalsozialismus ausgesprochen habe und Ihr Freund Halbjude sei. Ihre Eltern müssen in den vergangenen Tagen allerhand durchgemacht haben, Ihretwegen und aufgrund Ihrer unbedachten Handlung.«

»Ich habe einen Fehler gemacht, ja«, flüsterte Emmanuelle.

»Nur einen?«, fragte der Beamte spöttisch. »Nun ja, es ist ja dank Rolf Beckmanns Aussage alles gut ausgegangen. Aber Sie werden es sicherlich nicht leicht haben, wenn Sie nach Berlin zurückkommen.«

Emmanuelle blieb stumm. Sie konnte nicht begreifen, wieso Rolf für sie ausgesagt hatte. Sicher war er es doch gewesen, der den Anruf bei der Polizei getätigt und auch die Presse verständigt hatte. Niemand sonst kam in Frage.

»Wo ist Julian Kröger?«, wollte sie noch wissen, als es klopfte und ein junger Beamter den Raum betrat.

»Grüß Gott«, begrüßte er Emmanuelle freundlich. »Heute Vormittag war Dr. Hofer, der Anwalt Ihres Vaters, bei uns. Er sollte Sie abholen, doch Ihre Freilassung hat sich verzögert, da konnte er nicht mehr warten. Aber er übergab mir dieses Kuvert, darin befindet sich Ihre Fahrkarte, München–Berlin, Abfahrt heute, Hauptbahnhof, um 20.50 Uhr. Jetzt sollen Sie sich ein Taxi nehmen, zur Kanzlei von Dr. Hofer fahren und bis heute Abend dort warten. Das will Ihr Vater so. Visitenkarte der Kanzlei und Geld sind ebenfalls im Kuvert.« Emmanuelle nahm es entgegen und steckte es in ihre Handtasche.

»Ach ja, übrigens«, fuhr der Beamte noch fort, während er bereits die Tür öffnete, um zu gehen. »Ein junger Mann war auch noch da, er sagte, er sei Ihr Freund und …«

Emmanuelle sprang vom Stuhl hoch. Julian!

»Von ihm soll ich Ihnen ausrichten, er warte im Hotel Bayrischer Hof auf Sie, Zimmer 101. Das ist nicht weit weg von hier.«

Julian wartete auf sie! Emmanuelle schossen Tränen in die Augen. Der Alptraum war vorbei, alles würde gut werden, wenn sie und Julian nur wieder zusammen waren.

»Danke, vielen Dank! Wo ist der Bayrische Hof?«

Der junge Beamte zögerte, bevor er ihr den Weg erklärte. Dann fügte er noch hinzu: »Es stehen keine Reporter vor dem Gebäude, Sie können also getrost den Haupteingang benutzen.«

Im Gehen hörte sie noch die Stimme des Beamten hinter dem Schreibtisch: »Sollten Sie nicht lieber dem Wunsch Ihres Vaters folgen und in die Kanzlei von Dr. Hofer fahren?« Er klang besorgt, doch da hörte Emmanuelle ihm schon gar nicht mehr zu, sondern rannte hinaus. Sie fand sofort den Weg zum »Bayrischen Hof« und stürmte durch die Halle und die Treppe hoch, bevor jemand an der Rezeption sie überhaupt bemerkte.

»Julian«, rief sie bereits, während sie ungeduldig an der Tür von Zimmer 101 klopfte. Lautlos wurde sie von innen geöffnet, und sie trat ein. Doch es war nicht Julian, der sie erwartete.

*

Der Nachtzug aus München traf um acht Uhr morgens in Berlin ein. Felix Lambert holte seine Tochter ab. Er ging am Zug entlang, aus dem die Reisenden längst ausgestiegen waren, bis er vor dem Schlafwagenabteil stand. »Ich suche meine Tochter«, wandte er sich beunruhigt an den Schaffner, »sie muss mit diesem Zug gekommen sein.«

»Ach ja, eine junge Frau sitzt noch drin, sie reagierte nicht, als ich sie bat, auszusteigen.«

Beunruhigt stieg Felix Lambert hinter dem Zugbegleiter in den Waggon. Der führte ihn zu dem Abteil, in dem Emmanuelle noch auf dem Bett saß, die Handtasche auf dem Schoß.

Sie sah hoch, sah ihren Vater an, doch sie blieb sitzen und zeigte keine weitere Regung. Als er sie besorgt hochzog und sie umarmen wollte, zuckte sie zusammen und wich zurück.

Dann folgte sie ihm stumm aus dem Zug.

Während der Autofahrt nach Hause starrte sie aus dem Fenster, das Gesicht abgewandt. Sie antwortete nicht auf die vorsichtigen Fragen ihres Vaters, ob es sehr schlimm gewesen sei. Teilnahmslos zuckte sie mit den Schultern.

»Wir haben uns Sorgen gemacht, als du am Freitagabend nicht nach Hause gekommen bist. Aber dann wurden wir von der Münchner Polizei angerufen. Ich wollte sofort nach München fahren, doch Anwalt Dr. Winter riet davon ab. Unser Haus wurde das ganze Wochenende und auch gestern noch von Reportern umlagert. Ach, es tut mir so leid, meine kleine Emma.«

Die Stimme von Felix Lambert klang müde und verzweifelt, und zum ersten Mal sah Emmanuelle ihren Vater an. Sein Gesicht war gezeichnet von Sorgen, Schlaflosigkeit und Resignation.

»Was ist mit Julian?«, wollte sie fragen, doch dann blieb sie stumm, aus Angst vor einer Wahrheit, die sie nicht verkraften würde. Sie wollte nicht hören müssen, dass man ihn in Haft behielt, verurteilte und ihn als Juden, der ein Attentat geplant hatte, für Jahre ins Gefängnis schickte.

»Du hättest mich in München abholen sollen«, flüsterte sie dann und wandte den Kopf zur Seite.

*

Felix Lambert fuhr in die Nebenstraße und brachte seine Tochter über den Innenhof ins Haus.

»Eine Vorsichtsmaßnahme«, erklärte er, während er Emmanuelle sanft in den Aufzug schob und mit ihr nach oben fuhr.

Heloise erwartete ihre Tochter an der offenen Tür zum Wohnzimmer.

»Du hast unser Leben ruiniert«, klagte sie und weinte in ihr Taschentuch. »Man beschimpft uns in der Zeitung, und man hat deinen Vater heute Morgen entlassen. Weil du so kindisch bist! Was ist nur in dich gefahren?«

»Lass sie, Heloise!« Die Stimme von Felix Lambert klang so scharf, dass seine Frau abrupt mit dem Schluchzen aufhörte und die Hand mit dem Taschentuch sinken ließ. Dann aber kam sie auf Emmanuelle zu, die immer noch reglos in der Diele stand.

»Du hast uns so enttäuscht. Und gestern kam dann auch noch der Anruf einer Frau Dr. Fischer, einer Ärztin, bei der du heimlich gewesen bist. Du warst bei ihr, ohne uns etwas zu erzählen. Sie hat gesagt, du hast eine leichte Anämie, und wegen der Schwangerschaft sollst du unbedingt ein Vitaminpräparat einnehmen. Sie ging davon aus, dass ich als deine Mutter weiß, dass du schwanger bist. Wer ist diese Ärztin überhaupt?« Wieder weinte Heloise. »Wir haben dir vertraut, und was machst du? Unser Leben ist zerstört, die ganze Boulevardpresse zieht uns durch den Dreck, und jetzt auch noch *das*.«

»Heloise, lass Emma doch erst einmal nach Hause kommen.« Fürsorglich half Felix Lambert seiner Tochter aus dem Mantel. »Willst du vielleicht baden?«, schlug er ihr vor, da sie reglos stehen blieb. »Inzwischen kann dir Berthe einen Tee kochen, sie hat extra frische Brötchen für dich zum Frühstück gekauft.«

Emmanuelle nickte stumm, ließ ihre Tasche auf den Boden fallen, ging ins Bad und ließ Wasser ein. Langsam zog sie sich aus, vermied jeden Blick in den Spiegel.

»Kommst du zurecht?« Ihre Mutter klopfte an die Tür. »Kann ich dir helfen?«

»Unsere Tochter wird ja wohl alleine baden können«, hörte Emmanuelle ihren Vater sagen.

»Sie sieht doch so schlecht aus, und sie war im Gefängnis«, klagte Heloise, der es offensichtlich leidtat, ihre Tochter mit Beschuldigungen empfangen zu haben.

Langsam ließ sich Emmanuelle ins Wasser gleiten und schloss die Augen. Nicht daran denken, ging das? Vergessen?

*Sie war ins Zimmer gestürmt, und als die Tür hinter ihr zufiel, drehte sie sich um. Alle Freude, die sie empfunden hatte, das Glück, Julian zu sehen, fiel in sich zusammen. Es war Rolf, der an der Tür lehnte und den Schlüssel in seiner rechten Hand schwenkte. Er trug einen seidenen Morgenrock, der vorne ein wenig offen stand, darunter war er nackt.*

*»Herzlich willkommen«, lächelte er. Als sie ihn nur in stummem Entsetzen ansah, sprach er weiter: »Du hast ein paar Stunden Zeit, bis dein Zug geht, also Zeit zu entspannen. Wir werden uns ein wenig miteinander amüsieren.«*

*Emmanuelle spürte, wie die letzte Kraft, die sie noch bis hierher geführt hatte, aus ihrem Körper wich.*

*»Ich werde schreien, wenn du nicht sofort die Tür aufmachst«, sagte sie in dem Versuch, ihre Erschöpfung, ihre maßlose Enttäuschung und Angst zu überwinden, Rolf zu zeigen, dass sie sich ihm widersetzen konnte, auch wenn ihre Stimme schwach und hilflos klang.*

*»Rolf, bitte«, flüsterte sie, »bitte, lass mich gehen, schließ die Tür auf, und wir vergessen alles, einfach alles. Ich werde niemandem etwas sagen, auch Mathilde nicht, bitte …«*

Er hatte sie nicht gehen lassen.

Emmanuelle schlüpfte in ihren Bademantel, vermied wieder jeden Blick in den Spiegel und ging hinaus.

In der Diele blieb sie stehen, bis ihre Mutter sie am Arm nahm und ihre willenlose Tochter ins Esszimmer schob, in dem ihr Vater sie am gedeckten Frühstückstisch erwartete. Berthe begrüßte sie und schenkte Tee ein. Emmanuelle ließ sich langsam auf die Kante ihres Stuhles nieder.

Stumm trank sie ein paar Schlucke.

*Kam sie an ihm vorbei, konnte sie ins Badezimmer laufen, abschließen?*

*Immer noch diese Erschöpfung, diese Müdigkeit.*

*»Du bist schön«, hörte sie Rolf sagen, »sogar wenn du aus dem Gefängnis kommst, bist du es noch. Und du wirst nicht schreien«, setzte er ruhig hinzu, »streng dich nicht unnötig*

*an. Ich werde dich gehen lassen, aber erst dann, wenn ich es will.«*

*»Du warst es, du hast das alles inszeniert, hast uns manipuliert, nicht wahr?«, fragte sie mit letzter Kraft.*

*»Es ist ein Spiel. Mehr nicht.« Rolf blieb gelassen, als wäre er gerade von einer Partie Schach aufgestanden, die er gewonnen hatte.*

*»Möchtest du etwas trinken? Champagner?«, bot er ihr an.*

*»Wasser?«*

*Jetzt nickte sie.*

*Emmanuelle spürte erst jetzt, wie durstig sie war, wie ausgetrocknet ihr Mund sich anfühlte. »Setz dich doch«, hörte sie Rolfs freundliche Aufforderung, doch sie blieb stehen, für einen Moment schloss sie die Augen. Da spürte sie, wie Rolf ihre schlaffe Hand hochhob und ihr das Glas zwischen die Finger schob. Gierig trank sie.*

*Aber als sie trank, ging es ihr nicht besser – das Zimmer drehte sich um sie, wie durch einen Nebel sah sie Rolf, der ganz nahe über ihrem Gesicht war, was hatte er gesagt? Es klang dumpf, sie verstand ihn nicht … nein … nein … wiederholte sie …*

Als die Bilder mit Macht zurückkehrten, sprang Emmanuelle vom Frühstückstisch auf. »Ich gehe in mein Zimmer«, flüsterte sie.

»Willst du denn nichts essen?«, fragte ihr Vater tief besorgt. Stumm schüttelte Emmanuelle den Kopf, doch dann konnte sie sich nicht bewegen, keinen Schritt gehen, plötzlich war sie wie gelähmt, so wie am Tag zuvor, als sie auf dem Bett lag … Sie fühlte sich so schwer … Auch jetzt wurde ihr schwindlig, ihr wurde schwarz vor Augen.

»Emmanuelle«, die Stimme ihrer Mutter drang zu ihr durch. »Willst du dich nicht wieder setzen? Bitte. Wir wollen doch wissen, was genau passiert ist. Wie hat man dich behandelt? Hast du im Gefängnis etwas zu essen bekommen, hast du schlafen können?«

Jetzt lichtete sich der Nebel, sie konnte wieder durchatmen. »Ich konnte nichts essen, ich erbrach alles«, erzählte sie flüsternd, »auch nicht schlafen, aber die Polizisten waren alle freundlich zu mir. Aber es war so furchtbar, in Haft zu sein, nicht zu wissen, wie es weitergeht, das war schlimm, sehr schlimm, und dann die drei Nächte, eine Ewigkeit, ich war so erschöpft … so erschöpft …«

»Mein armes Kind.« Felix hatte sich erhoben. »Was musst du durchgemacht haben. Aber jetzt solltest du wirklich etwas zu dir nehmen, ein halbes Brötchen mit Mirabellenmarmelade, die magst du doch so gern.«

»Ich war so … erschöpft …«, stammelte Emmanuelle immer wieder, »wenn ich nicht so erschöpft gewesen wäre, ich …«

»Was meinst du?«

»Nichts, gar nichts.« Niemals würde sie in Worte fassen können, was sie erlebt hatte. Und es war ihre Schuld, ja, ihre Schuld. Sie hatte Rolf provoziert, als sie ihn abwies. Nur ihre eigene Schuld. Sie hätte es wissen müssen.

»Na gut«, sagte Heloise, als Emmanuelle nicht antwortete. »Aber ich finde, wir sollten Dr. Henneke rufen.«

Als Emmanuelle sich wortlos umdrehte und in ihr Zimmer ging, folgten ihr die Eltern. »Du musst verstehen, dass wir uns große Sorgen gemacht haben und jetzt alles wissen wollen«, beharrte Heloise.

Sorgen, sie war schuld, dass ihre Eltern sich Sorgen gemacht hatten, sie war schuld … schuld an allem … Nie würde sie sich verzeihen können.

»Komm«, forderte Felix seine Frau auf, da seine Tochter schweigend stehen geblieben war. »Emmanuelle braucht jetzt erst einmal Ruhe, du hast ja gehört, sie konnte nicht schlafen. Heute Abend ist immer noch Zeit zu reden.«

Emmanuelle stand leicht gekrümmt vor dem Bett und hielt sich am Pfosten fest. So blieb sie noch stehen, als ihre Eltern schon gegangen waren. Dann setzte sie sich vorsichtig, immer noch gekrümmt, auf die Bettkante, verharrte einen Moment in dieser Haltung und streckte sich dann vorsichtig aus.

*… Sie hatte es geschehen lassen, er hatte sie ausgezogen, er war jetzt nackt, er beugte sich über sie, er …*

*Sie hatte seine Hände gespürt, die gierig ihre Brüste umfassten. Wenn es nur schnell vorbei war …*

Tiefe Scham erfasste sie, als sie sich erinnerte. Niemals würde sie darüber reden können, mit niemandem. Sie hatte ihn provoziert, war selbst schuld …

Nicht daran denken. Sie hatte sich nicht gewehrt, sie konnte es nicht; nachdem sie das Wasser getrunken hatte, das er ihr gab, war sie wie gelähmt gewesen, machtlos, hatte alles geschehen lassen …

*»Wir haben uns ein wenig amüsiert«, erklärte Rolf mit ruhiger Stimme, als es vorbei war. Die Zeit, sie hatte kein Gefühl für Zeit gehabt. Ihr war so übel gewesen, sie lag noch auf dem Bett, als der Brechreiz sie überkam, sie konnte nichts dagegen tun, sie hatte sich über den Rand des Bettes gebeugt und sich übergeben. Die Demütigung war noch nicht vorbei, als sie sich krümmte und Rolf ihr ein Handtuch zuwarf.*

*»Da, wisch auf!« Langsam ließ sie sich auf die Knie nieder. Er stand vor ihr und beobachtete sie.*

Nicht daran denken. Nicht! Emmanuelle schluchzte auf, dann zog sie die Beine an und blieb in dieser Stellung liegen.

Er hatte ihr keine Gewalt angetan, er musste es nicht.

Sie hatte es geschehen lassen.

Einfach geschehen lassen …

Und sie war schuld, sie hätte ihn nicht provozieren dürfen.

Schuld an allem, was passiert war.

*

Emmanuelle blieb im Bett. Sie wollte nichts anderes als schlafen. Im Schlaf konnte sie vergessen.

Dazwischen aß sie ein wenig von der Hühnerbrühe, die ihr Berthe gekocht hatte, und sie hörte, wie der alte Hausarzt, Dr. Henneke, der sie schon als Kind behandelt hatte, gegen Abend kam und draußen in der Diele mit ihren Eltern sprach. Dann öffnete sich nach einem vorsichtigen Klopfen die Tür, und er betrat Emmanuelles Zimmer.

Er begrüßte sie, zog sich einen Stuhl ans Bett heran und setzte sich. Er redete über das nebelige, graue Wetter. Als sie kaum reagierte, fragte er vorsichtig, wie es ihr jetzt gehe. Emmanuelle zuckte mit den Schultern. »Dein Vater hat mit Dr. Hofer, dem Münchner Anwalt, telefoniert und erfahren, dass du nicht in der Kanzlei gewesen bist. Warum nicht? Willst du es uns nicht sagen? Was hast du an diesem Nachmittag in München gemacht? Du musst verstehen, dass deine Eltern es wissen wollen. Hat man dich noch festgehalten?«

Emmanuelle schüttelte den Kopf. Dann flüsterte sie, sie sei einfach durch München gelaufen.

»Nun, Emmanuelle, dann gebe ich dir ein pflanzliches Mittel, damit du erst einmal zur Ruhe kommst.«

Dr. Henneke erhob sich. »Das Beste ist, dass du dich richtig ausschläfst, dann sieht die Welt schon wieder ganz anders aus«, erklärte er in väterlichem Ton, während er sich zum Gehen wandte. An der Tür drehte er sich noch einmal um. »Wenn etwas ist, bin ich jederzeit für dich da.«

Emmanuelle nickte und zwang sich zu einem Lächeln, als Dr. Henneke das Zimmer verließ.

In der Diele wartete das Ehepaar Lambert auf den alten Hausarzt.

»Sie braucht Ruhe, sonst nichts. Bitte bedrängen Sie sie nicht«, riet er ihnen. »Sie ist eine sensible junge Frau. Geben Sie ihr die Zeit, die sie braucht.«

Er machte eine kleine Pause, schien zu überlegen, ob er weitersprechen sollte, dann aber wandte er sich an Emmanuelles Vater. »Eines verstehe ich nicht, Herr Lambert. Wieso haben Sie Ihre Tochter in München nicht abgeholt? Sie ist doch noch so jung und hat viel durchgemacht.«

»Ich mache mir auch große Vorwürfe«, antwortete Felix Lambert. »Doch unser Anwalt hatte uns abgeraten, er meinte, die Presse werde sich auf uns stürzen und die Sache noch weiter aufbauschen.«

»So ganz kann ich Sie nicht verstehen, tut mir leid.« Mit einem Kopfschütteln verabschiedete er sich. Als die Tür hinter ihm zufiel, wandte Felix sich an seine Frau. »Er hat recht«, sagte er leise. »Er hat verdammt recht.«

Stumm sahen sie sich an.

An diesem Abend stellte sich Emmanuelle vor den Spiegel im Badezimmer. Bis jetzt hatte sie es vermieden, sich anzusehen, und es kostete sie große Überwindung. Doch nichts, nichts schien passiert zu sein, das schreckliche Erlebnis hatte keine körperlichen Spuren hinterlassen.

Ihre Hilflosigkeit und das Gefühl der Scham wuchsen.

Zwei Tage später kam Dr. Henneke noch einmal, Heloise hatte ihn gerufen. »Sie spricht nicht, bleibt einfach nur in ihrem Zimmer«, klagte sie.

»Frau Lambert, vergessen Sie nicht, Ihre Tochter war in Untersuchungshaft, das muss man auch erst einmal verkraften. Lassen Sie ihr Zeit dazu. Wenn sie sich zurückzieht, kann es das Zeichen einer leichten Schwermut sein, vielleicht auch bedingt durch die seelische und körperliche Umstellung in der Schwangerschaft. Ich sehe kurz nach ihr.«

Dr. Henneke klopfte leise an die Tür von Emmanuelles Zimmer, bevor er eintrat. Heloise und Felix warteten vor der Tür, bis er Arzt wieder herauskam.

»Sie redet nicht mit mir, aber das ist schon in Ordnung. Ich habe ihr noch ein leichtes pflanzliches Mittel gegeben, das wird ihr helfen. Aber wo ist der Vater des Kindes? Sie wollte es mir nicht sagen. Er sollte jetzt bei ihr sein.«

Heloise Lambert seufzte tief auf. »Wir wissen es nicht, auch deswegen machen wir uns große Sorgen. Wir vermuten nur, dass es dieser … dieser Julian Kröger ist. Wahrscheinlich hat er sie auch zu diesem dummen Streich überredet. Ein unverantwortlicher Kerl, der auch noch meinem Mann …«

»Lass es gut sein«, unterbrach Felix Lambert seine Frau. Er wandte sich an den Arzt. »Wir wissen nur, dass auch Julian Kröger verhaftet und dann ebenso wie Emmanuelle wieder aus der Haft entlassen wurde. Aber er hat sich nicht gemeldet, niemand weiß, wo er sich aufhält. Durch einen Bekannten bei der Fluggesellschaft habe ich erfahren, dass auch ihm fristlos gekündigt wurde. Das ist alles.«

»Ein Grund mehr, Ihre Tochter zu beschützen«, betonte Dr. Henneke. »Nichts anderes ist von Bedeutung.«

*

Später ging Felix Lambert leise zu seiner Tochter ins Zimmer. Sie setzte sich auf, als er zu ihr ans Bett trat. Aber als er ihre Hand nehmen wollte, zog Emmanuelle sie sofort zurück. »Wir werden dich nicht mit Fragen quälen. Dr. Henneke hat recht, du musst erst einmal verarbeiten, dass du in Untersuchungshaft gewesen bist. Ach Emmanuelle, Emma«, seufzte er, »ich habe dich immer für vernünftig gehalten, und dann machst du etwas so Kindisches, warum nur? Hat Julian Kröger dich dazu verleitet?«

Emmanuelle schüttelte den Kopf. »Nein, das hat er nicht. Und bitte lass mich jetzt allein.«

»Natürlich, wie du willst. Rufe, wenn du was brauchst«, fügte er noch hinzu, bevor er zögernd das Zimmer verließ.

Niemals, das wusste Emmanuelle, konnte sie die Wahrheit erzählen. Nicht über die Wette, die keine war, nicht über Rolf, nicht über das, was im Hotel passiert war. Es hatte alles verändert, ihr ganzes Leben.

Aber nicht nur das ihre.

*

An diesem Abend kam Heloise ins Zimmer ihrer Tochter. Unsicher blieb sie in der Tür stehen und hob ein Kuvert hoch, das sie in der Hand hielt.

»Der Brief ist heute eingeworfen worden, er kam nicht mit der Post. Er ist an dich adressiert, aber ich habe ihn geöffnet, weil ich dachte, er könnte uns irgendwelche Hinweise geben. Bitte verzeih! Hier.« Sie legte das Kuvert neben Emmanuelle aufs Bett. »Es tut mir leid, dass du auch das noch durchmachen musst. Der Brief übrigens trägt keine Unterschrift.« Fragend sah sie ihre Tochter an, die jedoch keine Reaktion zeigte. Dann sprach Heloise weiter: »Mathilde hat angerufen, sie wollte dich sprechen, aber ich denke, du bist im Moment noch nicht in der Lage dazu, oder?«

Emmanuelle schüttelte nur wortlos den Kopf.

Ihre Mutter blieb noch einen Moment an der Tür stehen, dann aber ging sie, und Emmanuelle griff mit einer müden Bewegung nach dem Brief.

*Meine Geliebte, meine über alles Geliebte,*
*wenn Du diese Zeilen liest, bin ich nicht mehr in Deutschland. Ich kann Dir nicht alles erklären, aber ich werde Dich immer lieben, auch wenn ich nicht für Dich da sein kann, wie ich es einmal geschworen habe. Ich liebe Dich, ich liebe Dich so sehr, aber dennoch muss ich gehen.*
*Ich habe meine Stiefmutter gebeten, diesen Brief bei Euch einzuwerfen, aber erst einige Tage nach meiner Abreise.*
*Bitte, sprich mit niemandem über mich, hörst Du? Bitte!*
*Meine Liebe, mein Leben, adieu.*

Immer wieder las Emmanuelle den Brief. Dann schob sie ihn unter das Kissen und legte ihren Kopf darauf.

Julian war gegangen. Wäre das auch geschehen, wenn er gewusst hätte, dass sie von ihm ein Kind bekam?

Emmanuelle schloss die Augen und drückte ihr Gesicht fest in die Kissen.

Doch sie empfand nichts, spürte nur Leere in sich.

Vier Tage später tappte Emmanuelle in ihrem Pyjama durch die Wohnung. Irritiert nahm sie auf dem Weg ins Esszimmer die vielen Kartons wahr, die überall herumstanden. Zum ersten Mal nahm sie wieder am Abendessen teil. Teilnahmslos aß sie ihre Suppe und konnte sich nicht auf das Gespräch ihrer Eltern konzentrieren. Als ihre Mutter sie direkt ansprach, hob sie den Kopf.

»Emmanuelle, hörst du? Wir gehen nach Argentinien. Wir *müssen*«, betonte Heloise und begann zu schluchzen.

»Nur für ein Jahr«, ergänzte ihr Vater und warf seiner Frau einen warnenden Blick zu. »Wir fahren mit dem Zug nach München und dann weiter, über Rom nach Neapel. Von dort mit dem Schiff nach Buenos Aires, so, wie ich es neulich schon erzählt habe. Im Moment wandern sehr viele Deutsche nach Argentinien aus«, fügte er noch hinzu.

»Es sind deutsche Juden«, setzte Heloise hinzu. »Mit ihnen kann ich mich wenigstens verständigen. Ich kann ja weder Spanisch noch Englisch.«

»Ich werde nicht mitkommen«, erklärte Emmanuelle.

Das Ehepaar Lambert tauschte Blicke, bevor Heloise ihre Tochter ansprach: »Der Brief, den du bekommen hast, ist der von … vom Vater deines Kindes?«, fragte sie vorsichtig. »Es ist ja sicher Julian David Kröger, der junge Mann, mit dem du diesen unseligen Streich ausgeführt hast.« Als Emmanuelle schwieg, sprach Heloise weiter: »Also, du bekommst ein Kind von dem Mann, der dich verlassen hat.«

»Ich will das Kind nicht«, erklärte Emmanuelle teilnahmslos. Julian war gegangen. Was hatte es jetzt noch für einen Sinn, sein Kind zu bekommen? Alles in ihr wehrte sich dagegen. Wehrte sich, etwas zu fühlen, zu empfinden. Er war gegangen, da er Jude war. Es war das einzig Richtige für ihn. Dafür musste er sie zurücklassen.

Er hatte entschieden, für sich das Beste zu tun. Und damit hatte er auch eine Entscheidung gegen sie getroffen.

»Wie stellst du dir das vor?«, fragte Heloise behutsam.

Ihre Tochter zuckte stumm mit den Schultern.

»Bitte, Emma, sag doch was«, bat ihr Vater sie.

»Ich will es nicht, ich will kein Kind.« Dann erhob sie sich, ging in ihr Zimmer und schloss die Tür hinter sich ab. Sie legte sich ins Bett, zog die Decke über sich und blieb starr liegen. Im Dunkeln, im silbrigen fremdartigen Licht des Mondes.

*

Es war ein trüber Dezembertag, als Emmanuelle endlich wieder aufstand.

Während der vergangenen Tage hatte sie immer wieder den kurzen Brief von Julian gelesen, immer und immer wieder. Sie erinnerte sich an Julian, an seine Zärtlichkeit, an die Freude, ihn zu lieben, sich eine Zukunft mit ihm auszumalen. Jetzt war sie verlassen, alleingelassen, sich selbst überlassen in ihrer Entscheidung.

Am frühen Abend frisierte sie sich und zog sich an. Dann ging sie zu ihren Eltern ins Esszimmer.

»Ich möchte das Kind nicht. Ich sage es euch noch einmal, und ich werde diese Entscheidung auch niemals bereuen«, erklärte Emmanuelle ihren Eltern.

Mit Schrecken hatte sie festgestellt, dass ihr Körper sich veränderte. Die Brüste waren nicht nur voller geworden, sondern spannten und schmerzten, und sie litt unter morgendlicher Übelkeit.

»Das ist sicher die richtige Entscheidung«, antwortete Heloise Lambert ruhig. Mit einem Blick auf ihren Mann sprach sie weiter: »Ich habe mich vorgestern mit einer Bekannten getroffen, Paula von Denk.«

»Wieso?«, fragte Emmanuelle, da ihre Mutter eine Pause machte.

»Frau von Denk leitet ein exklusives Heim für junge Mädchen der besseren Gesellschaft, die ungewollt schwanger geworden sind. Sie werden dort medizinisch und psychologisch betreut, bekommen ihr Kind, das unmittelbar nach der Geburt zur Adoption freigegeben wird. Viele sehr gut situierte kinderlose Ehepaare stehen bei Paula von Denk Schlange, um ein Kind zu adoptieren.«

Heloise machte eine kleine Pause, und da Emmanuelle immer noch schwieg, schaltete sich ihr Vater ein. »Wir machen dir den Vorschlag, dort dein Kind zu bekommen und danach … Nun ja, wir dachten, du willst vielleicht zu deiner Tante Simone nach Deauville gehen. Dort bist du in den Ferien immer so gern gewesen.«

»Meine Schwester freut sich auf dich«, fügte Heloise hinzu. »Dort kannst du bleiben, und nach der Geburt des Kindes …«

»Und ihr?«, unterbrach Emmanuelle sie. Ihre Eltern hatten ihre Zukunft also schon geplant und organisiert.

»Dein Vater und ich«, sprach Heloise unbeirrt weiter, »wir glauben, dass eine Adoption auch für dein Kind das Richtige ist. Du weißt dann, dass es in gute Hände kommt, und du hast eine unbelastete Zukunft vor dir. Was hältst du davon?«

Emmanuelle schwieg. Schwieg lange, während ihre Eltern sie beobachteten. Viele Gedanken gingen ihr durch den Kopf. Bis jetzt hatte sie sich klar geäußert, sie wolle das Kind nicht, doch sie hatte Angst gehabt, furchtbare Angst vor einer Abtreibung. Nun aber zeigten ihre Eltern ihr eine andere Möglichkeit auf. Für sie selbst und auch für Julians Kind, dem sie dadurch ein gutes Leben ermöglichte.

Lange blieb es still, während Emmanuelle mit sich kämpfte. Dann sah sie ihre Mutter an. »Das ist eine gute Lösung, ja, ich bin einverstanden.«

Ihre Eltern schienen sehr erleichtert, als sie ihrer Mutter noch einmal zunickte, sich erhob und zurück in ihr Zimmer ging.

Zum ersten Mal, seit sie zu Hause war, liefen ihr Tränen über die Wangen. Sie erinnerte sich an einen Nachmittag in Julians Wohnung, in seinem Bett. Sie beugte sich über ihn, ihren Körper fest an ihn gedrückt. Sein Mund, den sie küsste, den zu küssen sie nicht aufhören konnte, während sie ihm zuflüsterte, wie sehr sie ihn liebe. Die Momente der Leidenschaft, das Gefühl, zusammenzugehören. Nichts konnte sie trennen, nie mehr, nie mehr …

Emmanuelle konnte nicht sprechen, aber ihre Lippen formten immer wieder ein Wort: »Julian, Julian …«

*

An einem kalten Dezembertag brachte Heloise Lambert ihre Tochter mit dem Taxi nach Potsdam zur Villa der Paula von Denk. Zuvor hatte sich Emmanuelle in der Wohnung von ihrem Vater verabschiedet, während die Mutter schon im Taxi wartete. Er hatte sie umarmen wollen, aber Emmanuelle war zurückgewichen. Sie konnte noch immer keine Berührung ertragen, auch von ihrem Vater nicht.

Felix Lambert hatte sich in den vergangenen drei Wochen sehr um seine Tochter bemüht. Schlimmer als seine Entlassung bei der Luft Hansa hatte ihn Emmanuelles Unglück getroffen.

Traurig und schuldbewusst sah sie ihn jetzt an.

»Es tut mir so leid«, flüsterte sie, »ich habe euer Leben zerstört. Ich hätte nie mit Mathilde über deine politische Überzeugung sprechen dürfen. Sie hat es Rolf erzählt, ihrem Freund, und er hat – es tut mir so leid«, wiederholte sie.

»Du glaubst, es war Rolf Beckmann, der bei der Luft Hansa, der Polizei und auch bei der Presse angerufen hat?« Felix Lambert starrte seine Tochter fassungslos an. »Wie kommst du darauf? Durch seine Zeugenaussage bist du doch freigekommen.«

Als er den Ausdruck von Qual auf dem Gesicht seiner Tochter sah, kam er spontan auf sie zu, um sie in die Arme zu nehmen, doch erneut wich sie zurück.

»Du musst dir keine Vorwürfe machen, hörst du?«, bat ihr Vater sie eindringlich. »Ich hatte dir nicht verboten, mit irgendjemand über mich zu sprechen. Und meine Zeit als Pilot ging sowieso zu Ende. Nun habe ich dieses Angebot. Es kam zur richtigen Zeit, und ich nehme damit eine neue Herausforderung an. Nur du, meine kleine Emma«, tiefe Besorgnis klang aus seiner Stimme, »wirst es in den nächsten Monaten sehr schwer haben. Aber du wirst sehen, die Zeit heilt alle Wunden.«

Emmanuelle wandte den Kopf zur Seite und sah durch die offene Wohnzimmertür auf den großen Adventskranz mit den goldenen Kugeln und den roten Bändern.

»Ich habe euer Vertrauen missbraucht, Mutter hat recht«, sagte sie leise und starrte weiterhin an ihrem Vater vorbei auf den Kranz. »Und das tut mir so leid.«

Felix Lambert schüttelte den Kopf. »Auch wir haben Fehler gemacht, wir haben dich alleingelassen. Irgendwann«, fuhr er leise fort, »wirst du wieder ein Kind haben. Wenn der Zeitpunkt in deinem Leben der richtige ist und du den richtigen Mann dafür gefunden hast. Einen Mann, der dich liebt. Also«, Felix versuchte, seinen Trennungsschmerz vor seiner Tochter zu verbergen, »deine Mutter wartet. Wenn du noch Sachen hier aus der Wohnung holen willst, kannst du das bis zum 1. Februar machen, dann ist sie vermietet. Deine Mutter hat mit Frau von Denk vereinbart, dass du kurz das Heim verlassen kannst. Jemand wird dich in diesem Fall begleiten. Du siehst, man passt auf dich auf und sorgt für dich.«

Emmanuelle nickte stumm.

»Denke daran, du bist jung, du stehst erst am Anfang deines Lebens, alles wird gut werden. Und Tante Simone freut sich schon auf dich.« Emmanuelle spürte, ihr Vater wollte noch etwas sagen, sie halten, sie nicht gehen lassen. Sie ahnte, wie sehr es ihn schmerzte, sie zum Abschied nicht umarmen zu dürfen.

Felix Lambert öffnete die Tür und wartete, bis seine Tochter an ihm vorbei und aus der Wohnung ging. »Wer weiß«, sagte er noch, »vielleicht sind wir in einem Jahr schon wieder hier, wer weiß das schon.«

Emmanuelle nickte ihm noch einmal zu, dann ging sie langsam die Treppe hinunter, während ihr Vater stehen blieb und ihr nachsah.

Da drehte sie sich noch einmal um.

»Julian hat mich geliebt«, flüsterte sie. »Er hat mich geliebt.«

*

Schweigend saßen Mutter und Tochter nebeneinander im Taxi.

Heloise Lambert wirkte verhärmt, sie war blass, und die ersten Falten zogen sich durch ihr Gesicht. Ihr Mann hatte sie immer als typische Französin bezeichnet. Klein, zierlich, lebhaft, mit Augen, die lachen und versprechen konnten. Voller Liebe und Zärtlichkeit. Doch ihr, Emmanuelle, ihrer eigenen Tochter, hatte Heloise in den vergangenen Wochen keine Zärtlichkeit gezeigt, kaum Mitleid. Für sie trug ihre Tochter die Schuld daran, dass sie ihr Leben aufgeben mussten.

Emmanuelle, die ihre Mutter beobachtet hatte, wandte sich wieder ab, bis das Taxi mit einem Ruck anhielt.

»Wir sind da.« Der Fahrer drehte sich zu ihnen um.

Vor ihnen lag eine alte Villa, umschlossen von einem verschneiten winterlichen Park, das große Tor stand weit offen.

Emmanuelle stieg aus und zog frierend den Mantel enger um ihre Schultern, bis der Fahrer ihr den Koffer überreichte. Anschließend setzte der Mann sich wieder in den Wagen und wartete auf Heloise, die ebenfalls ausgestiegen war, aber mit ihm zurück nach Berlin fahren wollte.

So standen sich Mutter und Tochter gegenüber. Ablehnend, unversöhnlich. Die Dämmerung hatte eingesetzt, und Stille lag über der winterlichen Landschaft.

»Ich kann nicht anders, ich kann dir nicht verzeihen, auch wenn du meine Tochter bist«, sagte Heloise schließlich leise.

»Aber ich gebe dir hiermit die Möglichkeit, unbelastet ein neues Leben zu beginnen. Damit habe ich meine Pflicht als Mutter erfüllt.«

»Was habe ich denn verbrochen?«, stieß Emmanuelle hervor. »Ich habe einen Mann geliebt! Und jetzt bin ich allein. Du hast deine Pflicht als Mutter erfüllt? Die Pflicht, ja, aber wo ist deine Liebe? Du wirfst mir vor, eine schlechte Tochter zu sein? Und ich werfe dir vor, mir nicht beigestanden zu haben, als ich dich am meisten brauchte. Also sind wir quitt.«

Emmanuelle spürte, wie sehr ihre Worte Heloise getroffen hatten. Stumm sahen sie sich an. Heloise aber wollte noch antworten, jetzt nicht einfach ins Auto steigen und wegfahren. »Mathilde hat noch mal angerufen«, sagte sie schließlich und machte damit einen letzten Versuch, den Moment des Abschieds nicht so unversöhnlich vorbeigehen zu lassen. »Sie hat sich nach dir erkundigt. Auch sie macht im Moment viel durch«, erzählte Heloise.

»Wieso? Hat sie ein schlechtes Gewissen?«, lachte Emmanuelle bitter auf. »Es interessiert mich nicht. Nicht mehr.«

»Nein, es ist ... also Vater meinte, ich solle es dir nicht erzählen, es würde dich nur aufregen.«

Emmanuelle wollte nichts über Mathilde hören, dann aber siegte ihre Neugierde. »Was sollst du mir nicht erzählen?«, wollte sie wissen.

»Ihr Freund ... Rolf Beckmann ist tot aufgefunden worden. Schon neulich ... Am Schlachtensee. Er ist erstochen worden, heißt es.«

»Erstochen«, wiederholte Emmanuelle flüsternd.

»Ja. Die Polizei hat den Fall bereits abgeschlossen. Gestern stand es in der Zeitung. Zigeuner haben ihn umgebracht. Sie hatten dort in der Nähe ihr Lager aufgeschlagen. Rolf wurde ausgeraubt, man hat ihm sogar die Kleider gestohlen.«

Rolf war tot. Ausgeraubt und ermordet.

»Ein kläglicher Tod für einen ewigen Sieger.« Ihre Stimme war gleichgültig, als sie jetzt ihren Koffer nahm.

Ein letzter Blick, mit dem sie ihre Mutter ansah, dann drehte sie sich ohne ein weiteres Wort langsam um, durchquerte den Park und ging auf die Villa zu.

Unbelastet ... Das Wort, das ihre Mutter verwendet hatte, hallte in ihrem Kopf nach.

Sie wusste, dass es dieses unbelastete Leben, wie Heloise es genannt hatte, nicht mehr geben konnte. Nie mehr.

# *Sechs*

## Emmanuelle/Paris

*August 1963*

Emmanuelle! Kommst du bitte?« Chloé stand in der Tür, und der Vorwurf in ihrer Stimme war nicht zu überhören. »Wir warten seit einer geschlagenen Stunde auf dich. Wieso sitzt du hier im Dunkeln?«

Stumm erhob sich Emmanuelle und folgte ihrer Freundin in den zweiten Stock, wo sich das Atelier befand.

Das englische Mannequin Judy hing aus dem Fenster und zog an ihrer Zigarette, da es strengstens verboten war, in den »heiligen Räumen« zu rauchen. Das andere Mädchen, Marie, saß auf einem kleinen Schemel, wippte ungeduldig mit dem Fuß und erklärte, sie müsse noch zu Dior. »Dort wird die Anprobe die ganze Nacht durch gehen«, fügte sie hinzu, »und diese Warterei hier nervt.«

»Ist schon gut, Marie, hör auf! Emmanuelle ist ja jetzt da.« Die Anprobe zog sich einige Stunden hin, denn Emmanuelle war unkonzentriert, wusste nicht genau, was sie wollte enger, weiter, gerafft, nicht gerafft. Um dreiundzwanzig Uhr erklärte Chloé, man werde Schluss machen und die Anprobe auf den nächsten Tag verlegen. Es habe keinen Sinn, jeder sei wohl zu müde.

Emmanuelle nickte ihrer Freundin zu, und mit einem kurzen Salut verließ sie erschöpft das Haus.

Vor dem Café auf der anderen Straßenseite blieb sie stehen, es war dunkel und schon längst geschlossen. Hier hatte er gesessen. Julian. Auferstanden, zurückgekommen, wieder da. *Wo bist du damals hingegangen, wohin?*

Ihre Erinnerungen an die Monate in der Villa blieben vage. Erst viel später war ihr bewusst geworden, dass sie und auch die anderen Mädchen dort von der ersten Stunde an leichte Beruhigungsmittel bekamen. Auch wurden sie durch einen Psychiater betreut und in langen Gesprächen darauf vorbereitet, ihr Kind abzugeben, ohne Zusammenbrüche, möglichst auch ohne tiefe seelische Verletzungen. Sie sollten unbelastet in ihr früheres Leben zurückkehren können.

*Unbelastet*, das war das Lieblingswort Paula von Denks gewesen, offenbar hatte ihre Mutter es damals von ihr übernommen. Emmanuelle war ganz für sich geblieben, immer mit dieser Leere in sich, dieser Traurigkeit, der Gefühllosigkeit dem Kind gegenüber, das in ihr wuchs. Während des ersten Monats ihres Aufenthalts ließ sie keinen Arzt an sich heran, bis man ihr schließlich eine leichte Narkose gab, um sie untersuchen zu können.

Der Winter verging, der Schnee schmolz und die ersten Krokusse blühten auf den nassen Wiesen im Park. Der Frühling kam und mit ihm der der 30. Mai, der Tag, an dem bei Emmanuelle die Wehen einsetzten. Als sie den ersten reißenden Schmerz spürte, geschah etwas mit Emmanuelle. Während der Geburt, zwischen Stöhnen, Weinen und Schluchzen schrie sie immer wieder: »Ich will mein Kind behalten! Ich will mein Kind! Mein Kind!«

Dann hörte sie den ersten Schrei ihres Babys.

»Ich will es haben, gebt mir mein Kind, ich will es ansehen. Wenigstens für einen Moment. Bitte! Ich will es ansehen.«

Die Krankenschwester strich ihr mitleidig die verschwitzten Haare aus dem Gesicht, dann beugte sich der Arzt über

Emmanuelle – ein Einstich in die Vene, ein Wegsinken in einen tiefen Schlaf.

Viele Erinnerungen an diese Tage waren verblasst und kehrten nur bruchstückhaft zurück. Sie war noch zehn Tage bei Frau von Denk geblieben. Dann verließ sie die Villa, Berlin, Deutschland. Als der Zug im Gare de l'Est in Paris einfuhr, erwartete Tante Simone sie und holte sie zu sich nach Deauville.

Simone passte auf sie auf, ließ sie in den ersten Monaten nach ihrer Ankunft nicht aus den Augen. Sie lernte Emmanuelle im Verkauf an und ließ ihre Nichte jeden Tag viele Stunden in ihrer Boutique mitarbeiten, in der sie Modeschmuck, Knöpfe, Handschuhe und Schals verkaufte. Tagsüber, wenn Emmanuelle im Geschäft stand, musste sie freundlich sein, sich konzentrieren, wenn sie die Kundinnen bediente, sich hübsch zurechtmachen, so dass sie kaum Zeit hatte, an ihr Kind zu denken oder ihrem Kummer nachzugeben.

»Ich bin stolz auf dich«, erklärte ihr Simone, »du bist ein so tapferes Mädchen.« Emmanuelle lächelte und gab vor, dass es ihr gutginge. Sie konnte nicht über ihre Erlebnisse, über Julian, der sie verlassen hatte, über die Adoption ihres Kindes sprechen. Doch es gab Tage, an denen sie Phasen tiefster Trauer durchlitt, und es gab Nächte, in denen sie viele Stunden leise in die Kissen weinte.

Dann, irgendwann in dieser schweren Zeit, keimte die vage Hoffnung auf, den größten Kummer überstanden zu haben, wieder Freude zu empfinden. Emmanuelle spürte sie, als sie begann, Pläne für eine eigene Boutique zu schmieden. Sie hatte wieder angefangen zu zeichnen, Kleider zu entwerfen, und durch die Hoffnung auf eine Zukunft hatte sie ein neues Mittel gegen Kummer und Depressionen gefunden: die Arbeit, angestachelt durch den Wunsch, eines Tages eine große Modeschöpferin zu werden, so wie sie es in Berlin vorgehabt hatte. Das Zeichnen, das Einkaufen der Stoffe und die Zusammenarbeit mit der ortsansässigen Schneiderin füllten sie ganz aus. Es machte ihr Freude, die neuen Entwürfe im Entstehen auf einer Kleiderpuppe zu drapieren, zu stecken und zu ändern. Stunden, in denen sie sich lebendig fühlte, und als sich ihre Entwürfe in Simones Geschäft so gut verkauften, war Emmanuelle glücklich.

Sie war bereits über zwei Jahre bei Simone, als sie eines Tages durch die Boutique hoch in die Wohnung lief, über dem Arm ihr erstes großes Abendkleid.

Ihre Tante erwartete sie in der Küche mit einem Brief in der Hand.

»Haben meine Eltern geschrieben?«, wollte Emmanuelle wissen.

Simone nickte. »Also …«, begann sie zögernd.

»Was ist los? Ist etwas passiert?« Emmanuelle erschrak.

»Wenn du ihn lesen willst, also …«

Simone atmete tief durch und sprach weiter, nachdem Emmanuelle stumm den Kopf geschüttelt hatte. »Dein Vater ist Direktor eines kleinen privaten Flughafens geworden. Er gehört einem deutschstämmigen Argentinier namens Claudio Richter. Ein schwerreicher Mann, der eine riesige Estancia mit Pferde-und Rinderzucht besitzt. Sein Landbesitz muss so groß sein, dass man einen eigenen Flugplatz braucht.« Simone lachte unsicher und strich sich nervös die roten Haare aus dem Gesicht. »Also, deine Eltern wissen noch nicht, wann und ob sie überhaupt nach Deutschland zurückkehren.«

»Nun«, antwortete Emmanuelle nach einer Pause, »das ist doch gut. Wenn es ihnen gefällt, warum nicht? Ich wäre sowieso hier bei dir geblieben.«

Tante Simone strahlte sie an.

»Ach, da bin ich sehr erleichtert! Ich dachte schon, du bist darüber sehr unglücklich.«

Emmanuelle schüttelte den Kopf. »Nach Berlin möchte ich nie mehr«, sagte sie dann leise.

Simone sah auf den Brief, den sie noch immer in der Hand hielt.

»Ist noch etwas?«, fragte Emmanuelle.

»Ja, aber, ich hoffe nicht, dass … lies selbst.« Tante Simone hielt ihrer Nichte den Brief hin.

Doch Emmanuelle griff nicht danach. Sie wollte die Zeilen ihrer Mutter, die nicht einmal an sie gerichtet waren, nicht lesen. »Was ist denn los, sag schon.«

»Also«, setzte Simone noch einmal an. »Deine Mutter hat ein Kind bekommen, eine Tochter, eine kleine Isabelle. Sie wollten es damals nicht schreiben, weil sie dachten, du … sie meinten … es könnte dich vielleicht verletzen.«

Emmanuelle schwieg. Tränen schossen ihr in die Augen. Sie konnte sich nicht erklären, warum diese Nachricht sie so traf.

»Wann?«, wollte sie wissen.

»Die Kleine ist schon fast zwei Jahre alt. Aber«, erzählte Simone hastig weiter, der Emmanuelles Betroffenheit nicht entging, »deine Mutter schreibt, du musst nicht sofort nach Buenos Aires kommen, um deine kleine Schwester zu besuchen. Die lange Reise, die Überfahrt, du kannst ruhig warten und kommen, wann immer du willst.«

Emmanuelle wandte sich ab, damit ihre Tante ihre Tränen nicht sah. Warum tat es nur so weh, wieso?

»Komm!«, forderte Tante Simone sie auf. »Zeig mir das Kleid, ich bin schon so gespannt auf deinen Entwurf.«

Da wischte sich Emmanuelle verstohlen die Tränen ab und hob das Kleid hoch, das sie noch immer über dem Arm hielt.

Simone griff danach, drehte und wendete es in ihren Händen und stieß einen Schrei der Bewunderung aus. Und dann erklärte sie ihrer Nichte, sie habe einen Plan. Sie habe Geld auf einem Sparkonto.

»Und das bekommst du für deine eigene Boutique. Irgendwann kannst du es mir zurückzahlen«, setzte sie hinzu, bevor Emmanuelle ablehnen konnte. »Wenn du eine berühmte Modeschöpferin bist.« Emmanuelle umarmte spontan ihre Tante, glücklich und dankbar, dass Simone ihr durch ihre Begeisterung die Kraft gab, an sich zu glauben, und ihr einen Weg für die Zukunft aufzeigte.

Und doch: Als Emmanuelle abends im Bett lag, presste sie ihr Gesicht ins Kissen, damit Simone im Nebenzimmer nicht hörte, dass sie weinte. Die Nachricht, ihre Mutter habe ein Kind bekommen, traf sie zutiefst. Warum das so war, diese Frage konnte sie sich selbst nicht beantworten.

*

Emmanuelle stand immer noch vor dem Café, sie wurde zur Seite gedrängt. Viele Menschen flanierten an diesem warmen Sommerabend durch die Rue Saint-Honoré, die sich amüsieren wollten.

Langsam drehte sich Emmanuelle um und ließ sich von der Menge treiben. Pierre hatte sie gefragt, ob sie die Nacht mit ihm verbringen wolle. Sie hatte abgelehnt, doch jetzt sehnte sie sich nach einer Umarmung. Pierre, ihr Fels in der

Brandung, wie sie ihn einmal lachend genannt hatte. Spontan bog Emmanuelle an der Madeleine ab und lief die Avenue de l'Opéra hinunter.

Und da sah sie ihn.

»Pierre!«, rief sie und blieb stehen. »Pierre!«

Da aber bemerkte sie, dass er sich nach einer attraktiven Frau umdrehte, den Arm um ihre Schultern legte und mit ihr auf das Haus zuging, in dem er wohnte. Er hatte Emmanuelle nicht gehört.

Da wandte sie sich ab und lief zurück, wieder an der Madeleine vorbei, und bog in die Rue Saint-Honoré ein, bis sie vor ihrem Haus stand. Pierre würde also die Nacht mit einer anderen, einer wesentlich jüngeren Frau verbringen.

Langsam drückte sie die Eingangstür auf, grüßte den Concierge und stieg in den ersten Stock in ihre Wohnung hinauf. Sie machte Licht in allen Räumen und drehte das Radio an. In der Küche schenkte sie sich ein Glas Whisky ein, den Pierre ihr von einer Reise aus Schottland mitgebracht hatte.

Er also hatte eine neue Frau und hatte ihr nichts davon erzählt, aber wieso? War es etwas Ernstes, hatte er deswegen geschwiegen? Emmanuelle musste zugeben, dass sein Schweigen sie traf. Sogar tief traf. Seit wann kannte er diese Frau? Sie war jung, jünger als Emmanuelle. Wie aber passte es zusammen, dass er ihr nach dem Treffen in der Sancerre-Bar vorschlug, die Nacht mit ihr zu verbringen? Und auch noch beteuert hatte, es gäbe niemanden? Er hatte sie also belogen, Pierre war heute nicht allein.

Nicht so allein, wie sie sich fühlte.

Auch Chloé würde jetzt nach Hause kommen und mit ihrer Partnerin den Abend verbringen. Chloé, die einmal gesagt hatte, man hätte ein Kind haben sollen, dann wäre man nie mehr im Leben allein.

Ein Kind.

Sie und Pierre hatten keines haben wollen. Ihre Berufe hinderten sie an einer Familienplanung, das hatte sie damals Chloé erklärt. Aber als Emmanuelle dreiundvierzig geworden war, vor sechs Jahren, da hatte sie ganz plötzlich eine schmerzliche Sehnsucht gespürt. Sie hatte in dieser Zeit sehr viel an ihr Kind gedacht, das sie nicht einen kurzen Moment in den Armen halten durfte. Sie wusste nicht einmal, ob es ein Sohn oder eine Tochter war. Wo lebte es? Hatte es jemals erfahren, dass es adoptiert worden war? Bekam es Liebe, Geborgenheit, all das, was sie damals einem Kind nicht geben konnte? Hoffte das Kind vielleicht, eines Tages seine leibliche Mutter kennenzulernen?

Emmanuelle ließ sich auf ihr Sofa fallen, stellte das Glas auf den Tisch und verbarg ihr Gesicht in den Händen.

Sie hatte ein Kind geboren und es weggegeben. Ein Kind, dann ist man nie mehr allein … das hatte sie auch zu Pierre einmal gesagt, doch er hatte nur gelacht und sie an sich gezogen. »Wir haben uns«, war seine Antwort gewesen, »reicht das denn nicht?« Doch ein Jahr später ließen sie sich scheiden. Und nun war sie allein.

*

Der späte Abend quälte sich in eine lange Nacht. Emmanuelle hatte versucht, Isabelle zu erreichen, da ihre Schwester meist lang aufblieb, wenn sie zu Hause war. Dann aber fiel ihr ein, dass Isabelle für mehrere Tage quer durch Europa unterwegs war. Kannte ihre Schwester das Gefühl der Einsamkeit?

Isabelle.

Es war für Emmanuelle schwer gewesen, Ende des Jahres 1948 nach München zu fahren, in die Stadt, in der sie Jahre zuvor die Hölle durchlebt hatte. Hier lebten nun ihre Eltern, nachdem sie aus Argentinien zurückgekehrt waren. Doch als sie am Bahnhof aus dem Zug stieg, schien alles vergessen. Sie sah ihren Vater auf dem Bahnsteig stehen: ein gealterter, müder Mann. Aber neben ihm trippelte nervös dieses dünne hochgewachsene Mädchen, das die Arme nach oben riss, ihren Namen rief und dann auf sie zurannte. Isabelle, ihre strahlende kleine Schwester.

»Warum bist du nie zu uns nach Argentinien gekommen?« Fast in einem Atemzug mit der ersten Begrüßung richtete Isabelle schon diese Frage an Emmanuelle. »Ich war gespannt auf meine große Schwester.«

»Es ging einfach nicht«, sagte Emmanuelle ausweichend, bevor sie Isabelle zögernd in die Arme schloss.

In diesen Tagen ihres ersten Besuchs bei den Eltern erkannte Emmanuelle überrascht, wie eng die Beziehung ihrer Schwester zu ihnen war. Isabelle erzählte von den schönen Jahren in Argentinien. »Und ich will Pilotin werden«, hatte sie dann in einem Ton erklärt, der keinen Widerspruch zuließ. Sie glaubte so fest daran, doch die Jahre hatten gezeigt, dass sie ihren Traum nicht verwirklichen konnte.

Sie scheiterte an der »Borniertheit der Fluggesellschaften«, wie Isabelle es wütend nannte. »Eine Hierarchie, von Männern dominiert.«

Sicher wirkte die erwachsene Isabelle deshalb oft unausgeglichen und mit ihrem Leben unzufrieden. Nur manchmal noch war sie wieder dieses strahlende junge Mädchen, das man einfach lieben musste. Doch diese Momente wurden immer seltener. In Gedanken an ihre Schwester lief Emmanuelle unruhig durch die Wohnung, sah auf die Uhr, doch die Nacht wollte nicht vergehen.

In der Küche trank sie ein Glas Wasser, während sie sich gegen den Tisch lehnte. Dann nahm sie im Wohnzimmer einen Bildband über Argentinien aus dem Regal, den ihr Vater ihr vor Jahren nach Deauville geschickt hatte. Neben einer Widmung enthielt der Band viele persönliche Anmerkungen zu den Landschaftsfotos von ihm. Doch Emmanuelle hatte das Buch damals nur gleichgültig zur Seite gelegt. Jetzt blätterte sie es durch, aber ohne wirklich hinzusehen, schlug es dann wieder zu und wartete auf den Morgen. Ihre Gedanken kehrten in die Zeit in Berlin zurück, an die Monate mit Julian, ihrer Liebe, dem gemeinsamen Kind und der langen Zeit des Kummers, der tiefen Trauer.

Endlich wurde es hell, langsam kam der Tag. Im Innenhof fingen die Vögel in den alten Bäumen laut zu zwitschern an. Emmanuelle atmete auf. Irgendwo im Haus hatte ein Bewohner sein Radio auf volle Lautstärke gestellt, Yves Montand sang Chansons.

Auf der anderen Seite der Wohnung hörte sie durch die Fenster die Geräusche der morgendlichen Stadt. Autos, hektisches Hupen, laute Rufe. Paris erwachte.

Sie würde etwas später ins Atelier gehen, beschloss Emmanuelle. Vorher aber wollte sie ein paar Telefonate führen.

Zuerst rief sie Pierre an. Sie wusste, er war ein Frühaufsteher und saß sicher schon an seinem Reißbrett. Er schien über ihren Anruf erstaunt und war es noch mehr, als sie ihn fragte, ob er nicht für einen Tag mit ihr nach Deauville fahren wolle, in das Haus, das sie von Tante Simone geerbt hatte. Doch Pierre lehnte ab. Er habe einfach zu viel zu tun.

»Gibt es etwa eine neue Frau in deinem Leben?« Emmanuelles Lachen klang gekünstelt, sie hörte es selbst, und mit Herzklopfen wartete sie auf seine Antwort.

»Nein, nicht dass ich wüsste«, sagte er leichthin und verabschiedete sich rasch. Sie rief im Modehaus an, wo Chloé schon auf sie wartete. »Bitte entschuldige, ich komme heute etwas später. Wenn Isabelle sich meldet, sage ihr bitte, ich muss sie sprechen.«

Dann legte Emmanuelle auf. Sie wusste, dass Chloé jetzt wütend sein würde, ihr Verhalten nicht verstand, aber sie konnte nicht anders. Heute gab es etwas Wichtigeres. Sie hatte am Ende der schlaflosen Nacht eine Entscheidung getroffen: Es musste eine Möglichkeit geben herauszufinden, wo ihr Kind lebte. Seit sie Julian gesehen hatte, ließ sich dieser Wunsch nicht länger verdrängen.

Langsam griff sie zum Hörer.

# *Sieben*

## Heloise/Nancy

Es war beängstigend, sich wie eine Vierzigjährige zu fühlen, während man in Wirklichkeit zu den Senioren gehörte, einer Generation, die Lichtjahre von ihrem eigenen gefühlten Alter entfernt lag. Sie musste der Wahrheit ins Auge sehen: Heloise hatte längst die Schwelle zum Alter überschritten, und das Leben hielt für sie nichts Aufregendes mehr bereit. Es war lächerlich, noch zu glauben, sie sei attraktiv und könne es mit einer – Heloise überlegte – Endfünfzigerin? aufnehmen.

Sie sollte sich nichts vormachen.

Heloise wandte sich vom Spiegel ab. Sie hatte einen Fehler begangen, und das würde für sie nur zur Enttäuschung werden. Sie hatte die Initiative ergriffen und war mehrmals zu der Bank am Rande der Place Stanislas gegangen, hatte sich dort hingesetzt und jedes Mal in einer Zeitung geblättert. Sie wollte schon aufgeben, bis gestern der gutaussehende ältere Mann mit seinem Strohhut und dem weißen Schnurrbart aufgetaucht war, sie angelächelt und sich mit einem höflichen »Darf ich, Madame?« neben sie gesetzt hatte.

Sie hatte zurückgelächelt und sich entschuldigt, dass sie so unhöflich gewesen sei, als er sie vor einer Woche zum Kaffee einlud.

»Ich hatte einen schlechten Tag.«

»Haben wir den nicht alle einmal? Sie müssen sich dafür nicht entschuldigen.«

Dann stellte er sich vor. Sein Name war Maurice Jouvet, und er lächelte erneut und meinte, sie sollten noch einmal von vorne anfangen.

»Und wie genau soll das aussehen?«

»Gehen Sie heute mit mir Kaffee trinken«, schlug er vor. »Da vorne, neben der Basilika, ein paar Meter in die Seitenstraße hinein, da gibt es ein kleines Lokal mit einem schönen verwunschenen Garten.«

Ein verwunschener Garten? Heloise wurde kurz misstrauisch. Doch dann lächelte sie und sagte, sie würde sich sehr freuen, und sie habe heute Zeit dazu. So überquerten sie die Place, während er ihr erzählte, er kenne das Café schon seit Jahren, da er in dem nahe gelegenen Krankenhaus bis zu seiner Pensionierung vor zehn Jahren Chefarzt gewesen sei. »Chirurg«, fügte er noch hinzu. Wollte er sie beeindrucken? Heloise gehörte nicht zu den Frauen, die einen Gott in Weiß anbeteten. Zehn Jahre – verstohlen sah sie ihn von der Seite an. Also war er jetzt fünfundsiebzig. Sie war erleichtert, dass er nicht jünger war als sie.

Aus dem kurzen Kaffeetrinken wurde ein langes Beisammensein von mehreren Stunden. Der Innenhof des Cafés war kaum besucht, sie saßen an einem kleinen runden Tisch in alten Korbsesseln auf Kissen mit Blumenmuster, umgeben von hohen blühenden Heckenrosen. Das also war für ihn ein *verwunschener* Garten. Heloise lächelte nachsichtig bei dem Gedanken. Maurice Jouvet musste einen Hang zur Romantik haben. Nach dem Kaffee tranken sie einen leichten frischen Weißwein, und allmählich verschwand Heloises leichte Anspannung. Sie antwortete bereitwillig auf Maurices Fragen nach ihrem Mann und erzählte, dass sie seit zehn Jahre Witwe war.

»Mein Mann war Deutscher, ein sehr berühmter Pilot bei der alten Luft Hansa.« Offenbar löste der Wein ihre Zunge. Und sie erzählte weiter, wie sie Felix Lambert in Berlin kennengelernt hatte.

Heloise hatte schon als Kind Geige gespielt, nicht sehr gut, wie sie betonte, aber gern. Ihre Welt war immer die der Musik gewesen, vor allem Mozart, Beethoven und Schubert begeisterten sie. Was lag da näher, als die Sprache ihrer geliebten Komponisten zu lernen? Als sie achtzehn Jahre alt wurde, hatten ihre Eltern ihr endlich erlaubt, in Berlin eine Sprachenschule zu besuchen. Aber nur, weil ihre beste Freundin mitfuhr und ihre Tante, die Äbtissin, mit der Leiterin eines dortigen katholischen Wohnheims für junge Mädchen befreundet war. Sie nahm die beiden auf.

Trotz der strengen Betreuung fanden die beiden Freundinnen die Gelegenheit, manchmal die Schule zu schwänzen und durch die Straßen Berlins zu schlendern. Um ihre Freiheit, wie sie es nannten, zu genießen.

»Und da haben Sie Ihren Mann kennengelernt?«, hatte Maurice sie gefragt. Heloise nickte. Es war in einem Café gewesen, dessen Namen sie vergessen hatte.

Dann hatte sie Maurice von Buenos Aires vorgeschwärmt.

Von dem aufregenden Moment, als das Schiff im Hafen einlief. »Wir waren beide fasziniert von dieser Stadt«, erzählte sie.

»Zuerst war mein Mann für die Regierung tätig, er hielt Vorträge und war Berater in technischen Fragen. Und dann wurde er Direktor eines kleinen privaten Flughafens, und wir zogen aufs Land. Diese unglaubliche Weite der Pampa – so etwas Beeindruckendes hatte ich noch niemals gesehen. Unser Haus war umgeben von Jakarandabäumen mit ihren violetten Blüten, die alle gleichzeitig abfielen und dann wie ein dichtgewebter Teppich den Boden bedeckten.«

»Aber dann kamen Sie zurück?«, wollte Maurice Jouvet wissen, der ihr sehr interessiert zugehört hatte.

»Ja. Wir verließen Argentinien im Jahr 1948 und gingen nach München.«

»Das war sicher sehr schwierig für Sie, ins Nachkriegsdeutschland zu kommen.«

»Ja«, bestätigte Heloise. »Aus den Zeitungen wussten wir natürlich, wie zerbombt die deutschen Städte waren, aber als wir ankamen, war alles noch viel schlimmer. Wir waren entsetzt.«

»Darf ich fragen«, sagte Maurice, vorsichtig bemüht, nicht zu neugierig zu wirken, »wenn es Ihnen in Argentinien so gut gefiel, warum kamen Sie zurück?«

»Ach«, Heloise zögerte. »Das hatte seinen Grund, aber ... ich möchte darüber nicht sprechen. Habe ich nicht schon zu viel geredet?«

Maurice dementierte heftig und versicherte ihr, dass er natürlich verstehe, wenn sie nicht alles preisgeben wolle. Auch wenn er sich freuen würde, mehr von ihr zu erfahren, da ihre Erzählung sehr interessant gewesen sei.

Heloise kam wieder ins Plaudern, und Maurice hörte weiterhin aufmerksam zu. Mit mütterlichem Stolz berichtete sie dann über Emmanuelle: »Sie ist meine älteste Tochter, und stellen Sie sich vor, sie eröffnete noch während der deutschen Besatzung in Paris ihr Couture-Haus.«

Natürlich hatte sie auch von Isabelle erzählt, Stewardess bei der neuen Lufthansa.

»Sie lebt in Hamburg. Ich aber bin vor neun Jahren nach Nancy zurückgekehrt, ein Jahr, nachdem mein Mann mit dem Auto tödlich verunglückt ist. Et voilà!«, setzte sie noch hinzu. »Da bin ich nun wieder, zurück zu den Wurzeln.«

»Schade, dass wir uns damals nicht sofort kennenlernten«, bedauerte Maurice, als er sie nach Hause brachte. Da hatte sie ihn ganz spontan zum Abendessen für den kommenden Freitag eingeladen.

Und dieser Tag war nun heute. Bis um vier Uhr nachmittags hatte sie Angst gehabt, er könne anrufen und absagen, dann wieder fast gehofft, er würde genau das tun. Denn war sie überhaupt bereit dazu? Einen fremden Mann gleich zum Abendessen einzuladen, setzte sie damit ein falsches Signal? Was erwartete er?

Er hatte nichts von sich preisgegeben, nicht einmal seine Telefonnummer.

Und sie? War sie wirklich so einsam, dass sie ununterbrochen von ihrem Leben hatte erzählen müssen? Dieser Gedanke machte sie betroffen, fast schämte sie sich dafür.

Wann hatte sie zuletzt jemandem so viel über sich offenbart? Heloise musste daran denken, wie angespannt ihre Nerven und auch die von Felix nach ihrer Rückkehr gewesen waren. Wie viel sie sich gestritten hatten, als sie sich im Alltag der Nachkriegszeit in Deutschland zurechtfinden mussten. In München, der grauen zerbombten Stadt, ohne die Sonne, das Leben Südamerikas, hatten sie sich plötzlich nichts mehr zu sagen. Als sie sich Morgen für Morgen an einem kleinen Küchentisch gegenübersaßen und nicht wussten, wie es überhaupt weitergehen konnte, da brach ihre Ehe auseinander.

Was verband sie damals noch? Nichts, außer der Vergangenheit, die sie beide zu Bewahrern eines Geheimnisses machte. Es allein zu tragen war für Heloise nach Felix' Tod schwer geworden.

All das hatte sie Maurice gegenüber nicht erwähnt, obwohl der Wein und die Einsamkeit sie beflügelt hatten, über vieles, vielleicht zu vieles zu sprechen.

Heloise sah auf die Uhr. Es war bereits sechs, in zwei Stunden würde er kommen. In den neun Jahren, die sie hier lebte, war das der erste Besuch eines Mannes.

Unruhig lief sie ins Esszimmer und deckte den Tisch. Sollte sie die weiße Decke und die Stoffservietten mit dem eingestickten Monogramm nehmen, oder war das zu festlich? Reichten ein paar Sets? Wie würde es ihm hier gefallen?

Das kleine Zimmer war nur eine Erweiterung des Wohnraums, vollgestopft mit alten Möbeln, der Anrichte aus dunklem Palisanderholz, dem runden Tisch, den Stühlen. Prüfend sah sie sich um. Konnte man in dieser Einrichtung einen kultivierten Gast empfangen? Oder würde er die Möbel altmodisch finden, zu abgewohnt, zu konventionell? Würde er sich sagen: Hier wohnt eine alte Frau, die sich nicht von ihren Möbeln und den Erinnerungen trennen konnte?

Nein. So war es nicht. Sie war modern, aufgeschlossen, das musste er spüren, die Eleganz lag nicht in ihrer Einrichtung, sondern in ihrem Wesen und in ihrem Äußeren. Das Haus war aufgeräumt, die Möbel glänzten, und in den Vasen standen Blumen.

Würde er ihr Rosen mitbringen? Maurice war ein Typ Mann, der Rosen schenkte. Sie war gespannt.

Es war heiß und stickig im Haus, und wie so oft bedauerte Heloise, dass sie keine Terrasse und keinen Balkon hatte. So öffnete sie alle Fenster, deckte den Tisch mit der weißen Decke und dem guten Porzellan. Sie hatte sich den Tag über ausgeruht, ihre Haare gewaschen und eine Maske aufs Gesicht aufgetragen. Vorher hatte sie in einem Delikatessengeschäft, dem *chez bonne cuisine*, alles eingekauft, was sie heute servieren würde. So musste sie nicht den ganzen Tag in der heißen Küche stehen. Zwei Flaschen Chablis, Kalbsmedaillons, Gemüse und ein Gratin. Hinterher würde es eine leichte Zitronencreme geben.

Eine Stunde Wartezeit hatte sie noch vor sich.

Heloise setzte sich im Wohnzimmer aufs Sofa. Sie trug ein schlichtes Kleid aus der Kollektion ihrer Tochter. Da sie sehr schlank war, konnte Emmanuelle ihr oft Kollektionsteile schicken, die nach den Modenschauen nicht mehr verkauft wurden. Heute war es ein kleines Schwarzes, eines ihrer Lieblingsstücke. In seiner Schlichtheit stand es ihr besonders gut.

Heloise war sehr stolz auf Emmanuelle. Habe ich ihr das jemals gesagt?, ging es ihr jetzt durch den Kopf. Doch dann beschäftigte Heloise sich bereits wieder mit dem bevorstehenden Abend. Und wieder mit der Frage, was Maurice wohl erwartete.

Ihr Herz klopfte bis zum Hals, als es endlich an der Haustür klingelte. Sie war erleichtert, als sie sah, dass Maurice in einem dunklen Anzug mit Krawatte vor der Tür stand, denn so waren ihr eigenes Kleid und der schön gedeckte Tisch genau richtig für diesen Abend. Er brachte ihr einen Kaktus mit – eine Art, die in Argentinien zu Hause war, das habe ihm die Blumenhändlerin versichert. Heloise verkniff sich ein Lachen. Sie hatte ihn also falsch eingeschätzt. Aber dieser kleine Kaktus bei einer ersten Verabredung hatte etwas Bezauberndes, Originelles und gefiel ihr besser als ein konventioneller Rosenstrauß.

Heloise führte Maurice ins Esszimmer und servierte das gewärmte Essen. Ihr Gast übernahm das Öffnen der Weinflasche. Dann unterhielten sie sich etwas steif über die Hitze und über den kleinen Platz vor ihrem Haus, den Maurice ganz bezaubernd fand.

»Ach wirklich?«, gab Heloise erstaunt zurück. »Wissen Sie«, erklärte sie dann, »wenn man jeden Tag auf diesen Platz sieht, erkennt man seine Schönheit nicht mehr.«

»Ja, das verstehe ich. So verhält es sich sicherlich mit jeder Art Schönheit, die man täglich um sich hat. Irgendwann erkennt man sie nicht mehr.«

Heloise war durch diese Bemerkung etwas befremdet: Was meinte er damit? Bezog er sich auf Frauen? Doch da wechselte Maurice bereits das Thema, lobte den kühlen, fruchtigen Chablis und das Essen. Sie gestand, dass sie das alles nur gekauft habe. Er lachte und erzählte, dass er ein leidenschaftlicher Koch sei, aber erst seit seiner Pensionierung.

Heloise wartete angespannt. Würde er jetzt sagen, es wäre ihm eine Freude, für sie an einem der nächsten Abende zu kochen?

Doch es folgte keine Gegeneinladung, denn etwas anderes schien Maurice zu beschäftigen. »Sie haben neulich erwähnt, dass Ihre Tochter Modeschöpferin ist.«

Heloise nickte. »Ja, darum kann sie mich auch nur so selten besuchen.«

»Aber Sie könnten doch nach Paris fahren, sooft Sie wollen.«

»Ja, das könnte ich.«

Maurice sah sie an, und irgendetwas in seinem Blick, seinem erwartungsvollen Lächeln brachte Heloise dazu, ihm zu erzählen, dass es seit Jahren eine Distanz zwischen ihr und ihrer Tochter gäbe, eine Grenze, die Emmanuelle nicht überschreite. Maurice hörte aufmerksam zu.

Heloise griff nach ihrem Glas und trank einen Schluck des kühlen Chablis.

»Und können Sie diese Grenze, wie Sie es nennen, nicht einfach selbst überschreiten?«

Heloise schüttelte langsam den Kopf. »Das geht nicht mehr, dazu ist vor Jahren zu viel passiert. Ich weiß nicht einmal«, setzte sie leise hinzu, da Maurice sie weiterhin erwartungsvoll ansah, »ob … nun, ob sie mich noch liebt.«

»Aber Sie sind doch Ihre Mutter.« Maurice wirkte sehr erstaunt.

Heloise schwieg lange, sie rückte den Leuchter ein wenig zur Seite, von dessen Kerzen das Wachs herunterlief, da ein leichter Wind durchs offene Fenster hereinwehte. Sollte sie die Fenster schließen? Doch sie blieb sitzen und schob ein paar Weißbrotkrümel auf dem Tisch hin und her. Dann aber sah sie hoch.

»Ja, ich bin ihre Mutter, und sie liebt mich sicher in gewisser Weise, weil ich eben ihre Mutter bin. Aber mehr nicht.«

»Mehr nicht? Wie meinen Sie das? Ach so, ich verstehe. Sie glauben, wenn Sie nicht ihre Mutter wären, gäbe es keine Liebe von Ihrer Tochter.«

Heloise nickte. Maurice lachte nicht, wie sie befürchtet hatte. »Ich habe sie sehr verletzt«, erzählte sie weiter. »Ich war nicht für sie da, als sie mich gebraucht hat. Das hat einen tiefen Riss verursacht. Es ist zwar schon Jahre her, und auch sie hat mich verletzt, aber irgendwie …« Sie schwieg.

»Sie sollten mit ihr sprechen«, meinte Maurice ruhig. »Es scheint Sie doch sehr zu beschäftigen. Ich denke, wenn wir älter werden, sollten wir diese Dinge, auch wenn sie weit zurückliegen, geordnet haben. Ich meine damit die emotionalen Dinge, die Beziehungen, die Verletzungen, die einmal passiert sind. Wir machen doch alle Fehler.«

»Ja, wahrscheinlich«, flüsterte Heloise.

Dann straffte sie ihren Oberkörper und schlug ihm vor, nun das Dessert zu holen. Sie stellte die Teller zusammen, und als Maurice sich erhob und ihr vorschlug zu helfen, lehnte sie ab.

Sie wollte für einen kurzen Moment allein in der Küche sein. Sie stellte das Geschirr auf die Anrichte und strich sich die Haare aus dem erhitzten Gesicht.

Sie konnte sich kaum beruhigen. Was war in sie gefahren, mit einem wildfremden Mann über ihre tiefsten Gefühle zu sprechen? Was hatte Maurice an sich, dass sie sich ihm so anvertraute? Vielleicht, weil er Arzt war und er deshalb diese Fähigkeit besaß, gut zuzuhören?

Aber sie hatte ihm nicht alles erzählt. Und was sie für sich behalten hatte, bedeutete, dass es keine wirkliche Versöhnung geben konnte. Niemals. Im Gegenteil, es käme zum endgültigen Bruch, wenn sie die Wahrheit bekennen würde.

Als sie mit der Zitronencreme ins Esszimmer kam, sah sie sich vergeblich nach ihm um. Sie erschrak.

War er einfach gegangen? Oder suchte er die Toilette? Dann hätte er sicher gefragt. Wahrscheinlicher war, dass sie ihn mit ihren Erzählungen überfordert hatte. Bestimmt hatte er sich etwas anderes erhofft als Gespräche über Mutter-Tochter-Probleme.

Natürlich, so musste es sein. Maurice kam sicher mit einer anderen Erwartung zu einer Frau, die ihn nach nur einem einzigen Kaffeetrinken schon zum Abendessen einlud.

Enttäuscht ließ sie sich auf einen Stuhl fallen.

Da hörte sie aus dem Wohnzimmer leise Musik, und Maurice kam zurück ins Esszimmer.

»Entschuldigen Sie, ich habe durch die Tür Ihren Plattenspieler gesehen und einfach eine Platte aufgelegt. Ich liebe Brahms, ich konnte nicht widerstehen.«

Heloise richtete sich auf und strahlte ihn geradezu an. »Er ist einer meiner Lieblingskomponisten, und dieses Konzert in D-Dur für Violine und Orchester liebe ich ganz besonders«, setzte er noch hinzu.

Während sie die Zitronencreme aßen, lauschten beide der Musik des deutschen Komponisten, und als die letzten Töne verklungen waren, erhob sich Heloise, um die Teller in die Küche zu bringen. Doch da stand auch Maurice auf, nahm ihr das Geschirr ab, stellte es auf den Tisch zurück und zog Heloise an sich.

Es war wunderbar, nach so vielen Jahren wieder die Umarmung eines Mannes zu spüren und das starke Klopfen ihres Herzens, als er sie küsste. Und es fühlte sich so richtig an.

»Ich denke, ich werde jetzt gehen.« Maurice ließ Heloise los, doch sie standen sich weiterhin gegenüber. Heloise hatte das Gefühl, dass es auch ihm schwerfiel, sich zu lösen. Aber es war besser, wenn er ging.

So führte sie ihn in die Diele und zur Haustür.

»Es war ein schöner Abend. Zu schön«, sagte Maurice. »Fast zu schön.«

Beunruhigt sah sie ihn an.

»Wissen Sie, ich bin Ihrer Einladung sehr gern gefolgt, ich habe mich darauf gefreut. Aber …«, er machte eine Pause.

»Aber?«, wiederholte Heloise.

»Ich muss Ihnen etwas gestehen, es wäre unfair, wenn ich es nicht täte. Ich möchte Sie gern wiedersehen, Sie kennenlernen.«

»Ich doch auch«, gab Heloise offen zu, »aber was ist es denn, das Sie mir sagen möchten?«

»Ich bin seit fünfzig Jahren verheiratet«, antwortete Maurice. Er hob bedauernd die Hände und sah sie aus seinen braunen Augen an, als bitte er sie, über diese Tatsache einfach hinwegzusehen.

*

Verheiratet. Das also war es. Sein Geständnis hatte sie so sehr überrascht, dass sie darauf nicht reagieren konnte, sondern sich nur kühl von ihm verabschiedet hatte.

Verheiratet, wiederholte sie in Gedanken. Es traf sie, mehr, als sie zugeben wollte. Hatte er sie deswegen in das Café mit dem »verwunschenen Garten« geführt? Nicht wegen seines Hangs zur Romantik, sondern einfach nur, um nicht mit einer anderen Frau gesehen zu werden?

Vor über fünfzig Jahren hatte sie sich in Felix Lambert verliebt – sie, ein naives romantisches Mädchen aus der französischen Provinz, in den selbstsicheren Piloten, der elf Jahre älter war als sie.

Hatte er während ihrer Ehe jemals eine Affäre gehabt? Schließlich war er ein umschwärmter Mann gewesen. Oft hatte Heloise sich diese Frage gestellt, aber es gab in all den Jahren ihrer Ehe keinen Anlass, ihm zu misstrauen.

Sie selbst hatte Felix nie betrogen, er war ihr Ehemann, und Treue war für sie ganz selbstverständlich gewesen. Jetzt aber hatte sie sich verliebt, heftig, unvorbereitet, sie hatte Maurice geküsst und sich lebendig gefühlt. Und sie fühlte, dass sie diese eine, diese letzte Möglichkeit, Liebe zu erleben, die ihr das Leben so plötzlich bot, nicht verstreichen lassen wollte. Noch einmal glücklich sein, und sei es nur für ein paar gestohlene Stunden.

Er war seit fünfzig Jahren verheiratet, eine so lange Zeit schweißte zwei Menschen unauflösbar zusammen. Man konnte dieses gemeinsame Leben nicht mehr aufgeben. Auch wenn die Liebe längst gegangen war. Sie wusste es aus eigener Erfahrung.

Wie aber stand es um seine Gefühle? Zwei Stunden vergingen, und immer noch lief Heloise unruhig durchs Haus, schloss die Fenster, öffnete sie wieder, schloss sie. Dann schlüpfte sie aus ihrem schönen Kleid und zog sich die Kittelschürze über, um das Geschirr zu spülen.

Später, als sie schon am Verzweifeln war, da er sie nicht anrief, um sich für die Einladung zu bedanken, läutete das Telefon. Es war Maurice. Und seine dunkle Stimme flüsterte, er hätte nie geglaubt, dass er sich noch einmal so verlieben könne.

»Ich habe das nicht erwartet, als ich heute Abend zu Ihnen kam. Aber ich verstehe, wenn Sie mich nicht wiedersehen wollen.«

Er schwieg, offenbar in der Hoffnung auf eine Reaktion, doch sie blieb stumm.

»Bitte«, sagte er dann leise, »bitte sagen Sie etwas. Ich kann mir vorstellen, dass Sie enttäuscht sind und auch wütend auf mich. Ich hätte es Ihnen schon im Café sagen sollen, aber es ging einfach nicht. Ich kann Ihnen nur eines versichern, ich will keine Affäre, ich hatte nie eine. Aber ich kann nicht erwarten, dass eine Frau wie Sie sich auf eine Beziehung mit mir, einem alten, verheirateten Mann, einlassen wird.«

Wieder machte er eine Pause, doch Heloise lehnte an der Wand, hatte die Augen geschlossen und hörte nur auf seine Stimme.

»Also, ich will Ihnen alles sagen. Eine Trennung von meiner Frau ist unmöglich. Ich will auch nicht behaupten, meine Ehe sei die Hölle oder meine Frau verstehe mich nicht, aber … Ich bin selbst durcheinander. Ich kann es Ihnen nicht zumuten, darum denke ich, es ist besser …«

»Nein«, unterbrach ihn Heloise. Sie würde um diese Beziehung kämpfen, auch wenn es vielleicht nur wenige glückliche Momente geben konnte. Sie wollte nicht aufgeben, bevor es überhaupt begonnen hatte. »Nein, sprechen Sie nicht weiter, bitte.«

Dann holte sie tief Atem. Sie wusste, was sie jetzt sagen würde, besaß eine gewisse Endgültigkeit. »Ich will Sie wiedersehen.« Und noch während sie diese Worte in den Hörer flüsterte, wusste sie, es war richtig so.

# *Acht*

## Isabelle/Hamburg

Isabelle begrüßte die Passagiere an Bord der Convair CV 340 auf dem Flug von Kopenhagen nach Hamburg.

Sie zählte die Passagiere durch und ging mit der Liste ins Cockpit.

»Zweiunddreißig Passagiere in der Touristen-, elf in der ersten Klasse. Keine VIPs«, erklärte sie.

»Gut, dann fertig zum Start.« Der Pilot Bernd Schumann warf ihr einen kurzen Blick zu. Gestern waren sie von Stockholm nach Rom geflogen und am Abend dann nach Kopenhagen. Kurz nachdem sie in der Ewigen Stadt gelandet waren, hatten sie sich unabhängig voneinander abgemeldet und waren kurz vor dem Start wieder einzeln zur Besatzung zurückgekommen. Doch dazwischen hatten sie zwei Stunden zusammen in einem romantischen Hotel in der Nähe der Spanischen Treppe verbracht. Während Bernd seine übliche Zigarette danach rauchte und Isabelle sich hastig anzog, sagte er ganz beiläufig: »Vielleicht hast du es schon gehört. Ich bin befördert worden, ab nächstem Monat fliege ich die Boeing 707.«

Isabelle, die gerade einen Strumpf hochzog, verharrte in ihrer Bewegung und drehte sich zu ihm um. Sie verstand sofort, was er damit sagen wollte: Ab nächstem Monat wurde er als Pilot für Überseeflüge eingesetzt.

»Wohin?«

»Asien. Bangkok, Tokio. Ich möchte natürlich auch Hongkong anfliegen, der Flughafen Kai Tak ist für jeden Piloten eine Herausforderung.«

Äußerlich unbewegt hatte Isabelle zugehört und währenddessen ihren zweiten Strumpf angezogen, dann stand sie auf und schlüpfte in ihren Rock und die Bluse.

»Ich weiß es erst seit gestern.« Bernds Stimme klang unsicher. Es war eine Beförderung, die auch eine private Veränderung mit sich brachte. Er musste von Hamburg nach Frankfurt umziehen. Schweigend hatte Isabelle die Jacke des Kostüms übergezogen und sich im Bad vor dem Spiegel die Wimpern getuscht. Sie sollte sich für Bernd freuen, es war der Traum eines jeden Piloten, am Steuer einer 707 zu sitzen.

Für einen Moment hatte sie sich am Waschbecken festhalten müssen. Bedeutete das die Trennung? Sie war blass geworden, sie sah es im Spiegel.

Durch das gekippte Fenster hörte sie laute Stimmen im Innenhof des Hotels, ein Radio, auf höchste Lautstärke gestellt, aus dem die heisere Stimme Adriano Celentanos klang. *Furore*, sang er, seit drei Jahren einer seiner großen Hits. Isabelle schossen die Tränen in die Augen, während sie versuchte, sich wieder unter Kontrolle zu bekommen.

Sie verließ das Badezimmer, um Bernd zu seinem Karrieresprung zu gratulieren, ihn zu umarmen und ihm zu sagen, dass sie ihm alles Gute wünsche. Doch Bernd war schon gegangen. Später beim Briefing am Flughafen hatte er sich kurz entschuldigt, er habe noch etwas erledigen müssen. Das flüsterte er ihr rasch zu, bevor die anderen den Raum betraten. Während des Flugs nach Kopenhagen hatten sie nicht miteinander gesprochen.

Nun also, ein paar Stunden später, stand sie im Cockpit mit der Passagierliste, bemüht, sich weiterhin nichts anmerken zu lassen. Der Copilot Ernst Schröder lächelte ihr zu und bat sie, ihm nach dem Start einen Kaffee zu bringen.

»Mir auch bitte«, schloss sich der Funker an.

Isabelle nickte den beiden zu und verließ die Kabine. Kurze Zeit später, während des Starts, saß sie angeschnallt auf ihrem Sitz neben ihrer neuen Kollegin Lisa Becker. Isabelle mochte die Einundzwanzigjährige, die ihr jetzt erzählte, sie sei mitten im Umzug nach Hamburg.

»Leider. Ich liebe München«, klagte sie, »ich bin dort aufgewachsen.«

»München«, erinnerte sich Isabelle. »Da habe ich auch einige Jahre gelebt.«

»Ach ja? Ich dachte, Sie kommen aus Argentinien«, fragte Lisa interessiert. Isabelle Lambert war bekannt, und man sprach über sie. Sie war bereits dreißig Jahre alt und ließ sich von dem gefürchteten Fräulein Tautz nichts gefallen. Deshalb habe sie auch nie den Sprung in die Riege der Stewardessen für Atlantikflüge geschafft, flüsterte man sich zu. Aber das war nur ein Gerücht, genauso wie das, sie habe ein Verhältnis mit dem Piloten Bernd Schumann, übrigens nicht ihre erste Affäre.

Isabelle nickte. »Ja, aber meine Eltern kamen mit mir zurück nach Deutschland, und zwar nach München.«

»Und wie alt waren Sie da?«

»Fünfzehn«, erzählte Isabelle, »das war 1948.«

»Oje. Noch in der Nachkriegszeit, das war sicher nicht leicht für Ihre Eltern und auch für Sie nicht.«

»Nein, das war es nicht«, bekannte Isabelle. »Vor allem für meinen Vater. Wir hatten zwar darüber gelesen und Fotos gesehen, aber es war trotzdem ein Schock für uns, in eine Stadt zu kommen, in der ganze Straßenzüge immer noch in

Schutt und Asche lagen. Man konnte vom Hauptbahnhof bis zur Frauenkirche sehen, daran erinnere ich mich noch.«

»Ja, ich mich auch«, bestätigte Lisa. »Wir Kinder«, erzählte sie dann, »sahen viele Dinge anders. In der Schule fanden wir es zum Beispiel prima, dass wir im Winter meist nur eine Stunde Unterricht hatten, weil es keine Kohle zum Heizen gab.«

»Ja, an kalte Schulzimmer kann ich mich auch noch erinnern«, bestätigte Isabelle. »Ich ging in München auf das St.-Anna-Mädchengymnasium. Ich war sehr froh, dass mein Vater in Argentinien mit mir deutsch gesprochen hatte, sonst wäre ich hoffnungslos verloren gewesen.«

Die Unterhaltung mit der jungen Kollegin tat Isabelle gut und lenkte sie von Bernd ab.

»Und jetzt?«, wollte Lisa wissen. »Sie sind sicher öfter in Argentinien?«

»Nein«, antwortete Isabelle nachdenklich. »Nein, leider nicht, obwohl ich oft großes Heimweh habe. Wir wohnten auf einer riesigen Estancia«, erzählte sie dann. »Der Besitzer besaß einen Flughafen, und eine eigene Fluglinie: *Richter Airlines*, bei ihr war mein Vater als Pilot angestellt. Meine Eltern waren mit den Richters eng befreundet. Ihre Tochter Martina und ich gingen zusammen in die Schule und waren ebenfalls beste Freundinnen. Eine wunderbare Zeit«, setzte Isabelle hinzu.

»Warum gingen Ihre Eltern nach Deutschland zurück?«

Isabelle hob die Schultern. Das hatte sie sich oft gefragt. »Meinem Vater wurde gekündigt, und er vertrug das Klima nicht mehr. Außerdem wollte er zurück in seine Heimat«, betonte sie. Das waren die Erklärungen gewesen, die ihr die Eltern gaben, als sie Hals über Kopf Argentinien verließen.

Sie erinnerte sich an den Abend, als ihre Eltern ihr eröffneten, sie wollten zurück nach Deutschland. Mit dem Schiff, das nur zwei Tage später bereits von Buenos Aires auslief.

Isabelle hatte es nicht fassen können. Sie ließen alles zurück? Das schöne Haus, in dem sie lebten, das Gestüt mit den Pferden, die Schule, ihre Freundin Martina?

Sie fuhren ab, ohne sich zu verabschieden, denn die Richters waren damals für ein paar Tage in Chile. Ihr Vater hatte ihr kurz vor der Abreise erklärt, Claudio Richter habe ihm gekündigt, ihn durch einen jungen Mann ersetzt.

Isabelle hatte die ganze Nacht hindurch geweint, denn sie musste nicht nur ihr bisheriges Leben und ihre beste Freundin zurücklassen, sondern auch Martinas Bruder Miguel, ihren großen Schwarm. Sie war fünfzehn und er bereits fünfundzwanzig Jahre alt, und sie war sehr verliebt in ihn gewesen. Wenn Miguel sie mit seinen dunklen Augen ansah, fing ihr Herz wild zu klopfen an, und wenn er sie anlachte, schoss ihr die Röte ins Gesicht. Isabelle lächelte, als sie an ihn dachte. Oft war sie ihm heimlich auf dem Gestüt in den Pferdestall gefolgt, um ihm dann vermeintlich zufällig über den Weg zu laufen. Von Martina wusste sie, dass er öfter Beziehungen hatte. »Aber nichts Ernstes«, hatte Martina ihr zugeflüstert.

»Und warum fliegen Sie dann nicht einfach wieder hin?« Lisa blieb neugierig.

»Es hat sich nicht mehr ergeben. Als meine beste Freundin vor fünf Jahren an der Côte d'Azur heiratete, versprach ich ihr, sie in Buenos Aires zu besuchen, sie lebt dort mit ihrem Mann. Aber die Zeit verging, und mein Versprechen habe ich nicht eingehalten«, erzählte Isabelle noch schnell, während sie bereits ihren Gurt öffnete und sich erhob. Sie hatten ihre Flughöhe erreicht, und nun musste sie sich rasch um die Passagiere der ersten Klasse kümmern. Der Flug dauerte nicht lange.

»Argentinien ist wohl Ihre wahre Heimat?«, hörte sie Lisa noch fragen, die ebenfalls ihren Gurt löste.

»Heimat, was ist das?«, überlegte Isabelle laut. »Da, wo man aufwächst? Wenn das so ist, dann ist Argentinien meine Heimat«, bestätigte sie.

»Nein«, meinte Lisa. »Für mich ist Heimat dort, wo meine Familie lebt.«

Das hörte Isabelle gerade noch, als sie schon den Gang entlang zur Bordküche ging. Die Zeit war sehr knapp. Isabelle war für die Passagiere der ersten Klasse zuständig, und so richtete sie rasch die Gläser für den Champagner. Anschließend sollte das Mittagessen folgen. Es bestand aus Vorspeise, Hauptgericht und Dessert. Serviert wurde auf teurem Porzellan.

Es war ein ruhiger Flug, das Zeichen, sich anzuschnallen, war bereits erloschen, und sie hörte die entspannten Stimmen der Passagiere. Gerade befanden sie sich über der Ostsee, und bald würde sie zu Hause sein.

Während sie nach der ersten Flasche Champagner griff, warf sie einen Blick auf die Außentür neben der Bordküche. Isabelle erstarrte. Ein kleiner Spalt in der Tür, sie täuschte sich nicht. Auch spürte sie eine plötzliche Kälte.

Isabelle atmete durch. Keine Panik aufkommen lassen, Ruhe bewahren, lächeln. Sie ging vor ins Cockpit und schloss die Tür hinter sich. »Die Tür an der Bordküche ist einen Spalt offen.« Sie bemühte sich, ruhig zu klingen.

»Unsinn«, Bernd warf einen Blick auf das Armaturenbrett, »das kann nicht sein. Sie sehen doch, Fräulein Lambert, kein Warnsignal, es ist alles okay.«

»Das ist es nicht«, beharrte Isabelle. »Kommen Sie bitte mit und sehen Sie nach.«

»Mach keinen Aufstand, Mädchen«, meinte Bernd in überlegenem Ton. »Das gibt es nicht.«

Wortlos drehte sich Isabelle um und verließ das Cockpit.

In diesem Moment wurde sie gegen die Wand gepresst, ein Knall zerriss die Luft, die Maschine ging im Sturzflug nach unten. Ein furchtbarer Schmerz schoss in ihr Herz, ließ sie kaum atmen, er zerriss ihr fast die Lunge, sie stöhnte auf.

Das Anschnallsignal leuchtete auf. Vorsichtig tastete sich Isabelle zu ihrem Sitz und griff nach dem Gurt, neben sich Lisa, die ihre Hände faltete. Betete sie? Isabelle sah, dass die Tür durch den Luftdruck nach innen gepresst wurde. Aus dem Netz flogen Gepäckstücke, und da sah sie, wie aus der Bordküche ein Messer durch die Luft flog und in der Wand stecken blieb.

Stille herrschte in der Maschine. Niemand sprach, niemand weinte, niemand schrie.

Isabelle sah, wie ein Passagier in der ersten Reihe einen Rosenkranz in der Hand hielt, sie hörte die Stimme des Copiloten, der in ruhigem Ton erklärte, Kapitän Bernd Schumann habe alles unter Kontrolle. »Wir befinden uns über der Ostsee und fliegen in einer Höhe von fünfhundert Meter. Wir kehren nach Kopenhagen zurück und werden dort in einer halben Stunde sicher landen.«

Die Maschine schaukelte, bebte, geriet in Schieflage und fing sich wieder.

Isabelle zitterte, ihre Zähne schlugen aufeinander, doch dann griff sie nach dem Mikrofon und sprach Sätze, die nur dazu dienten, den Passagieren Sicherheit zu geben. Jetzt flüsterte Lisa Isabelle mit einem nervösen Kichern zu: »Hast du gesehen? Bei dem Sturzflug gingen die Haare der Passagiere alle in Richtung Tür, das sah lustig aus.« Doch Isabelle konnte in dieser Situation keine Komik entdecken. Sie mussten während des ganzen Fluges ebenfalls angeschnallt bleiben, doch sie sprach durchs Mikrofon weiter.

»Kapitän Bernd Schumann ist einer der erfahrensten Piloten der Lufthansa«, versicherte sie, »bitte haben Sie keine Angst, in fünfzehn Minuten sind wir sicher gelandet.«

Isabelle fröstelte vor Kälte und vor Nervosität, doch ihrer Stimme merkte man ihre Angst nicht an. Dann bereitete der Pilot den Anflug auf Kopenhagen vor, langsam verlor die Convair an Höhe, und vorsichtig setzte Bernd die Maschine auf.

Seufzer der Erleichterung, Lachen, Beifallklatschen folgten.

»Wir danken Ihnen so sehr.« Viele Hände griffen beim Aussteigen nach Isabelle.

»Wie Sie diese Ruhe bewahren konnten, bewundernswert.«

»Dafür wurde ich ausgebildet«, lächelte Isabelle, blass und mit dem stechenden Schmerz in ihrem Herzen, der sie kaum atmen ließ.

Wie es weitergehen sollte, erfuhren die Passagiere erst, als sie in der Lufthansa Lounge saßen. Es gab keine Ersatzmaschine, aber die Mechaniker seien bereits zur Stelle, um den Schaden zu beheben. In zwei Stunden sei die Maschine wieder startklar.

Isabelle lächelte immer noch, beruhigte, man könne bedenkenlos in die Maschine einsteigen, es würde keinen weiteren Zwischenfall geben. Zusammen mit Lisa servierte sie Tee und Gebäck, auch Champagner, bis nach zwei Stunden die Maschine aufgerufen wurde.

Die Nerven der Crew und auch die der Passagiere waren angespannt, als sie erneut die Convair betraten. »Die Mechaniker haben die Tür gerichtet«, erklärte Bernd ihr, »und es wird schon gutgehen.«

Während die Maschine auf zweitausendfünfhundert Meter hochstieg, klopfte Isabelles Herz hart gegen die Rippen, Schweiß brach ihr aus, und ihre Hände umklammerten die Lehnen des Sitzes.

Als sie sich abschnallen konnte, erhob sie sich rasch, um die Routine anzugehen. Das hielt ihre eigene Angst in Schach. Sie lächelte, servierte das verspätete Mittagessen, das vom Catering Service frisch an Bord gebracht worden war.

Ohne weitere Zwischenfälle landeten sie in Hamburg.

Nach der Ankunft bedankten sich die Passagiere noch einmal bei Isabelle.

»Ihre Ruhe hat uns die Angst genommen.«

»Sie haben mir geholfen, die schwersten Stunden meines Lebens durchzustehen«, erklärte eine ältere Frau und umarmte Isabelle. »Eigentlich wollte ich gar nicht mehr mit der Maschine zurückfliegen, aber Sie haben mir den Mut dazu gegeben.«

»Respekt«, sagte auch Bernd, als alle Passagiere von Bord gegangen waren. »Du hast diese Bewährungsprobe sehr gut gemeistert. Du solltest dich doch als Stewardess für Atlantikflüge bewerben.«

»Das habe ich nie gewollt, das weißt du doch. Eigentlich wäre jetzt eine Entschuldigung fällig, nicht?«, sagte sie dann.

»Wieso?«

»Sicher weißt du, was ich meine«, beharrte Isabelle.

»Du denkst, ich habe dich nicht ernst genommen, als du ins Cockpit gekommen bist? Aber ich habe mich an die Vorschriften gehalten. Es leuchtete kein Warnsignal auf. Und ich vertraue nun mal auf die Technik.«

»Jetzt siehst du, was du davon hast.«

Bernd lachte auf, fing sich aber sofort wieder. »Ich kann dir nur raten, dich für die Atlantikflüge zu bewerben. Nachdem du dich so vorbildlich verhalten hast, ist die Gelegenheit günstig. Das wird dir großes Lob von ganz oben einbringen.«

Isabelle schüttelte den Kopf. »Für mich ist es zu spät. Und letztendlich pfeife ich auf das Lob von höchster Stelle.«

»Ah, impulsiv wie immer«, spöttelte Bernd.

»Ich bin einen falschen Weg gegangen«, erklärte Isabelle leise.

»Was meinst du?« Fragend sah er sie an.

»Sagt dir der Name Amy Johnson etwas?«

Bernd überlegte. »Ja, ja. War sie nicht Pilotin Anfang der dreißiger Jahre? Sie hatte sich bei der Royal Air Force beworben, wurde aber aufgrund ihres Geschlechts abgelehnt. Sie flog dann Versorgungsflüge für die Royal Air Force. Aber wie kommst du so plötzlich auf sie?«, wollte er verwundert wissen.

»Als Kind war sie mein großes Idol«, antwortete Isabelle. »An sie habe ich vorhin plötzlich denken müssen. Mein Vater hat mir viel über sie erzählt, und in meinem Zimmer in unserem Haus in Argentinien hingen Fotos von ihr.«

»Ja, aber dein Idol ist bei einem Absturz ums Leben gekommen«, kommentierte Bernd trocken. Als Isabelle schwieg, fragte er schließlich: »Und was willst du mir damit sagen? Dass du als Pilotin selbst Entscheidungen treffen kannst, während du dich als Stewardess unterordnen musst, egal, ob du es für richtig hältst?« Isabelle zuckte mit den Schultern. »Ich weiß es selbst nicht, es fällt mir nur gerade so ein. Vielleicht«, überlegte Isabelle weiter, »weil sie den Mut besaß, einen eigenen Weg zu gehen. Einen Weg, der sehr unbequem, aber richtig war.«

Bernd lachte gutmütig. »Ach, Schatz, was dir so alles durch den Kopf geht. Lass es gut sein! Bewirb dich als Stewardess für Übersee, und da kannst du noch einige Jahre einen guten Job machen.«

Isabelle überhörte seinen Vorschlag. »Ich habe bis jetzt einfach keinen Mut gehabt, das will ich damit sagen. Mut, mich ebenfalls gegen alle Widerstände durchzusetzen. Auch gegen männliche Vorurteile«, betonte sie.

Bernd schüttelte nur lachend den Kopf. Er nahm sie nicht ernst, und das traf Isabelle. Aber eigentlich reagierte er immer so, für Bernd war sie die hübsche, sinnliche Frau, mit der er ins Bett ging. »Ich höre bei der Lufthansa auf«, erklärte sie aus heiterem Himmel, drehte sich um, ging übers Rollfeld und dann weiter zum Ausgang. Er konnte ihr nicht folgen, denn er war noch für den letzten Abendflug nach München eingeteilt, aber sie spürte seinen erstaunten Blick im Rücken. Warum hatte sie das gesagt? Dachte sie wirklich daran, ihre gute Stelle aufzugeben, oder hatte sie es nur gesagt, weil er sie provoziert hatte?

Isabelles Gedanken kreisten weiterhin um Bernd, als sie den Flughafen verließ. Ihre kurze Beziehung war zu Ende, das war ihr bewusst geworden, doch nach dem heutigen Erlebnis war das sowieso unwichtig. Er würde die Welt umfliegen, seine Freiheit genießen, und er würde neue Flugbegleiterinnen kennenlernen, vielleicht auch eine finden, die er heiraten wollte, eine, die bereit war, ihren Beruf für ihn an den Nagel zu hängen und zu Hause zu bleiben.

Warum hatte sie sich überhaupt mit ihm eingelassen? Obwohl sie wusste, dass daraus keine ernste Bindung werden konnte? Vielleicht gerade deshalb. War sie für eine feste Beziehung nicht bereit? Oder waren es einfach die falschen Männer?

Während des kurzen Heimwegs dachte sie an ihr Gespräch mit Lisa über Argentinien. Und wie schon so oft in den vergangenen Jahren griff tiefes Heimweh nach ihr. Wieso hatte sie es nie geschafft, dorthin zu fliegen? Entweder hatte sie kein Geld für den teuren Flug gehabt, oder sie war beruflich zu eingespannt gewesen. Doch in ihrem Herzen bewahrte sie eine Erinnerung auf, etwas, das sie nie vergessen hatte, auch wenn bereits fünfzehn Jahre vergangen waren.

*

Noch Stunden später, als Isabelle in ihrer Wohnung in dem einzigen Sessel kauerte, eingehüllt in eine Decke, gingen ihre Gedanken wild durcheinander. Argentinien, Bernd, der Flug. Wenn sie die Augen schloss, hörte sie den blechernen Knall, spürte den Druckabfall, den Sturzflug, spürte wieder das eigene Entsetzen. Das ist das Ende, hatte sie gedacht, ich sterbe, ich habe doch noch gar nicht gelebt …

Isabelle schreckte hoch. Genau das war es! Das Erlebnis heute war schrecklich gewesen, aber zugleich hatte es auch etwas von einer Befreiung, es legte ihre verborgenen Wünsche offen. Sie hatte gut reagiert, sie war in der Ausbildung auf Katastrophensituationen vorbereitet worden, sie hatte funktioniert. Sie dachte an Bernd, dem sie spontan erklärt hatte, sie höre bei der Lufthansa auf. Und das würde sie, egal, wie ihre Zukunft aussah.

Amy Johnson. Wieder war die Erinnerung an dieses große Idol ihrer Kindheit präsent. Eine Frau, die erreicht hatte, was sie wollte. Warum nicht auch sie? Warum immer Anweisungen befolgen, nicht zunehmen dürfen, keinen roten Nagellack benutzen, die Haare genau nach Vorschrift frisieren müssen? Warum immer lächeln für andere, egal, wie es einem selbst ging? Als Pilotin übernahm sie Verantwortung für die Passagiere und das Flugzeug. Man würde sie ernst nehmen und nicht die Wahl ihres Lippenstifts bestimmen, als sei das für einen Flug die wichtigste Entscheidungsfrage.

Isabelle war nervös, übersensibilisiert. Ihre Gedanken kehrten zurück ins Flugzeug, zum Start, als man noch nicht wusste, was passieren würde. Sie dachte an das Gespräch mit der jungen Kollegin.

Heimat ist dort, wo die Familie lebt, hatte Lisa gesagt.

Und wo war ihre Heimat?

Bei ihrer Mutter in Nancy?

Oder bei Emmanuelle?

Isabelle erinnerte sich an den Tag, als sie ihrer Schwester zum ersten Mal gegenüberstand. Am Hauptbahnhof in München hatte sie aufgeregt mit ihrem Vater auf den Zug aus Paris gewartet. Und dann kam sie, Emmanuelle, eine schöne Frau, nach der sich die Leute umdrehten.

Isabelle war sofort auf sie zugerannt und hatte sie mit Fragen bestürmt, und Emmanuelle hatte gelacht und sie umarmt. Dem Vater gegenüber verhielt sich Emmanuelle bei dieser ersten Begrüßung ein wenig kühl, wie Isabelle es empfand. Ihre Schwester blieb damals nur übers Wochenende, doch sie hatten viel Zeit miteinander verbracht. Ihre große Schwester hatte auch von Berlin erzählt, ihrem damaligen Wunsch,

Modeschöpferin zu werden, dann über den Schock, als die Eltern nach Argentinien gingen.

Doch die Zeit in Berlin blieb im Dunkeln, auch noch Jahre später, wenn Isabelle Emmanuelle in Paris besuchte. Aber über die Zeit in Deauville bei Simone, darüber sprach Emmanuelle gern.

Auch Isabelle gab viel von sich preis, erzählte, wie glücklich sie in Argentinien, ihrem Geburtsland gewesen sei. Sie berichtete von ihrer Freundin Martina, von der Estancia, und irgendwann, ungefähr vor neun Jahren, gestand sie Emmanuelle, dass sie immer noch in Miguel Richter verliebt war, in diesen hübschen jungen Mann, der zehn Jahre älter war als sie und am anderen Ende der Welt lebte. Emmanuelle hatte sie ernst genommen, sie nicht ausgelacht oder ihr erklärt, das sei doch nur eine dumme Backfischschwärmerei, die sie allmählich vergessen sollte.

Nein, ihre Schwester nahm alles ernst, was Isabelle ihr anvertraute. Und wenn es etwas gab, das Isabelle beschäftigte, flog sie zu Emmanuelle nach Paris, denn sie war ihre engste Vertraute.

Nach einer Weile griff Isabelle zum Telefon. Sie musste Emmanuelle anrufen und ihr von dem heutigen Erlebnis erzählen. Es war erst zehn Uhr abends, also war sie sicher noch im Atelier.

Doch das Telefon läutete vergeblich. Auch zu Hause nahm niemand ab. Wahrscheinlich war sie bei Pierre. Isabelle rief bei ihm an. Er hob ab, schien nervös zu sein, als sie nach Emmanuelle fragte. Nein, sie sei nicht bei ihm. Als Isabelle einhängte, hatte sie das Gefühl, im Hintergrund eine Frauenstimme zu hören.

Hatte Pierre eine neue Beziehung, gab es etwas, das sie, Isabelle, noch nicht wusste?

Seit sie sich erinnern konnte, gehörten Pierre und Emmanuelle zusammen, selbst nachdem sie geschieden waren. Es wäre traurig, wenn diese enge Bindung endgültig zu Ende wäre. Konnte eine so tief verwurzelte Beziehung überhaupt beendet werden?

Seufzend schob Isabelle ihre Wolldecke zur Seite, erhob sich und ging zur Küchenzeile. Es war jetzt zehn Uhr abends und sie hatte plötzlich Hunger, nachdem sie den ganzen Tag über nichts hatte essen können. So holte sie ein paar Käsekräcker aus dem Schrank, und als sie mit der aufgerissenen Tüte zum Bett zurückging, klingelte das Telefon.

Es war Julian David Kröger.

*

Eine halbe Stunde später holte er sie ab, und sie gingen in ein kleines französisches Restaurant am Fischmarkt,

Sie aßen eine Bouillabaisse und knuspriges Weißbrot, dazu bestellte Julian Kröger einen leichten Chardonnay.

»Ich habe erst übermorgen wieder einen Flug«, erklärte er, als der Kellner die Flasche brachte und einschenkte. »Darum darf ich mir heute einen Wein erlauben. Sie haben offenbar auch mehr als einen Tag Pause?«

»Ja«, antwortete sie und prostete ihm zu. »Ich bin erst in drei Tagen wieder eingeteilt.« Dann sah sie sich um. »Ich war noch nie in diesem Lokal, obwohl es so nah bei meiner Wohnung liegt. Es ist schön hier.«

»Das freut mich, dass es Ihnen gefällt«, sagte Julian lächelnd, und sie lächelte zurück. Warum wollte er sie treffen? War das jetzt ein Rendezvous? Sie hatte sich über seinen Anruf gefreut und seinen Vorschlag gern angenommen. Dadurch war sie ihren Ängsten entkommen, zumindest für kurze Zeit. Julian erzählte ihr, er sei an diesem Nachmittag bei ihrem gemeinsamen Freund Walter gewesen. »Er gab mir Ihre Telefonnummer. Er sagte, Sie hätten es ihm erlaubt.«

»Ja, das ist richtig.«

»Bei Walter«, fuhr Julian fort, »habe ich auch von Ihrem heutigen Flug erfahren. Das hätte eine echte Katastrophe werden können. Die geringe Flughöhe hat wohl das Schlimmste verhindert.«

Als Isabelle nur stumm nickte und ihre Suppe löffelte, sprach er weiter: »Bernd Schumann wurde in den höchsten Tönen gelobt, aber das Lob galt auch Ihnen, weil Sie Ruhe bewahrt haben.«

»Und das hat Ihnen alles Walter erzählt? Woher wusste er das?«, fragte Isabelle erstaunt.

»Durch den Copiloten Ernst Schröder. Walter ist zwar mit seinem Umzug nach Sylt beschäftigt, aber er ruft jeden Tag irgendeinen früheren Kollegen von der Fluggesellschaft an und fragt, was alles so los sei.«

Isabelle hatte die Suppe aufgegessen und zerkrümelte nachdenklich den Rest Baguette. »Ich habe mich heute entschlossen zu kündigen, ich verlasse die Lufthansa.«

Sie blickte hoch und direkt in die blauen Augen von Julian Kröger, der sie überrascht ansah.

»Aber hoffentlich nicht wegen unseres Gesprächs neulich. Offenbar habe ich Ihnen zu große Hoffnungen gemacht.« Seine Stimme klang besorgt.

»Nein«, wehrte Isabelle ab, »das hat gar nichts damit zu tun.«

»Wissen Sie, Fräulein Lambert, deswegen habe ich Sie angerufen. Ich wollte Sie heute treffen, um es Ihnen persönlich zu sagen und nicht einfach nur am Telefon. Mein Freund hat kein Interesse, Sie einzustellen. Leider ist er ziemlich uneinsichtig, ein weiblicher Pilot kommt für ihn nicht in Frage. Ich musste mir unglaublich dumme Argumente anhören. Es tut mir leid«, wiederholte er noch einmal. »Ich habe wirklich alles versucht.«

Da Isabelle schwieg, bat er sie eindringlich, nicht zu kündigen. »Eine solche Entscheidung muss gut überlegt sein.« Wenn Isabelle auch enttäuscht war, freute es sie, dass Julian sich so offensichtlich für sie eingesetzt hatte.

»Nein, nein. Meine Kündigung hat nichts damit zu tun, wirklich nicht, sondern mit dem heutigen Erlebnis.« Obwohl Stunden vergangen waren, befand sie sich immer noch in einer eigenartig euphorischen Stimmung. Sie hatte überlebt, und das Leben bekam für sie dadurch eine neue Farbe. Sie hatte das Gefühl, dass alles möglich war. »Ich habe mich heute an meine Kindheit erinnert«, erzählte sie, »damals war mein Idol Amy Johnson. Sagt Ihnen der Name etwas?«

»Natürlich! Wer kennt sie nicht? Sie war eine Pionierin der Fliegerei, eine Besessene, die ein unglaubliches Leben hatte. Aber es gab noch eine ganze Reihe berühmter Fliegerinnen, Elly Beinhorn zum Beispiel oder Hanna Reitsch, aber sie flogen für den *Führer*.« Mit einem kleinen bitteren Auflachen schob Julian seinen Suppenteller in die Mitte des Tisches.

Isabelle spürte, wie angespannt er war, als er nach seinem Glas griff und in einem Zug austrank. Sie konnte es verstehen, denn sie wusste von Walter Herrmann, dass Julian David Krögers Mutter Jüdin war.

»Ist er deshalb nach Amerika gegangen?«, hatte sie Walter gefragt.

»Ich weiß es nicht, Julian schweigt sich aus, wenn man Fragen nach seiner Vergangenheit stellt.«

»Fräulein Lambert? Hören Sie mich?« Julian Krögers Stimme holte Isabelle aus ihren Gedanken. »Sie möchten also Pilotin werden wie Ihr Idol?«

Isabelle schüttelte lächelnd den Kopf. »Nicht ganz so spektakulär und abenteuerlich wie sie. Aber seit heute weiß ich mit absoluter Bestimmtheit, wie groß mein Wunsch ist, ein Flugzeug zu steuern, auch wenn es nur eine Cessna ist.«

»Das ist das Erbe Ihres Vaters. Ich war übrigens ein Bewunderer von Felix Lambert. Mehrmals bin ich mit ihm im Cockpit gesessen.«

»Das wusste ich gar nicht«, rief Isabelle aus. »Wann war das denn?«

»In den Jahren 1931/32.«

»Und wann sind Sie dann zur Pan Am gegangen? Noch vor 1933?«, fragte Isabelle vorsichtig nach. Sie wollte nicht zu aufdringlich wirken.

»Nein, nein. Das war viel später«, erklärte er ausweichend. »Und Sie?«, fragte er dann zurück. »Wann sind Sie nach Deutschland gekommen? Sie haben mir doch neulich erzählt, dass Sie in Argentinien aufgewachsen sind.«

Isabelle lehnte sich in ihrem Stuhl zurück. »Ja«, erklärte sie, »ich bin in Argentinien geboren und aufgewachsen. Aber im Jahr 1948 kehrten wir nach Deutschland zurück, nach München.«

»Und Ihre Schwester?«

Isabelle beobachtete ihn genau. Sein Gesicht blieb reglos, er ließ nicht erkennen, ob es ihm schwerfiel, nach Emmanuelle zu fragen.

»Nein, sie blieb in Frankreich, bei einer Tante. Ich habe sie überhaupt erst kennengelernt, als ich fünfzehn Jahre alt war. Sie besuchte uns in München, da war sie schon eine bekannte Modeschöpferin in Paris. Emmanuelle Leclerc.«

Julian war blass geworden. Er griff nach dem Glas und trank es in einem Zug aus.

»Ich glaube, ich habe den Namen schon einmal gehört«, sagte er dann nachdenklich.

»Sicher haben Sie das. Wissen Sie was«, schlug sie Julian spontan vor, »am siebenundzwanzigsten August hat sie ihre nächste große Präsentation. Wollen Sie mitkommen? Emmanuelle hat mir Karten geschenkt.«

Jetzt zeigte sich ein kleines Lächeln auf Julians Gesicht, als er den Kopf schüttelte. »Vielen Dank, das ist sehr lieb von Ihnen, aber ich denke ...«

»Emmanuelle hat Sie gesehen.« Isabelle konnte diese Information nicht länger zurückhalten, sie hatte sogar das untrügliche Gefühl, sie müsse es erzählen. »Sie saßen in dem Café direkt gegenüber von ihrem Modehaus. Von ihrem Atelier aus kann sie auf die Rue Saint-Honoré sehen.«

»Wann war das genau? Ich war in letzter Zeit öfter in Paris.«

»Das ist noch nicht so lange her. Meine Schwester erwähnte es kurz.«

»Ach ja? Und hat sie etwas über mich erzählt?«

»Nein. Tut mir leid.«

Ein peinlicher Moment, fand Isabelle. Sie hätte es nicht ansprechen sollen. So tranken sie schweigend ihren Wein aus. Es war spät geworden, um sie herum hatte sich das Lokal bereits geleert, wodurch die Stille zwischen ihnen noch schwerer wog.

Julian hatte sein Gesicht abgewandt. Wieder sah sie die Narbe, die quer über seine rechte Wange lief. Dachte er in diesem Moment an Emmanuelle, an die Vergangenheit? War sie für ihn mit Emmanuelle verbunden? Hatte er sie heute vielleicht eingeladen, um mehr über sie zu erfahren?

»Was ist?«, fragte er und drehte sich wieder zu ihr. »Warum sehen Sie mich so an?«

»Tue ich das? Das war mir nicht bewusst«, beteuerte sie hastig.

»Sie sind neugierig und würden mich gern nach meiner Narbe fragen, nicht wahr?« Er lächelte ein wenig ironisch. Bevor sie ihm versichern konnte, daran habe sie nicht gedacht, wirklich nicht, erzählte er schon: »Ich bin diese Frage gewohnt, jeder will es wissen. Ich hatte einen Autounfall, also nichts Spektakuläres.«

»Ich wollte gar nicht fragen«, verteidigte sich Isabelle, obwohl es sie durchaus interessierte. Ein weiterer Moment des Schweigens entstand, in dem Isabelle ganz plötzlich erkannte, wie zutiefst erschöpft sie war. »Entschuldigen Sie, Herr Kröger«, murmelte sie, »ich will nicht unhöflich sein, aber mir ist plötzlich furchtbar übel. Ich glaube, ich breche gleich zusammen«, keuchte sie. Isabelle rang nach Luft, sie spürte, wie ihr der Schweiß auf die Stirn trat und ihr schwindlig wurde. Sofort sprang Julian auf, warf ein paar Geldscheine auf den Tisch und half ihr vorsichtig vom Stuhl auf.

»Es tut mir leid«, entschuldigte er sich, »ich hätte es wissen müssen. Nach einem solchen Erlebnis muss man sich ausruhen.«

»Mir tut es auch leid«, flüsterte Isabelle. »Aber ich hätte nicht gedacht, dass ich plötzlich so zusammenklappe.«

»Sie schaffen das, Sie sind stark«, hörte sie seine Stimme wie durch einen Nebel, während sie, gestützt auf seinen Arm, das Lokal verließ.

»Und jetzt atmen Sie tief durch«, riet er ihr besorgt. »Gleich geht es Ihnen wieder besser.«

Für einen Moment blieben sie stehen, und Isabelle sog gierig die frische Luft ein.

»Danke.« Sie sah zu ihm hoch. »Die Luft tut mir gut.«

»Hängen Sie sich bei mir ein«, schlug er vor, »ich bringe Sie nach Hause. Ich mache mir wirklich Vorwürfe, dass ich Sie so lange aufgehalten habe.«

»Es war doch ein schöner Abend«, protestierte Isabelle schwach. »Und ich habe mich gefreut, als Sie anriefen.«

Jetzt waren sie vor dem Haus angekommen, in dem sich ihre Wohnung befand. »Ja, ich fand auch, dass es ein schöner Abend war«, betonte Julian. »Und es tut mir wirklich leid, dass mein Freund so uneinsichtig ist. Aber«, fuhr er fort, »ich wollte Sie auch persönlich treffen, um Ihnen Mut zuzusprechen, und das geht am Telefon nicht so gut. Ich werde mich für Sie umhören und mich dann melden.«

»Warum machen Sie das?«, fragte Isabelle mit ehrlichem Interesse. »Warum wollen Sie sich für mich einsetzen?«

»Wissen Sie, so wie Sie Amy Johnson verehren, so ist für mich Felix Lambert mein Idol gewesen. Und deswegen werde ich Ihnen, seiner Tochter, helfen.« Bevor sich Isabelle bedanken konnte, setzte er hinzu: »Wenn ich Ihnen noch einen Rat geben darf, lassen Sie erst einmal alles auf sich zukommen. Handeln Sie nicht vorschnell. Manchmal entscheidet das Schicksal für uns und sagt uns, wie es weitergeht.«

Isabelle nickte nachdenklich, während sie zu ihm hochsah. Die Straßenbeleuchtung war diffus, und sein Gesicht lag fast ganz im Dunkeln. Da streckte er ihr die Hand entgegen, und als sie danach griff, drückte er sie fest. Und für Isabelle war es, als wollte er sich nicht nur verabschieden, sondern damit auch sein Versprechen, sich für sie einzusetzen, bekräftigen.

Als Isabelle kurze Zeit später im Bett lag, fand sie nicht in den Schlaf, obwohl sie völlig erschöpft war. Panik griff nach ihr, ließ ihr Herz schnell schlagen, den Atem stocken. Wenn sie die Augen schloss, hatte sie das Gefühl, in die Tiefe zu fallen, Todesangst überwältigte sie.

Mit einem Schrei fuhr sie wieder hoch.

Schweißgebadet hüllte sie sich zitternd in ihre Decke und versuchte, ihre Gedanken vom Fliegen abzulenken.

Nur langsam verrannen die Stunden, die Nacht wollte nicht vergehen. Und damit auch die irrationalen Ängste. Sie richtete sich auf und schaltete die Lampe neben ihrer Bettcouch an, denn sie konnte die Dunkelheit nicht ertragen.

Plötzlich fing ihr Herz noch stärker an zu rasen, Isabelle keuchte, bekam wieder keine Luft. Schweiß floss ihr den Rücken hinunter, über die Stirn und in die Augen. Mit letzter Kraft schleppte sie sich ins Badezimmer. Dort übergab sie sich, ein neuer Schweißausbruch, dann Schüttelfrost, Schwindel. Sie musste sich auf den Boden setzen, alles drehte sich.

Wieder befand sie sich im Sturzflug, ihre Kehle war ausgetrocknet, sie stöhnte auf, dann kroch sie zurück zur Couch und schob sich zitternd unter ihre Decke.

*

Isabelle wurde von der Fluggesellschaft zum Arzt geschickt, dann zum Psychologen. Sie behauptete, es gehe ihr schon sehr viel besser, daher wurde sie für einen Flug Hamburg–Rom–München–Hamburg eingeteilt.

Ob sie dazu in der Lage sei? Isabelle sagte zu. Denn sie glaubte, dass die Rückkehr umso schwerer wurde, je mehr Zeit verstrich. Doch schon als sie übers Rollfeld ging, verlangsamten sich ihre Schritte. Sie zögerte, als sie die Treppe hochstieg, musste sich am Geländer festhalten, denn ihr wurde so schwindlig, dass sie die Maschine nicht betreten konnte. Sie drehte sich um und rannte die Stufen fast wieder hinunter.

»Ich kann nicht«, erklärte sie ihrer Kollegin, die ihr nachgelaufen war. »Ich kann nicht in den Flieger steigen. Es tut mir leid, es geht einfach nicht.«

Sie wurde für diesen Flug ausgewechselt und danach krankgeschrieben. Sie sollte weiterhin in die Therapie gehen, Stunden im Simulator verbringen, bis sie sich in der Lage fühlte, wieder in ein Flugzeug zu steigen.

Isabelle hatte etwas erlebt, das sie als eine Zäsur empfand, als Zeichen, ihr Leben neu zu definieren. Aber wie sollte sie es unter diesen Voraussetzungen schaffen? Musste sie jetzt alles aufgeben, auch ihren Wunsch, Pilotin zu werden, musste sie lernen loszulassen? Was blieb dann noch? Bei diesem Gedanken erfasste sie tiefe Verzweiflung.

Einmal traf sie sich mit Lisa, die bereits wieder eingesetzt wurde. Sie hatte das Erlebnis gut überwunden, wie sie erzählte. Warum aber nicht sie, Isabelle?

»Du brauchst einfach mehr Zeit, jeder reagiert verschieden«, tröstete die junge Kollegin sie. »Das wird schon wieder.« Isabelle hatte gelächelt und versichert, es gehe ihr auch schon viel besser. Über ihren Entschluss, zu kündigen, schwieg sie, auch darüber, dass sie nicht wusste, wie es weitergehen sollte. Die Euphorie, das Gefühl, alles sei möglich, war vorbei. Sie spürte, dass sie ihre Angst vor dem Fliegen nicht mehr steuern konnte. Sie würde nicht in der Lage sein, jemals wieder ein Flugzeug zu betreten. Geschweige denn, als Pilotin im Cockpit zu sitzen.

# *Neun*

## Emmanuelle/Paris

»Bist du bereit?«

Chloé öffnete nach kurzem Anklopfen die Tür. Emmanuelle lehnte an ihrem Zeichentisch, auf dem sich zum ersten Mal seit Wochen keine Skizzen und Stoffmuster türmten, auch keine kostbaren Spitzen und Stickereien. Heute war der große Abend der Präsentation.

Auch im Haus war es ungewohnt still. Das Geschäft war schon geschlossen, die Verkäuferinnen und das andere Personal waren ins Palais Royal gefahren. Die Schneiderinnen hielten sich dort schon bereit, um an einigen Teilen noch letzte Stiche zu setzen, während die Verkäuferinnen und Direktricen beim An-und Ausziehen der Mannequins halfen. Alles war genau geplant und musste rasend schnell gehen. Als Blumenschmuck hatte sich Emmanuelle für üppige Bouquets aus zartrosa Rosen entschieden, passend zu dem hellgrauen Hintergrund, dem hellgrauen Laufsteg, den Paravents, hinter denen jeweils zwei Mannequins hervortraten, den Laufsteg entlangliefen, für die Fotografen verharrten und dann auf ihren hohen Schuhen zurückschritten, wo die nächsten bereits auf ihren Auftritt warteten.

Emmanuelle trug einen schwarzen Anzug aus ihrer neuen Kollektion, eine weite Hose und eine stark taillierte Jacke, die vorne tief ausgeschnitten war. Vor einer Stunde war die Hairstylistin Maria Carita da gewesen, um sie zu frisieren und zu schminken. Als Lippenstift hatte Emmanuelle eine blutrote

Farbe gewählt, die sehr gut zu ihrem blassen Teint passte und einen attraktiven Kontrast zu dem schwarzen Anzug bildete. Als Chloé das Zimmer betrat, schlüpfte sie gerade in die hohen Schuhe eines französischen Schuhdesigners.

»Deine Limousine ist gleich da.« Chloé war nervös, auch wenn sie es verbergen wollte. Sie hatte sich für ein schlichtes graues Kleid entschieden und ihre weißen Haare im Stil der zwanziger Jahre in Wellen legen lassen. Sie würde aber im Hintergrund bleiben, hinter den Kulissen noch Anweisungen geben, während Emmanuelle sich nach der Präsentation im Blitzlichtgewitter verbeugen würde. »Kommt Isabelle direkt ins Palais?«

Emmanuelle nickte. »Ja, sie bringt ihre Freundin Martina Fernandez aus Argentinien mit. Martina hat Isabelle eingeladen, einige Tage mit ihr zusammen im Hotel Plaza zu wohnen.«

»Sie hat gestern schon bei uns eingekauft«, erzählte Chloé. »Isabelle brachte sie ins Geschäft, und während Martina Kleider anprobierte, haben wir uns unterhalten. Ich war geschockt, als sie mir erzählt hat, sie habe bei der Lufthansa gekündigt, weil sie kein Flugzeug mehr betreten kann.«

»Ja, das war ich zuerst auch. Aber ich verstehe sie. Du weißt doch, was sie vor kurzem erlebt hat. Das scheint sie verändert zu haben. Sie setzt andere Prioritäten.«

»Und welche?«, fragte Chloé. »Von ihrem Freund hat sie sich auch gleich getrennt.«

Emmanuelle lächelte. »So ist Isabelle. Sie macht keine halben Sachen. Irgendwann findet sie den Richtigen, ich wünsche es ihr so sehr. Sie glaubt ja auch an die große, ewige Liebe.«

»Tun wir das nicht alle?«, fragte Chloé.

»Ja«, antwortete Emmanuelle leise. »Ja, das ist wohl so.«

Sie sahen sich an. Auf Chloés Gesicht breitete sich ein zärtliches Lächeln aus. Sie hatte ihre große Liebe gefunden.

Und Emmanuelle hatte ihre große Liebe vor Jahren erlebt. Eine große, eine unglückliche Liebe.

»Kommt deine Mutter auch direkt zur Präsentation?«, fragte Chloé rasch, da sie die Traurigkeit ihrer Freundin spürte.

Emmanuelle schüttelte den Kopf, und nach kurzem Zögern erzählte sie: »Ich wollte es dir schon sagen, aber dann haben wir uns ja kaum gesprochen in der Hektik der letzten Tage. Meine Mutter …«

»Was ist mit ihr?«

»Sie kommt nicht nach Paris.«

»Und warum nicht?«

»Ich weiß es nicht, ich mache mir Sorgen, Chloé, sie ist doch sonst immer so gern dabei, wenn die neuen Kollektionen vorgestellt werden. Aber …«

»Was aber?«

»Ich glaube fast, sie hat jemanden kennengelernt.«

»Wie kommst du darauf?«

»Ich weiß nicht, ich habe nur so ein Gefühl. Sie vergisst alles, hört kaum zu, ist nervös und will nicht telefonieren, sondern sagt immer, sie erwarte einen Anruf, sagt aber nicht, von wem.«

»Das wäre doch aber schön, wenn es endlich wieder einen Mann im Leben von Heloise gibt«, meinte Chloé.

»Ja, du hast recht. Es wird Zeit, lass uns aufbrechen«, wechselte sie mit einem Blick auf ihre Armbanduhr das Thema.

»Ich fahre schon voraus«, erklärte Chloé. »Salut, bis gleich.« Sie warf Emmanuelle noch eine Kusshand zu und verließ das Zimmer.

Emmanuelle war allein. Sie setzte sich, lehnte sich zurück und schloss die Augen. Ich schaffe das nicht mehr, schoss es ihr durch den Kopf, immer wieder diese Angst, immer wieder ...

In Gedanken ging sie nervös die gesamte Kollektion durch. Hätte sie nicht mehr Abendkleider entwerfen sollen, weniger Kostüme und ...

Da läutete das Haustelefon, und der Portier teilte ihr mit, ihre Limousine sei eingetroffen.

Emmanuelle stand auf, zupfte ihre Haare zurecht und verließ den Salon zur Rue Saint-Honoré.

»Au revoir, Madame«, rief ihr der Portier nach.

Es war noch hell, als sie vor die Tür trat. Der Chauffeur stieg aus, begrüßte sie und hielt ihr die hintere Tür auf. Da fiel ihr Blick auf die Bar gegenüber. Ein Tisch auf dem Gehsteig war noch besetzt, während der Wirt bereits die anderen abräumte.

Und an diesem Tisch saß ein Mann und sah zu ihr herüber. Langsam erhob er sich.

»Julian«, flüsterte sie.

Ihr Atem stockte. Emmanuelle spürte ihren schnellen Herzschlag, sie konnte sich nicht bewegen, starr blickte sie zu ihm hinüber.

Er war ebenfalls stehen geblieben und sah sie an.

»Es wird Zeit, Madame.« Der Chauffeur hielt ihr immer noch die hintere Wagentür auf.

»Ich weiß.« Aber Emmanuelle bewegte sich nicht. Dort stand der Mann, der in den letzten Wochen ihre Gedanken beherrscht und die Vergangenheit so schmerzhaft zurückgebracht hatte.

»Julian«, flüsterte sie. »Julian.«

Der Chauffeur hustete. »Madame, ich kann hier nicht parken. Bitte steigen Sie ein, es ist auch höchste Zeit.«

Und Emmanuelle stieg ein. Sie sah nicht zurück.

*

Julian blieb stehen. Er wartete, ob der Wagen noch einmal anhielt, Emmanuelle heraussprang und zu ihm lief.

Als er einsah, dass dies nur Wunschdenken war, wandte er sich ab und betrat das kleine dunkle Café. Es war leer, und so setzte er sich wieder an einen der vorderen Tische.

»Wir schließen gleich«, begrüßte ihn der Wirt unfreundlich.

»Ich saß doch bereits draußen«, erklärte ihm Julian.

»Ja, ich weiß«, der Wirt blieb unwirsch.

»Ich würde gern noch etwas trinken, einen Pernod.« Julian blieb beharrlich. Pernod war für ihn das französischste aller Getränke, im Moment sehr modern.

»Meinetwegen.« Der Wirt lenkte ein und nickte ihm kurz zu, dann ging er hinter den Tresen.

Der Raum war nicht groß, eine kleine Bar, wie es Hunderte in Paris gab. Ein Sofa entlang der Wand und davor kleine Holztische und Stühle. Eine Theke, auf der Tageszeitungen lagen, mit einem kleinen Tischständer für Ansichtskarten und einem zweiten für Zigaretten.

Als sich Julian umsah, erinnerte er sich an das Café Flora in Berlin. Dort hatten sie sich zum ersten Mal getroffen. Und dort hatte Emmanuelle ihm von der unseligen Wette erzählt. Sie veränderte ihr ganzes Leben.

*

Julian erinnerte sich, dass sie immer zu spät kam und dass sie das Café durch die schmale Tür und nicht durch die Drehtür betrat. Dann blieb sie stehen, sah sich um, und wenn sie ihn entdeckte, kam sie mit einem strahlenden Lächeln auf ihn zu. Er erinnerte sich an seine Aufregung, sein Herzklopfen, seine Unsicherheit, sie könnte eines Tages nicht mehr kommen.

Wenn er jetzt daran dachte, schienen ihm diese ersten Verabredungen die schönsten Momente in ihrer Beziehung, denn sie waren voller Verheißung, Ungeduld und Erwartung.

*

Irgendwann war sie mit ihm in seine Wohnung gegangen und wurde auf ihre ganz selbstverständliche Art seine Geliebte.

»Du bist schön«, hatte er ihr zugeflüstert, stammelnd vor Glück und Bewunderung. Er liebte ihre langen dunklen Locken, ihre weiche Haut, die vollen Lippen. Wenn er ihre Brüste küsste, musste sie lachen. »Hör auf, ich bin so kitzlig!«

In diesen Stunden hatte er ihr gesagt, er würde sie nie verlassen. »Erst, wenn ich sterbe.«

Da erschrak sie. »Das darfst du nicht sagen, das klingt schrecklich.«

»Ich verspreche dir«, hatte er dann formuliert, »dass ich dich nie verlassen werde, das will ich damit sagen.«

Er wusste noch nicht, dass er dieses Versprechen nicht würde halten können. »Was sagen deine Eltern? Wissen sie, dass wir uns treffen?«, wollte er eines Tages wissen, als sie schon ein halbes Jahr zusammen waren. Sie hatten sich geliebt und lagen nun entspannt im Bett, Emmanuelle hatte ihren Kopf auf seine Brust gelegt, und mit dem rechten Bein umschlang sie seinen Körper.

»Ja, ich habe ihnen erzählt, dass wir uns treffen. Mein Vater kennt dich ja. Sie haben es zur Kenntnis genommen, aber sie sind beide sehr beschäftigt. Für meinen Vater gibt es nichts anderes als die Fliegerei.«

»Und deine Mutter?«

»Sie veranstaltet Hauskonzerte. Bei uns ist das Jahr nach Konzerten eingeteilt.« Emmanuelle lachte. »Es gibt das Maikonzert, das Sommerkonzert, das Herbstkonzert und natürlich das große Weihnachtskonzert.«

»Ist eure Wohnung denn so groß, dass ihr Konzerte veranstalten könnt?«

»Nicht so sehr, doch es reicht«, antwortete Emmanuelle. »Aber«, fuhr sie fort, »als du neulich angerufen hast, da meinte Maman, sie möchte dich kennenlernen, und sie will dich zu ihrem Herbstkonzert einladen. Ich kann ihnen natürlich nicht sagen, dass ich zu dir nach Hause komme. Heute habe ich meiner Mutter erzählt, dass du mich zu einem Spaziergang eingeladen hast.«

Julian war betroffen. Er hatte nicht nachgedacht. Selbstverständlich musste sie lügen, welche Eltern erfuhren schon gern, dass ihre neunzehnjährige Tochter zu einem Mann in die Wohnung ging, um mit ihm zu schlafen.

»Fällt es dir schwer zu lügen?«

Emmanuelle nickte stumm. »Ja. Sie vertrauen mir«, sagte sie dann leise.

Julian schwieg. Aber er wusste, wenn er der Einladung ihrer Eltern folgte, dann bekam ihre Beziehung etwas Offizielles, etwas, das bereits einer Verlobung gleichkam. In diesem

Moment erkannte er, dass Emmanuelle sich genau das wünschte.

*

Er war nicht zum Herbstkonzert ihrer Mutter gekommen. Er fand eine Ausrede, erklärte, er müsse einen Flug für einen Kollegen übernehmen.

Aber warum zögerte er? Er liebte Emmanuelle. Er würde sie immer lieben. Das hatte er nicht einfach nur dahingesagt, er glaubte wirklich daran.

So vergingen zwei Monate. Die Bäume auf dem Kurfürstendamm verloren ihre Blätter, und eisiger Wind wehte aus den Wäldern in die Stadt. Um diese Zeit bat ihn sein Vater zu einem Gespräch.

Hans Kröger und seine zweite Frau Margit, ein müdes älteres Ehepaar, saßen auf dem Biedermeiersofa und erwarteten ihren Sohn. Sein Vater war ein pensionierter Buchhalter mit einem leichten Herzleiden und Rückenproblemen. Seine Stiefmutter konnte selbst keine Kinder bekommen und hatte Julian verwöhnt, er war zu ihrem Lebensinhalt geworden. Als er auszog, begann sie zu sticken. Und nun saßen die beiden auf ihrem Sofa, umringt von gestickten Kissen. Sonnenblumen, Katzen, Herzen, alles Kreuzstichstickereien.

»Also, was gibt es?«, fragte Julian betont munter und setzte sich ihnen gegenüber in einen Sessel. Die beiden wirkten bedrückt. Seine Stiefmutter senkte ihren Kopf, und Julian sah erschrocken, dass sie still vor sich hin weinte.

»Hier«, sein Vater hob einen Brief hoch. »Ein Brief aus Amerika. New York«, betonte er.

»Und?«

»Von deiner Mutter.«

Unwillkürlich wandte Julian sich seiner Stiefmutter Margit zu. »Deiner *leiblichen* Mutter«, betonte sein Vater.

Julians Herz schlug schneller, er konnte es nicht verhindern.

»Was will sie?«, fragte er betont gleichgültig. Er war sechs Jahre alt gewesen, als sie die Familie verließ. Sie hatte sich scheiden lassen und war einem Mann gefolgt, einem Amerikaner, in den sie sich verliebt hatte.

»Sie schreibt sehr vernünftig«, begann Hans Kröger vorsichtig. »Sie bietet dir an, nach Amerika zu kommen. Sie wird für dich bei der Einreise bürgen, und wenn du willst, kannst du auch die amerikanische …«

»Wieso glaubt sie, ich könnte zu ihr wollen?«, unterbrach Julian ihn heftig. »Sie kann doch nicht annehmen, dass sie mich jetzt so einfach zu sich holen kann.«

»Nein, nein, so ist das nicht gemeint«, versuchte Hans Kröger seinen Sohn zu beruhigen.

»Ach, und wie dann?«

»Deine Mutter kennt viele deutsche Juden, die nach Amerika ausgewandert sind, Sie schreibt, jetzt sei noch Zeit, Deutschland zu verlassen. Niemand weiß, wie lange das noch möglich sein wird. Ich fürchte, sie hat recht, Julian.«

Julian schwieg. Er dachte an Emmanuelle, doch er sagte: »Ich will meine Stelle bei der Luft Hansa nicht aufgeben, ich werde bald Pilot werden.«

»Bist du sicher, Julian? Du hast bei Vertragsabschluss nicht angegeben, dass deine Mutter Jüdin ist, oder?«

»Natürlich nicht! Wieso sollte ich? Margit ist meine Mutter«, erklärte er noch einmal. »Die Luft Hansa ist eng mit der NSDAP verbunden, und die Tatsache, dass du deine Herkunft verschwiegen hast, kann dir große Probleme bereiten. Sie werden sagen, du hättest sie arglistig getäuscht. Das allein ist schon ein Kündigungsgrund.«

»Ach Unsinn«, fuhr Julian hoch. »Sie werden daraus keine große Sache machen.«

»Deine Mutter Agnes«, fuhr Hans Kröger unbeirrt fort, »berichtet von Juden, die hier in Deutschland Diffamierungen, Anfeindungen, berufliche Einschränkungen, ja sogar gewaltsame Übergriffe erfahren mussten. Und das ist erst der Anfang. Julian, du bist jung, in Amerika kannst du neu beginnen, und deine Mutter hat«, hier zog sein Vater einen Umschlag aus dem Kuvert, »bereits eine Schiffspassage von Tilbury nach New York für dich bezahlt. Für die Überfahrt in zwei Wochen. Die meisten Schiffe sind auf Monate ausgebucht.« Hans Krögers Stimme war leise geworden, und seine Stiefmutter senkte ihren Kopf noch tiefer. Aus ihrem lautlosen Weinen war ein Schluchzen geworden.

»Niemals, niemals!« Julian sprang auf und ging zum Fenster. Da trat Margit hinter ihn und lehnte ihren Kopf leicht gegen seinen Rücken.

»Julian«, sagte sie leise, »du bist für mich wie ein eigener Sohn, das weißt du. Ich will das Beste für dich. Dein Vater hat recht, du musst Deutschland verlassen.«

Julian drehte sich wieder um. »Und warum macht diese … meine Mutter das?«

»Vielleicht will sie etwas gutmachen«, sagte sein Vater ruhig. »Aber ihre Motive sind jetzt zweitrangig. Nutze diese Chance für dich, jetzt kannst du noch gehen, du hast keine Familie, bist frei.«

Julian dachte an Emmanuelle. Er war nicht frei, er war gebunden durch seine Liebe zu ihr.

»Ich werde abwarten«, entschied er. »Hetzkampagnen gegen Juden gab es schon vor Jahrhunderten und auch im Kaiserreich. Das sind nur Strömungen, die kommen und gehen.«

»Was ist mit Adolf Hitler? Kennst du sein Parteiprogramm? Er will Juden aus der Gesellschaft und aus dem Berufsleben verdrängen. Und das ist noch das wenigste.«

»Dafür muss seine Partei aber erst einmal an die Macht kommen«, erklärte Julian hitzig. »Ich bin Deutscher, ich habe einen deutschen Vater und eine deutsche Mutter.« Er sah zu Margit Kröger, die sich wieder aufs Sofa gesetzt hatte und ihn unter Tränen anlächelte. »Und dieser angebliche Rassismus ist doch nur eine Erfindung der Presse, die irgendwas schreiben muss.«

Er wusste, seine Argumentation lahmte, doch er wehrte sich gegen die Vorstellung, bei der Luft Hansa aufhören zu müssen, gegen den Gedanken an Auswanderung und gegen die Vorstellung, Emmanuelle zu verlassen.

»Unsinn!« Die Stimme seines Vaters klang scharf. »Du machst dir Illusionen.«

Hans Kröger erhob sich vom Sofa und stellte sich neben Julian, der jetzt mit dem Rücken gegen das Fenster lehnte.

»Dreh dich um«, forderte er seinen Sohn auf, »schau raus, und dann sage mir, dass es keinen Rassismus gibt.«

Julian drehte sich um. Der Straße gegenüber befand sich ein verwildertes Grundstück, und die Rückwand des nächsten Hauses war beschmiert.

*Judenschweine an den Galgen*
*Es lebe Adolf Hitler*
*Juden stehlen unser Geld*
*Keine Juden im öffentlichen Dienst*

*Juden verführen unsere Frauen und unsere Kinder*
*Juden sind feige*
Hakenkreuze zierten die Wand.

*

Ein paar Tage später erzählte Emmanuelle Julian von Rolf Beckmann. Sie lagen wieder zusammen im Bett.

»Er ist der Freund von Mathilde, aber er lauert mir ständig auf. Was meinst du?«, fragte sie Julian. »Soll ich es Mathilde sagen? Wir haben uns gestern im Kranzler getroffen, und ich glaube, sie liebt ihn sehr. Ich möchte ihr nicht weh tun, aber ich habe auch Angst um sie.«

Julian war unkonzentriert, er dachte an den Besuch bei seinem Vater. Aber jetzt fuhr er hoch. »Diesem Mistkerl werde ich es zeigen«, drohte er.

Doch Emmanuelle schüttelte den Kopf. »Lass, es ist auch nicht so wichtig. Aber ich muss dir noch etwas sagen«, flüsterte sie, während sie sich dicht an ihn schob und wieder ihr Bein über ihn legte.

»Ich auch«, hatte er geantwortet, »mein Vater hat mit mir gesprochen.« Dann aber sah er auf die Uhr und fuhr hoch. »Ich muss weg, ich bin spät dran.« Eigentlich hatte er ihr von seiner Mutter erzählen und Emmanuelle fragen wollen, ob sie mitkäme, falls er nach Amerika ging.

Würde sie mit ihm gehen?

Er hatte keine Möglichkeit mehr gehabt, es zu erfahren.

*

»Möchten Sie noch einen Pernod?« Die Stimme des Wirtes riss Julian aus seinen Gedanken. Er fuhr hoch.

»Ja, gern«, antwortete er automatisch. Es war gut, hier zu sitzen und durch die offene Tür die Wärme des frühen Sommerabends zu spüren, die Leute, die vorbeigingen, lachen zu hören, der Musik im Radio zu lauschen. Irgendetwas Französisches, er kannte die Sängerin nicht.

»Also, ich habe noch zu tun, solange können Sie sitzen bleiben«, erklärte der Wirt, als er den zweiten Pernod brachte. »Verstehen Sie mich?« Er beugte sich zu Julian hinunter und sprach sehr deutlich, da er ihn für einen Touristen hielt, der in seiner Bar bei einem Pernod Pariser Flair genießen wollte.

Julian nickte. Für einen Moment war er nahe dran, den Wirt zu fragen, ob er Emmanuelle kannte. Doch dann lehnte er sich gegen das Polster des abgewetzten roten Kunstledersofas.

War er enttäuscht? Was hatte er erwartet?

Emmanuelle hatte sich verändert. Es waren nicht nur die dreißig Jahre, die zwischen damals und heute lagen, nicht nur, dass sie ihre Haare kurz trug und eine Eleganz ausstrahlte, die Blicke auf sich zog – es war die Art, wie sie sich bewegte, zu ihm herübersah, kurz verharrte und dann doch in die wartende Limousine stieg.

Eine berühmte Modedesignerin, selbstsicher, schön, eine erfolgreiche Frau, die sich vielleicht nicht einmal mehr an ihn erinnerte. Sie hatte ihrer Schwester zwar erzählt, dass sie sich gekannt hatten, aber nicht mehr. Hatte ihre Liebe so wenig Bedeutung für sie gehabt?

*

Man hatte ihn aus dem Cockpit gezerrt, ihm Handschellen angelegt und ihm erklärt, er sei vorläufig festgenommen. Ein anonymer Anrufer habe gewarnt, er als Jude plane ein Attentat auf Adolf Hitler, zusammen mit seiner Freundin Emmanuelle Lambert, die ebenfalls an Bord sei und eine Waffe bei sich trage.

Man stieß ihn die Gangway hinunter wie einen Verbrecher. Überall war Polizei, das ganze Rollfeld war abgeriegelt worden. Adolf Hitler und sein Gefolge hatte man sofort in einem gepanzerten Wagen in die Stadt gebracht.

Ein kalter Raum, eine nackte Glühbirne, die an einem dünnen Kabel von der Decke hing. Er beobachtete, wie sie ein wenig hin und her schwankte, wurde dem Haftrichter vorgeführt, wartete auf ein Verhör, das nicht kam. Als man ihn schließlich entließ, sagte der Beamte, er habe keine Sekunde geglaubt, dass er ein Attentäter sei, doch man müsse jeden Anruf ernst nehmen und jeder Spur nachgehen. Vor allem, wenn es sich um Adolf Hitler handle und ... hier hatte der Beamte einen Moment gezögert ... der angebliche Attentäter ein Jude sei. Aber Rolf Beckmann habe ja bestätigt, dass es nur eine Wette gewesen sei.

»Hier, da steht alles ... Na ja, wie immer übertreibt die Presse.« Der Beamte drückte ihm eine zerknitterte Zeitung in die Hand, bevor Julian entlassen wurde. »Da haben Sie etwas zu lesen, wenn Sie nach Hause fahren. Alles Gute«, hatte der Beamte gesagt und ihm kameradschaftlich auf die Schulter geklopft.

»Was ist mit Emmanuelle Lambert?«, hatte Julian gefragt.

»Sie ist bereits gestern entlassen worden. Mehr kann ich Ihnen leider nicht sagen«, war die Antwort des Beamten gewesen.

Auf dem Weg zum Bahnhof in München hatte Julian das Gefühl, jeder starre ihn an. Er sah ungepflegt aus, seine Pilotenuniform war zerknittert, sein Gesicht unrasiert. Er hastete an den Häusern entlang und war erleichtert, als er endlich im Zug nach Berlin saß. Erst da nahm er die Zeitung aus seiner Tasche, und bevor er sie noch geglättet hatte, sprang ihm die Überschrift ins Auge:

*Emmanuelle Lambert, Tochter des berühmten Luftfahrtpioniers und Piloten bei der Lufthansa, Felix Lambert, wurde verhaftet.*

Entsetzt las er den Artikel.

> Ihr wird vorgeworfen, zusammen mit ihrem Freund, dem jüdischen Copiloten Julian David Kröger, ein Attentat auf den Politiker Adolf Hitler geplant zu haben. Die Münchner Polizei konnte den Anschlag verhindern. Bei den Ermittlungen kam auch die politische Haltung von Felix Lambert zur Sprache, der ein leidenschaftlicher Gegner Adolf Hitlers und der NSDAP ist. Wie wir erfahren haben, wird Felix Lambert ab sofort nicht mehr für die deutsche Luft Hansa fliegen.

Rolf Beckmann! Plötzlich sah Julian ganz klar. Es war Rolf, der diese Intrige gegen ihn und Emmanuelle inszeniert hatte.

Aber war er nicht auch selbst schuld?

Er hatte sich auf diese dumme Mutprobe eingelassen. Und das nur, weil er, als ihm Emmanuelle davon erzählte, in gereizter Stimmung gewesen war. Die Unterredung mit seinen Eltern hatte ihn nachhaltig aus der Bahn geworfen. Seit jenem Nachmittag fühlte er sich verfolgt, so, als ob jeder wisse, dass er ein feiger Jude sei, der zu allem Überfluss auch noch seine Abstammung verleugne.

Nun war er auch noch in Verdacht geraten, ein Attentäter zu sein, den man laufenließ, weil der Vorwurf nicht haltbar war. Trotzdem fühlte Julian sich wie ein Verbrecher, ein minderwertiges Mitglied der Gesellschaft.

In Berlin angekommen, rief Julian noch vom Bahnhof aus seinen Vater an. »Ich will gar nicht mehr ans Telefon gehen«, klagte Hans Kröger. »Jemand von der Zeitung wollte wissen, ob wir alle Juden seien, dann sollten wir aus Deutschland verschwinden. Ich habe einfach eingehängt.« Weinte sein Vater? »Pass auf dich auf, mein Junge«, sagte Hans Kröger mit brüchiger Stimme.

Zu Hause fand Julian ein Einschreiben der Luft Hansa vor. Er ließ es ungeöffnet liegen, denn er wusste, was es enthielt: seine fristlose Kündigung. Allein die Tatsache, dass er jemanden ins Flugzeug geschmuggelt hatte, reichte für eine Entlassung aus.

Was war mit Emmanuelle? Was hatte sie durchgemacht, wie ging es ihr? Immer wieder versuchte er, bei den Lamberts anzurufen, doch es meldete sich niemand.

Julian war zutiefst verzweifelt, zugleich spürte er, wie seine Wut ins Grenzenlose wuchs: über den Kummer, den sein Vater durchmachte, über die erlittenen Demütigungen, seine Entlassung. Vor allem aber darüber, dass man Emmanuelle verhaftet, sie durch den Schmutz gezerrt und ihren Vater ruiniert hatte. Hinter all dem steckte Rolf Beckmann. Julian konnte keinen klaren Gedanken mehr fassen, er musste etwas tun.

Er duschte, rasierte sich, lief unruhig durch seine Wohnung, dann rannte er aus dem Haus zum *Bel jour*. Er wartete in einem Hauseingang und beobachtete die Tür des Clubs, bis Rolf herauskam. Er wollte von ihm selbst hören, dass er der anonyme Anrufer gewesen war, wollte ihn mit den Folgen seiner Tat konfrontieren. Doch Rolf verhöhnte ihn. Er habe mit Emmanuelle in einem Münchner Hotel ein paar Stunden lang großen Spaß gehabt, betonte er anzüglich.

»Du lügst!« Julians Stimme bebte vor Zorn, als er in das Gesicht von Rolf Beckmann sah, der ihn hämisch angrinste.

»Ihr hat's gefallen.«

Da wurde ihm langsam klar, was dieser Satz bedeutete.

»Du Schwein«, stammelte er, »du hast sie ... du hast sie ...«

Jetzt lachte Rolf laut auf. »Und? Endlich weiß sie, was ein echter Mann ist.«

Da schlug Julian zu. Er sah noch, wie Rolf taumelte und sich die Wange hielt, da aber rannte er schon davon. Entsetzen schnürte ihm die Kehle zu. Entsetzen, da er ahnte, was Rolf Emmanuelle angetan hatte. Irgendwann blieb Julian keuchend stehen, und da tauchte Thomas auf, einer aus der *Gruppe*. Er war ihm offenbar nachgelaufen, ohne dass Julian es gemerkt hatte. Thomas packte ihn hart am Ärmel seiner Jacke.

»Sie haben Rolf ins Gesicht geschlagen, wissen Sie, was das bedeutet?«

Julian starrte ihn nur verständnislos an und versuchte, sich aus dem harten Griff zu befreien.

»Wissen Sie überhaupt, was für ein Verbrecher Ihr Freund Rolf Beckmann ist?«, stieß er zwischen den Zähnen hervor.

Doch Thomas schüttelte nur den Kopf. »Das interessiert mich nicht. Das alles ist etwas zwischen Ihnen und Rolf. Er fordert Sie auf, morgen bei Tagesanbruch am Schlachtensee die Sache zu regeln wie Ehrenmänner. Sie wissen vielleicht, dass wir einer schlagenden Verbindung angehören, der NSDSTB, um genau zu sein. Wir haben unsere Statuten, und Rolf will sich einem fairen Kampf mit Ihnen stellen. Hier ist eine Beschreibung der Stelle, wo unsere Duelle stattfinden. Degen bringen wir mit, ich werde sein Sekundant sein, bringen Sie ebenfalls einen Sekundanten mit.«

Julian war wie betäubt, als Thomas ihm eine gedruckte Karte mit genauer Wegbeschreibung in die Hand drückte, die er einsteckte, ohne sie anzusehen.

»Ich komme«, war seine kurze Antwort.

*

Julian war übermüdet, doch er konnte nicht schlafen. Bald würde der Nachthimmel in einen trüben, frostigen Dezembermorgen übergehen, die erste Dämmerung würde ihn zwingen aufzustehen, um rechtzeitig dort zu sein.

Am Vorabend hatte er Emmanuelle angerufen, er wählte die Nummer, doch dann hängte er ein, bevor das Fräulein vom Amt sich einschaltete.

Vielleicht verboten ihre Eltern ihr jeden Kontakt zu dem Mann, der sie alle mit ins Unglück gerissen, der aus männlicher Eitelkeit heraus leichtfertig gehandelt hatte.

Viele Gedanken quälten ihn. Wie ging es ihr nach allem, was Rolf ihr angetan hatte? Ganz sicher würde Emmanuelle ihm niemals verzeihen können.

Als es so weit war, ging er ins Bad, rasierte sich, kochte in der Küche einen Kaffee. Sollte er seinem Vater einen Abschiedsbrief schreiben, sich bedanken für alles, was er für ihn getan hatte? Ihn um Verzeihung bitten für den Schmerz, den er ihm bereitet hatte?

Er konnte auch zu Hause bleiben, zurück ins Bett gehen und im Laufe des Tages versuchen, Emmanuelle zu erreichen. Er musste mit ihr sprechen, ihr alles erklären, ihre Stimme hören. Aber hatte er das Recht dazu? Dann aber schweiften seine Gedanken wieder ab.

*Juden sind feige …* das ließ ihn nicht los. Er war nicht feige, er wollte sich Rolf stellen. Egal, welche Konsequenzen es haben würde.

Tu es nicht!, warnte ihn eine innere Stimme.

Doch er war kein feiger Jude, er stellte sich seinem Widersacher, er brauchte die Rache an Rolf, für das, was er Emmanuelle angetan hatte. Daher schlüpfte er jetzt in seinen dicken Pullover und zog eine Jacke darüber. Er schlug sich einen Schal um den Hals und verließ leise die Wohnung.

Klare Gedanken konnte er nicht fassen, unzusammenhängend und verworren liefen sie durch seinen Kopf, nichts ergab mehr einen Sinn, während er sein Auto zum Schlachtensee steuerte. Er sah auf den Plan – anscheinend war es nicht das erste Duell, das die *Gruppe* dort abhielt – und ließ das Auto nur ein wenig entfernt von dem markierten Platz stehen. Dann ging er zu Fuß weiter. Er stolperte durchs nasse Laub, und es war ihm, als ginge er neben sich selbst her. Er sah sich zu, wie er weiterlief, Schritt für Schritt, wie er von ferne Rolf entdeckte, an einen Baum gelehnt und eine Zigarette rauchend, neben ihm sein Freund Thomas. Julian beobachtete sich, wie er mechanisch weiterging, obwohl er eigentlich nicht wollte, er sollte umkehren, es war, als warne ihn eine innere Stimme, und doch ging er weiter.

Als Rolf ihn sah, löste er sich vom Baum. Er fragte, ob Julian keinen Sekundanten dabeihabe, reagierte mit einem Achselzucken, als Julian verneinte.

Julian warf einen Blick auf seinen Gegner, der einen Frack trug und jetzt die Jacke auszog. Dann stand er im weißen Hemd, mit schwarzer Hose und weißer Weste vor Julian.

»Sie sehen«, erklärte Rolf, »ich gehe ohne Schutz in den Kampf.« Julian war blass, und seine Zähne schlugen aufeinander. Noch konnte er ablehnen, noch konnte er sagen, dass dies doch alles ein Irrsinn aus einem vergangenen Jahrhundert sei. Aber dann dachte er an Rolfs Worte, als er von Emmanuelle sprach, daran, was er ihr angetan hatte, und wieder stieg der Hass in ihm auf.

Auch Thomas trug einen Frack und weiße Handschuhe. Er verbeugte sich vor Rolf, als er ihm den Degen überreichte. Julian lachte auf. Was für eine Charade. Wofür hielten diese jungen Männer sich?

Da übergab Thomas ihm in ernster Haltung den anderen Degen. Als Julian mit der Hand vorsichtig die scharfe Klinge entlangfuhr, spürte er eine innere Kälte, er hatte keine Angst mehr, er fühlte nur noch den Willen zu siegen.

Thomas erklärte die Regeln, dann bat er die beiden Kontrahenten, sich einen fairen Kampf zu liefern, und forderte sie auf, die Stellung einzunehmen.

»*En garde*«, gab er den Befehl.

Julian hob den Degen und ging in Ausgangsposition. Er war Jugendmeister im Fechten gewesen. Rolf wusste das sicher nicht, unterschätzte ihn vermutlich.

Rolf griff sofort an, er reizte Julian, provozierte ihn. Wenn Julian angriff, wich Rolf geschickt zurück. Immer schneller, heftiger, erbitterter wurde der Kampf. Sie steigerten sich beide hinein, sie kannten nur noch ihren eigenen Hass, ihren Siegeswillen. So stießen sie zu, geschickt im Angriff, aber auch im Zurückweichen. Ihr Keuchen unterbrach die Stille am See, die Klingen trafen hart aufeinander, immer wieder. Rolf rann der Schweiß übers Gesicht, er stöhnte, wenn er angriff. Seine Schritte wurden langsamer, sein Arm offenbar schwerer, er ermüdete. Doch auch Julian wurde unaufmerksamer, langsamer.

Da hob Rolf seinen Degen und stach zu. Ein scharfer Schmerz ließ Julian aufstöhnen, Rolf hatte ihn an der rechten Wange getroffen. Da erst erwachte in ihm Bereitschaft, ebenfalls zu verletzen, und Julian spürte weder den Stich noch das warme Blut, das ihm über die Wange lief. Er dachte nicht mehr nach, er spürte nur noch seine unsagbare Wut auf den Mann, der ihn manipuliert hatte, dem er sich unterlegen fühlte, Rolf, der sein Leben zerstört, Emmanuelle Leid zugefügt und noch darüber gelacht hatte. Auch Rolf attackierte weiter, doch bei seinem nächsten starken Angriff wich Julian geschickt aus und stieß zu.

Rolf taumelte, ging in die Knie und brach lautlos zusammen.

Julian warf seinen Degen weg und lief hinüber, doch Thomas kniete bereits neben seinem blutenden Freund.

»Sie haben ihn genau ins Herz getroffen.« Thomas sah zu Julian hoch.

»Wir müssen einen Arzt holen«, keuchte Julian, »sofort! Oder wir bringen ihn ... schnell ...« Thomas schüttelte den Kopf.

»Ich bin Mediziner.« Er sah hoch. »Rolf ist tot.«

Julian erstarrte, sein Atem ging scharf und pfeifend, er sah hinunter auf das bleiche Gesicht, an dem noch der Schweiß herunterlief, sah die leeren aufgerissenen Augen, das Blut auf dem weißen Hemd.

»Ich habe mich nur verteidigt«, flüsterte Julian heiser, »das haben Sie doch gesehen, das müssen Sie gesehen haben.«

»Ich habe gar nichts gesehen«, erklärte Thomas, der sich erhob und sich nervös umblickte. »Ich bin gar nicht hier, ich bin im Bett bei meiner Freundin, hören Sie? Was hier passiert ist, geht mich nichts an. Und Sie haben doch gewusst, worauf Sie sich bei diesem Duell einlassen.«

»Worauf denn?«, flüsterte Julian. »Rolf Beckmann wollte dieses Duell, ich habe mich nur verteidigt.«

Ich bin ein Mörder, hämmerte es in seinem Kopf, ich bin ein Mörder, ein Mörder.

Er hörte Thomas auflachen. »Rolf war ein Spieler, er überschritt gern Grenzen. Er sprach auch über den eigenen Tod, stellte sich vor, wie es sein würde, aber«, fügte Thomas leise hinzu, als er sich noch mal über seinen Freund beugte, »er hat sicher nicht geglaubt, dass er so schnell käme, dass Sie ihn besiegen würden. Er dachte sogar, Sie kämen gar nicht, da Sie …«

»Da ich«, beendete Julian den Satz bitter, »nur ein feiger Jude bin, nicht wahr?«

»So habe ich es nicht gesagt.« Thomas blieb ruhig. »Eigentlich wollte ich gar nicht mitkommen, aber Rolf hat mich erpresst. Ich werde verschwinden, und Sie sollten das auch tun. Haben Sie ein sauberes Taschentuch? Drücken Sie es fest gegen Ihre Wange. Fahren Sie den Weg zurück, unter der Unterführung durch, dann sehen Sie ein gelbes Haus, dort wohnt ein Arzt. Dr. Müller wird Ihnen keine Fragen stellen und Ihre Wunde versorgen. Aber Sie müssen damit rechnen, dass die Polizei Sie verhört. Sie sind Jude, gerade erst aus dem

Gefängnis entlassen, vorher festgenommen wegen Verdachts auf ein Attentat, in diesem Zusammenhang ist auch Rolfs Name gefallen ... Vergessen Sie das nicht.«

Julian schwieg und starrte, ein Taschentuch gegen die blutende Wange gepresst, weiter auf den Toten mit den aufgerissenen Augen, die ihn anzuklagen schienen. »Ich bin kein Attentäter«, versuchte er schwach, sich zu verteidigen. Aber ich habe ihn umgebracht, schoss es ihm durch den Kopf, ich bin ein Mörder.

»Ich werde selbst zur Polizei gehen«, erklärte Julian tonlos. »Ich habe in Notwehr gehandelt, und Sie können es bezeugen.«

»Garantiert nicht. Das habe ich Ihnen gerade erklärt. Was Sie tun, ist Ihre Entscheidung, aber ich will nichts damit zu tun haben. Ich werde alles leugnen, wenn Sie versuchen, mich mit hineinzuziehen.« Mit diesen Worten drehte sich Thomas um, rannte los, und Julian war allein.

Allein mit Rolfs Leiche.

Er sah in das wächserne Gesicht hinunter, in die aufgerissenen Augen. Da beugte er sich in einer heftigen Bewegung hinunter, schloss mit der freien Hand Rolfs Augen und bedeckte den Körper mit Laub und Erde. Sollte er ein Gebet sprechen? Sollte er, der Mörder, für sein Opfer beten?

Plötzlich hatte er das Gefühl, beobachtet zu werden, doch als er sich umsah, konnte er zwischen den Bäumen niemanden entdecken. Rasch hob er Rolfs Waffe auf, die ihm im Moment des Todes aus der Hand geglitten war, suchte auch seinen Degen, den er von sich geworfen hatte. Er lief zum See, holte aus und schleuderte beide Degen weit hinein. Er hörte das Glucksen des Wassers, den erschreckten Schrei eines Vogels, dann rannte er zurück.

Seine Zähne schlugen erneut aufeinander, sein Herz klopfte dumpf und schwer. Er musste weg!

Er hatte Rolf umgebracht, er hatte etwas getan, das sich nie mehr rückgängig machen ließ, das ihn von jetzt an immer begleiten würde. Sein Leben war gezeichnet durch den Tod eines Menschen, den er herbeigeführt hatte.

Es war ein Duell gewesen, doch niemand würde das bezeugen. Es war ein Kampf, der brutale Ausmaße angenommen hatte, ein Kampf, den auch er nicht stoppte, als er immer gefährlicher, drohender wurde. Panik ergriff ihn, Angst vor Verhaftung, vor Gefängnis, Angst, jahrelang hinter Gitter zu sitzen. Doch auch, wenn er nicht verhaftet wurde, er wusste, wann immer er in Zukunft die Augen schloss, würde er Rolfs bleiches Gesicht vor sich sehen. Und immer würde er den Geruch nach nassem welkem Laub wahrnehmen. Den Geruch des Todes.

*

»Wir schließen jetzt endgültig, der Herr.« Der Wirt trat an Julians Tisch, während er sich bereits die Schürze abband. Julian fuhr wie aus einem Traum hoch, und als er sich umsah, saß er immer noch in der Bar, vis-à-vis von Emmanuelles Modehaus.

Er hatte den zweiten Pernod nicht ausgetrunken, ließ ihn auch jetzt stehen, legte einige Francscheine auf den Tisch, verabschiedete sich und verließ die Bar.

Es war immer noch heiß, und obwohl es ihm wie eine halbe Ewigkeit vorkam, war erst eine Stunde vergangen, seitdem Emmanuelle vor seinen Augen davongefahren war. Er lief weiter, ließ sich treiben bis zur Avenue des Champs Élysées.

Erst hier blieb er stehen. Vom Rond Point sah er hoch zum Arc de Triomphe.

Hier war er am 29. August 1944 mit der amerikanischen Infanteriedivision in Paris einmarschiert. Durch den Arc de Triomphe, die ganze Allee hinunter.

Wo mochte Emmanuelle an diesem Tag gewesen sein?

Er hatte all die Jahre geglaubt, sie lebte in Argentinien. Seine Stiefmutter hatte durch irgendeine Freundin erfahren, dass Felix Lambert mit seiner Familie dorthin ausgewandert sei, und hatte es ihm geschrieben.

Wenn er damals gewusst hätte, dass Emmanuelle in Paris lebte –

Julian wandte sich ab und lief zurück zum Palais Royal. Er musste sie sehen.

Die Umgebung des Palais war abgesperrt, viele Leute drängten sich davor, Presseleute versuchten, Fotos von den prominenten Besuchern der Emmanuelle-Leclerc-Modenschau zu schießen. Als Julian dort ankam, bedauerte er, nicht auf Isabelles Einladung eingegangen zu sein. Ohne Karten würde man ihn nicht einlassen.

In diesem Moment entstand ein Gedränge am Eingang, die Modenschau schien vorbei zu sein, elegante Frauen kamen heraus, blieben stehen, bildeten kleine Gruppen, küssten einander lächelnd auf die Wangen, unterhielten sich über die Kollektion, und in diesem Tumult schaffte Julian es, unbemerkt hineinzugelangen.

Er durchquerte suchend den Raum mit dem langen Laufsteg und den leeren Stühlen. Er folgte den Stimmen und dem Gelächter und stand im nächsten Raum, in dem sich die Gäste um ein Büfett drängten und Kellner Champagner reichten und Delikatessen anboten. Julian drehte sich suchend um, und sein Blick fiel auf ein Kamerateam. Scheinwerfer waren auf eine Moderatorin gerichtet, die eine Frau interviewte.

Emmanuelle.

Sie lachte, nahm Glückwünsche entgegen, sah sich suchend um, und dann winkte sie eine weitere Frau zu sich heran.

»Das ist Chloé Langlois, meine engste Mitarbeiterin.«

Sie antwortete noch auf weitere Fragen der Journalistin. Julian beobachtete sie, wie sie lächelte, aufmerksam zuhörte und sich ungezwungen unterhielt. Sie lachte, strahlte Selbstsicherheit aus. Nichts erinnerte mehr an das neunzehnjährige Mädchen mit den langen dunklen Locken, dem scheuen Lächeln, mit dem sie ihre tiefe Liebe ausdrücken konnte.

Er starrte sie an, ihren schönen Mund, hörte ihr Lachen, ihre dunkle Stimme, er sah, wie sie sich mit der Hand durch die kurzen Haare fuhr. Er hörte nicht, wie jemand ihn ungehalten bat, zurückzutreten, und nahm kaum wahr, dass er unsanft am Arm gepackt wurde.

Aber da gingen die beiden Scheinwerfer aus, Emmanuelle küsste die Moderatorin rechts und links auf die Wange. Als sie sich abwandte, stand er direkt neben ihr. Sie sah ihn an, und dann achteten sie beide nicht mehr auf das Stimmengewirr, das Klirren der Gläser am Büfett. Sie bemerkten auch Isabelle nicht, die gerade auf sie zukommen wollte, dann aber stehen blieb.

Es war Emmanuelle, die sich als Erste fing.

»Schön, dass du gekommen bist.« Sie wusste, es klang irgendwie töricht, unbeholfen, doch es war das Einzige, was sie sagen konnte, und Julian nickte nur.

Eine Journalistin, die an ihrer Kostümjacke ein Namensschild trug, stellte Emmanuelle eine Frage, andere Personen wollten der Designerin zu der grandiosen Kollektion gratulieren.

»Ich ... Willst du auf mich warten?« Bittend sah Emmanuelle ihn an, und Julian nickte wieder.

»Ja, natürlich«, brachte er gerade noch heraus.

»Gut, ich ...« Emmanuelle überlegte kurz, dann nannte sie ihm ihre Adresse. »Warte dort auf mich, ich komme in einer Stunde nach.«

Sie nickte ihm noch rasch zu, wandte sich ab und wurde sofort von vielen Personen umringt. Julian bemerkte nicht einmal, dass Isabelle auf ihn zukam, er sah niemanden, er hörte niemanden, sondern verließ das Palais, ging langsam weiter, die Rue Saint-Honoré entlang bis zu dem Haus, in dem Emmanuelle wohnte.

*

Emmanuelle spürte Trockenheit im Mund. Ihre Beine gaben nach. Sie musste sich setzen, sie ...

»Das war *er*, nicht wahr?« Chloé stand neben ihr und nahm sie fest am Arm.

Emmanuelle nickte nur. »Ich muss weg, ich schaffe das alles nicht mehr.«

»Was? Den ganzen Rummel hier? Oder Julian?«

Emmanuelle wandte sich ab, als eine Kamera auf sie gerichtet wurde, dann zog sie Chloé zur Seite.

»Ich muss weg«, flüsterte sie ihrer Freundin zu.

»Bitte, mach noch das Interview mit der Vogue.« Chloés Stimme klang ruhig und bestimmt. »Dann kannst du gehen.«

Emmanuelle kam über eine Stunde zu spät. Doch Julian lehnte noch immer an der Mauer des Hauses und las eine Zeitung.

»Es tut mir leid, aber …«

»Das macht nichts«, erwiderte Julian rasch. »Ich habe Zeit, ich muss erst morgen früh nach Frankfurt.«

»Schon?«

»Ja, ich fliege am Abend bereits von dort nach Los Angeles.«

Emmanuelle antwortete nicht. Sie führte ihn in ihre Wohnung, machte Licht, bot ihm Platz im Wohnzimmer an und fragte, was er trinken wolle.

»Wasser, nur Wasser, bitte.«

»Natürlich, ihr dürft ja vierundzwanzig Stunden vor Abflug keinen Alkohol trinken.«

»Ja, so ist es«, antwortete Julian und dachte an seinen Pernod in der Tagesbar.

Emmanuelle stellte zwei Gläser und eine Karaffe mit Wasser auf den Tisch. Dann setzte sie sich ihm gegenüber.

Sie blieben stumm, sahen sich nur an.

»Du hast Karriere gemacht, herzlichen Glückwunsch«, sagte Julian schließlich. Emmanuelle nickte.

»Und du? Wie geht es dir?«

»Gut, danke«, war seine einsilbige Antwort.

»Meiner Schwester Isabelle hast du auf einer Party erzählt, dass du für ein paar Jahre bei der Lufthansa fliegen wirst. Warum?«

»Warum was?«

»Warum bist du zurückgekommen, Julian?«

Julian machte eine kleine Pause, unsicher sah er sie an. »Meine Frau Helen ist Wissenschaftlerin, und sie hat einen sehr guten Posten in einem Forschungsinstitut in Frankfurt angenommen.«

Emmanuelle erstarrte. Dann fasste sie sich. »Ach so, also ihretwegen.«

Julian nickte. »Ja, so kann man sagen.«

Schweigend tranken sie ihr Wasser.

»Und hast du auch Kinder?«, fragte Emmanuelle. Julian nickte.

»Eine Tochter, sie ist sechzehn. Und du?«

»Ob ich Kinder habe?«

»Ja, das wollte ich wissen.«

Die angespannte Atmosphäre zwischen ihnen verstärkte sich.

»Nein«, antwortete sie rasch.

Doch, fügte sie in Gedanken hinzu. Ich hatte ein Kind, ein Kind von dir. Und ich habe es weggegeben, weil du mich verlassen hast.

Stumm sahen sie sich an.

»Du hast eine schöne Wohnung«, sagte Julian und sah sich um. Pierre hatte Emmanuelles Appartement eingerichtet. Puristisch, exklusiv, aber nicht unpersönlich. Emmanuelle spürte, dass es Julian nicht gefiel. Plötzlich hatte sie genug von der Steifheit, mit der sie sich unterhielten. Sie konnte die Frage, die alles bestimmende Frage nicht mehr zurückhalten.

»Warum bist du damals gegangen, Julian? Du bist einfach verschwunden. Ohne eine Erklärung. Im Grunde«, fügte sie hinzu, während ihre Hände ihr Glas fest umschlossen, »ist es egal, es ist so lange her, aber ich habe mir so viele Jahre Gedanken gemacht. Warum, Julian, warum?«

Er wich ihrem Blick aus und starrte auf die Karaffe mit Wasser.

»Ich konnte nicht anders, glaube mir. Hast du meinen Brief damals nicht bekommen?«

»Wenn du die kurzen Zeilen meinst, die jemand bei uns eingeworfen hat, ja, dann habe ich deinen Brief bekommen.«

In Emmanuelles Augen erkannte er die Bitte, offen mit ihr zu reden. Dann ihre Enttäuschung, da er es nicht tat.

Er wollte über so vieles sprechen, wollte sie in die Arme nehmen, doch er blieb sitzen und zuckte nur die Achseln. Das Schweigen zwischen ihnen wurde quälend.

Emmanuelle beobachtete Julian, wie er die Beine übereinanderschlug und sich auf dem weißen Sofa zurücklehnte, sich gleich darauf wieder vorbeugte und nach seinem Wasserglas griff.

Sag mir, dass du mich damals geliebt hast! Sag mir einfach, dass es dir schwerfiel zu gehen!, dachte Emmanuelle, doch sie sprach es nicht aus.

»Und fühlst du dich in Frankfurt wohl?«, fragte sie ihn stattdessen. Sie wollte verhindern, dass er aufstand und ging.

Julian nickte. »Ja, es ist eine angenehme Stadt. Meiner Tochter gefällt es sehr gut dort, obwohl sie nach dem Abitur in Amerika studieren will. Sie ist ein hübsches Mädchen, alle sagen, sie sieht mir ähnlich.«

Als Emmanuelle ihr Glas auf dem Tisch abstellte, zitterte ihre Hand. Julian sah es, doch er schwieg.

Was machte es so schwer, ihm zu erzählen, dass sie sein Kind weggegeben hatte? Dass sie vor zwei Wochen ihren Anwalt beauftragt hatte, durch eine Detektei Nachforschungen in Berlin anzustellen? Dass sie oft an das Kind dachte und es immer noch diese Leere in ihrem Herzen gab?

»Du bist damals sofort nach Amerika gegangen, richtig? Zu deiner Mutter?«, fragte sie jetzt und dachte dabei: Mach es mir doch nicht so schwer! Fast beschwörend sah sie ihn an. Aber außer einem Nicken kam nichts von Julian.

Erst nach einem weiteren Schluck Wasser erzählte er: »Ja, ich habe sogar einige Zeit im Haus ihres Freundes gewohnt. Der Mann, für den sie uns damals verließ.« Julian machte eine Pause, dann aber fügte er hinzu: »Aber ich konnte ihr nicht verzeihen, dass sie uns verlassen hat. Was ist das für eine Mutter, die ihr Kind im Stich lässt?«

Emmanuelle schloss für einen Moment die Augen, als sie diese Worte hörte. Er würde ihr nicht verzeihen können, dass sie ihr gemeinsames Kind weggegeben hatte. So, wie sie ihm vielleicht nie mehr verzeihen konnte, dass er sie damals verließ.

»Aber warum bist du gegangen, warum, Julian?«

Julian wandte den Kopf ab. »Ich musste«, sagte er leise. »es war damals noch der richtige Zeitpunkt, Deutschland zu verlassen. Ich bin ja Halbjude.«

»Nur aus diesem Grund, das war alles?«

»Bitte, Emmanuelle, frag mich nicht so aus. Ich kann nicht über alles sprechen. Vielleicht ein anderes Mal.«

Emmanuelle versuchte zu überspielen, wie sehr er sie mit dieser Zurückweisung verletzte.

»Nun, wenn du nicht reden willst«, lachte sie auf und versuchte, locker zu klingen, »ich zwinge dich nicht.«

»So habe ich es nicht gemeint, bitte versteh mich nicht falsch, ich …«

»Ich verstehe dich sehr gut«, schnitt Emmanuelle ihm das Wort ab. »Aber vielleicht erzählst du mir, ob du damals gleich zur Pan Am gegangen bist. Oder ist das auch ein Geheimnis?«

Julians kleines Lachen löste die Spannung kurz auf. »Oh nein, das war ein langer Weg. Nach dem Krieg flog ich übrigens oft nach Berlin. Ich war Pilot für die Versorgungsflüge von Frankfurt aus nach Berlin. Die Luftbrücke«, betonte er.

»Ach«, Emmanuelle war überrascht. »Du meinst, du hast diese Rosinenbomber geflogen?«

»Rosinenbomber?« Wieder lachte Julian, wenn es auch etwas gezwungen klang. »Den Ausdruck kenn ich gar nicht.«

Wieder Schweigen, bis Emmanuelle erneut das Wort ergriff: »Von Isabelle kenne ich den Spruch: *birds walk, Pan Am flies.*«

»Ja, wir waren alle Draufgänger. Wir flogen, egal, wie die Wetterverhältnisse waren. Der Spruch trifft also zu. Es war eine gute Zeit«, fügte er hinzu. »Ich bin damals sehr viel mit einem Piloten namens Jon Scott zusammen geflogen, heute noch mein bester Freund. Ein unglaublich waghalsiger Pilot, so wie dein Vater damals, ich habe oft an ihn gedacht.«

»Hast du niemals überlegt, zurückzukommen, ich meine … nach dem Krieg.« Zögernd kam Emmanuelles Frage.

Julian zuckte nur die Achseln. »Kurz nach meiner Ankunft in Amerika, das war ungefähr im März 1933, schrieb mir meine Stiefmutter, dass mein Vater recht gehabt hatte. Nach der Wahl von Adolf Hitler zum Reichskanzler hat die Luft Hansa sofort alle jüdischen Angestellten entlassen. Und«, er sah Emmanuelle an, »sie schrieb mir auch, dass die Familie Lambert nach Argentinien ausgewandert sei.« Julian schwieg, dann fuhr er fort: »Ich hatte keinen Grund mehr, nach Berlin zurückzukehren, vor allem nicht, als ein zweiter Brief meiner Stiefmutter kam, dass mein Vater gestorben sei.«

»Ich bin nicht mit nach Argentinien gegangen«, antwortete Emmanuelle leise.

»Das weiß ich erst, seit es mir deine Schwester neulich erzählt hat.« Julian trank noch einen Schluck. Er dachte an den zweiten Brief seiner Stiefmutter, den er in der Tasche seines Jacketts trug. Er hatte ihn Emmanuelle zeigen wollen, sobald er ihr alles erzählt hatte. Aber es ging nicht. Warum war es so verdammt schwer? Emmanuelle wirkte kühl und zurückhaltend, hielt ihre Arme verschränkt.

Schweigend tranken sie beide aus, Emmanuelle schenkte nach. Die Zeit verging, doch sie konnten sie nicht nutzen, sie fanden nicht die richtigen Worte, fanden nicht zueinander.

Julian beobachtete Emmanuelle, wie sie ihr Glas nahm und noch etwas Wasser trank. Eine elegante, kühle Frau, die nichts mehr gemeinsam hatte mit dem jungen Mädchen von einst, das zu ihm aufsah und ihm sagte, wie sehr sie ihn liebe.

Wie sollte er ihr seine Flucht aus Berlin erklären? Wie seine jahrelangen Alpträume beichten, sein Schuldgefühl, einen Menschen umgebracht zu haben?

Er hatte damals Berlin in Panik verlassen, war mit dem Auto über Frankfurt, Köln, Brüssel bis nach Tilbury gefahren. Dort bestieg er das Schiff nach New York, ständig in Angst, verhaftet zu werden.

»Deine Schwester hat mir erzählt, dass du nach Frankreich gegangen bist«, berichtete er jetzt.

Emmanuelle nickte. »Ja, das ist richtig.« Sie atmete tief ein, setzte an. War jetzt der Zeitpunkt, um alles zu erzählen, aufzuklären? Doch dann dachte sie an seine Worte – was ist das für eine Mutter, die ihr Kind im Stich lässt? – und schwieg, und auch er blieb stumm. Die Stille lastete auf ihnen.

Wie oft hatte sich Emmanuelle ein Wiedersehen mit Julian ausgemalt! Und wie oft, wie sehnlich hatte sie sich in den vergangenen Wochen gewünscht, sie könnten sich aussprechen und sich gemeinsam erinnern.

Jetzt erhob sich Julian. »Ich glaube, ich sollte gehen.«

»Es war schön, dass du vorbeigekommen bist«, erklärte Emmanuelle mit erstickter Stimme. Sie führte ihn hinaus in die Diele bis zur Wohnungstür.

Dort sahen sie sich an.

»Also, viel Glück«, sagte er.

Und dann ging er.

Langsam schloss Emmanuelle hinter ihm die Tür.

Das war es also. Das war das Ende. Der noch fehlende Schlusspunkt einer Liebe, die ewig dauern sollte und nur acht Monate hielt. Und wieder stürzte sie in die Leere und die Dunkelheit, die sie schon seit Jahren in sich trug.

*

Am nächsten Morgen rief Emmanuelle Chloé an. »Ich komme heute nicht.«

Chloé antwortete nicht sofort. Dann sagte sie: »Also brauche ich dich wohl nicht zu fragen, wie es gestern mit Julian lief?«

»Nein, wohl nicht.«

»Du hast tolle Besprechungen, die ganze Modepresse ist von der Kollektion hingerissen. Die beste deiner bisherigen Karriere, so steht es in den Tageszeitungen.«

»Das ist schön, ich freue mich. Aber ich fahre für ein paar Tage weg«, sagte Emmanuelle tonlos. »Nach Deauville. Ich muss allein sein, Chloé.«

»Aber Isabelle und ihre argentinische Freundin wollten doch heute mit dir essen gehen.«

»Ich kann nicht, Chloé. Sag Isabelle, ich musste einfach weg, tut mir leid. Salut.«

Emmanuelle hängte ein. Dann lief sie in ihr Schlafzimmer, warf einige Sachen in ihre Reisetasche und verließ die Wohnung.

Sie hatte Sehnsucht nach dem Meer, nach langen Spaziergängen, auch nach den vielen schmerzlichen Erinnerungen, denen sie sich stellen musste. Und Deauville war der Ort, an dem sie schon einmal ins Leben zurückgefunden hatte.

# Zehn

## Heloise/Nancy

Er hatte nicht gesagt: »Ich liebe dich.« Trotzdem war Heloise glücklich, aber nur solange sie den Gedanken an seine Frau ausblendete. War sie im Begriff, eine Ehe zu zerstören? Nach seinen Aussagen hatte er seine Frau nie zuvor betrogen, obwohl er seit Jahren nicht mehr mit ihr geschlafen hatte. Entsprach das der Wahrheit? Das aufkommende Misstrauen verdrängte Heloise sofort, sie wollte es glauben.

Und Maurice vermied es, über seine Ehe zu sprechen, er vermied es sogar, auch nur *meine Frau* zu sagen, er sprach nur von … Madeleine.

»Madeleine ist bei ihrer Freundin und kommt erst am Abend zurück.«

»Madeleine ist zu ihrer Mutter nach Lille gefahren, ich kann also über Nacht bei dir bleiben.« Und so war es auch gekommen. Kurzes Glück, Nähe, eine ganze Nacht der Illusion, zusammenzugehören.

Langsam erhob sich Heloise. Sie war nackt und schlüpfte in den seidenen Morgenmantel, den sie sich gekauft hatte, bevor sie zum ersten Mal mit Maurice geschlafen hatte. Sehr zögernd war sie in eine elegante Wäscheboutique gegangen, hatte zuerst sagen wollen, sie kaufe etwas Besonderes für ihre Tochter, doch als die Verkäuferin die genaue Größe wissen wollte, da gestand sie, eigentlich könne sie selbst etwas gebrauchen, eine schöne Garnitur, schwarze Spitze. Die ältere Verkäuferin hatte gelächelt und sie sehr gut und höflich beraten, so als sei Heloise zwanzig und kaufe für die Flitterwochen ein.

Immer wieder betonte die Verkäuferin, was für eine schöne Figur sie habe.

Ihr Lob hatte Heloise Selbstbewusstsein gegeben, als Maurice sie zum ersten Mal auszog. Das war nur drei Tage nach ihrem ersten Abendessen gewesen. Er könne es einfach nicht erwarten, sie in seinen Armen zu halten, hatte er gesagt. Heloise war entschlossen gewesen, an diesem Abend mit ihm zu schlafen.

Sie hatte dafür gesorgt, dass die Beleuchtung nicht allzu hell war. Aber er bat sie, das große Licht einzuschalten. »Ich will dich ansehen«, hatte er ihr zugeflüstert. Zuerst erschrak Heloise, denn sie wusste, dass ihr Bindegewebe an Brüsten, Bauch und Schenkeln längst den Gesetzen der Natur gefolgt war, egal, wie sehr die Verkäuferin ihr geschmeichelt hatte. Zögernd erfüllte sie ihm seine Bitte, und als sie ihn unsicher ansah, erkannte sie in seinen Blicken, dass ihre Sorge unbegründet war, er fand sie schön.

Auch sein Körper war nicht mehr der eines Mannes in den besten Jahren. Doch er war sehr schlank und straff, wenn man von einigen Falten absah und davon, dass die Haut seines Oberkörpers knittrig wurde, wenn er sich über sie beugte. Heloise mochte es, mit beiden Händen durch sein dichtes weißes Brusthaar zu fahren, und sie nahm ihn mit Lust in sich auf.

»Du bist schön«, hatte er geflüstert. »Du bist schön.«

Es war so einfach, so natürlich gewesen. Maurice war ein wunderbarer Liebhaber.

»Wie ein junger Mann«, hatte sie leise und zärtlich gelacht. Es schmeichelte ihm, als er sie an sich zog und ihr versicherte, auch sie sei eine wunderbare Geliebte, ein Naturtalent. Das musste sie wohl sein, ein Naturtalent, denn eine gute Geliebte aus langjähriger Erfahrung war Heloise nicht. Maurices Zärtlichkeit ließ Heloise leise aufseufzen. Er wollte ihr Freude bereiten, das mache ihn glücklich, flüsterte er. Maurice hatte sich sogar ihretwegen seinen Schnurrbart abrasiert, und es machte ihr Spaß, mit der Hand über seine glatte Oberlippe zu fahren. Es war schön, in seinen Armen zu liegen, sich Dinge zuzuflüstern, die ihr früher die Schamesröte ins Gesicht getrieben hätten. Maurice entwickelte Fantasie, er fragte sie, was sie gerne mochte, was ihre geheimen Wünsche seien. Und es war so selbstverständlich, dass sie über alles sprachen.

Heloise ging barfuß in ihr Badezimmer und lächelte sich im Spiegel zu, ihre Wangen waren rosig, obwohl sie in der Nacht kaum geschlafen hatte. Früher hätte sie Frauen verurteilt, die erzählten, sie seien sofort mit einem Mann ins Bett gegangen. Für Heloise eine unmögliche Vorstellung. Und jetzt hatte sie bereits bei der zweiten Verabredung mit Maurice geschlafen.

Die Beziehung zu ihrem Mann Felix war in den letzten acht Jahren ihrer Ehe eine Zeit der Sprachlosigkeit gewesen, eine müde Routine, der zermürbende Alltag in einem ausgezehrten, besiegten Land.

Damals war ihr Körper noch schön gewesen, die Brüste saßen hoch, doch Felix sah durch sie hindurch, als existiere sie als Frau nicht mehr. Heloise hatte sich damals damit abgefunden. Nach seinem Tod hatte sie geglaubt, dass es nie mehr einen Mann für sie geben könne.

In der vergangenen Nacht hatten sie und Maurice sich geliebt, bis der Sommermorgen dämmerte. Nie würde Heloise diese Nacht vergessen können, sie gehörte ihr. Und sie war glücklich, sie erlebt zu haben.

Sie murmelte Maurices Namen vor sich hin, während sie sich unter die Dusche stellte. Dann schlüpfte sie in den Bademantel und ging in die Küche hinunter, kochte Kaffee und brach ein Stück von dem frischen Baguette ab, das der Lehrling von Bäcker Louis ihr jeden Morgen vor die Tür legte. Sie bestrich es mit Butter, dann griff sie zur Erdbeermarmelade und häufte sie obendrauf.

Als das Telefon läutete, lief sie in die Diele. Sicher war es Maurice, der auch an sie dachte.

Doch am Apparat war Isabelle. Sie erzählte von Emmanuelles erfolgreicher Modenschau am Tag zuvor. »Ich bleibe noch in Paris, zusammen mit Martina. Erinnerst du dich an sie?«

»Ja, natürlich.« Heloise war verwundert. »Seit wann hast du wieder Kontakt zu ihr?«

»Hie und da haben wir uns geschrieben. Und du weißt doch, dass ich vor fünf Jahren bei ihrer Hochzeit an der Côte d'Azur gewesen bin. Sie hat diesen Tangotänzer geheiratet.«

»Ja, ja, jetzt fällt es mir wieder ein«, antwortete Heloise unkonzentriert, denn sie wollte das Gespräch so schnell wie möglich beenden.

»Emmanuelle ist nach Deauville gefahren, dabei waren wir verabredet«, beklagte sich Isabelle. »Aber dann bleibe ich eben noch einen Tag bei Martina im Hotel Plaza. Morgen fahre ich wieder nach Hamburg, ich habe ein Gespräch mit der Lufthansa«, setzte sie hinzu.

»Ich denke, du hast gekündigt?«

»Ja, Maman, aber ich habe trotzdem noch einen Termin in Frankfurt, sie wollen mir ein Angebot machen.«

»Das klingt doch gut, oder?«

»Mal sehen«, antwortete Isabelle kurz angebunden und wechselte das Thema.

»Warum bist du nicht nach Paris zur Modenschau gekommen?«, wollte sie von ihrer Mutter wissen.

»Ja, ja, das hatte ich auch vor, aber es kam etwas dazwischen«, antwortete Heloise unkonzentriert. Sie war nervös, sie wollte die Leitung freihalten für Maurice, der sie sicher gleich anrufen würde.

»Na gut.« Isabelle schien enttäuscht. »Neulich übrigens, da habe ich in Hamburg jemanden kennengelernt, der …«

»Es tut mir leid, bitte entschuldige, Isabelle, aber ich erwarte einen wichtigen Anruf«, unterbrach ihre Mutter sie.

»So? Vom wem?« Isabelle schien neugierig geworden.

»Ach, nicht so wichtig«, behauptete ihre Mutter hastig. »Bitte sei mir nicht böse, aber ich muss jetzt aufhören.«

Isabelle schwieg, offenkundig befremdet.

»Es tut mir wirklich leid. Und viel Spaß mit Martina, richte ihr liebe Grüße von mir aus.« Rasch verabschiedete sich Heloise von ihrer Tochter. Nach dem Gespräch lief sie unruhig durchs Haus. Sie räumte auf, überzog das Bett, spülte die Gläser und trocknete sie ab.

Nun ging ihr das Gespräch mit Isabelle doch nach. War sie zu ablehnend gewesen? Sonst hatte sie immer ein offenes Ohr für ihre Tochter, gerade für die ständigen Katastrophen in deren Leben. Bei Isabelle tat sich immer etwas, meist nichts Positives. Wieder eine neue Beziehung, wieder der falsche Mann. Das Geld reichte nicht, sie hatte zugenommen, sie musste zu Fräulein Tautz nach Frankfurt. Nur als sie ihren Flugschein gemacht hatte, war Isabelle restlos glücklich gewesen.

Heloise erinnerte sich, dass auch Felix nur glücklich gewesen war, wenn es um Flugzeuge ging. Nach dem Krieg, als sie in München lebten, fuhr Isabelle mit ihrem Vater oft nach Riem hinaus, um Start und Landung der Flugzeuge zu beobachten. Sie kannten die Flugpläne auswendig, und es gab keinen Flugzeugtyp, den sie nicht benennen konnten. In ihren Gesprächen zu Hause wimmelte es von Fachausdrücken und technischen Daten. Heloise konnte diese Leidenschaft nicht teilen, dennoch hatte sie ein enges Verhältnis zu ihrer Tochter.

Sie hatten sich schon lange nicht mehr gesehen, auch nicht gesprochen. Und jetzt war Heloise so ungeduldig am Telefon gewesen. Aber sie wollte ihre Leitung freihalten für Maurice.

Aber sie sollte wenigstens Emmanuelle gratulieren. Doch zuerst wollte sie sich am Bahnhof alle Tageszeitungen kaufen. Über die Modenschauen der Pariser Haute Couture wurde jeden Tag berichtet. Sie wollte ihre ältere Tochter nicht auch noch mit Desinteresse kränken, wenn sie schon nicht zur Präsentation gekommen war.

Als sie sich jetzt anzog, dachte Heloise wieder an die vergangene Nacht, die etwas Besonderes gewesen war. Denn dieses Mal hatte sie mit Maurice über die Ereignisse gesprochen, die sie seit Jahrzehnten belasteten. Und er hatte ihr aufmerksam zugehört, Fragen gestellt, ihr dann zugeredet: Es sei an der Zeit, die Wahrheit zu sagen. Er gab ihr Kraft, er war nicht entsetzt, er verurteilte sie auch nicht. Er meinte nur ruhig, sie könne und solle nicht länger schweigen.

»Ich habe es in meinem Testament geschrieben. Alles«, hatte sie bekannt.

Da hatte er gelacht, sie an sich gezogen und ihr gesagt, sie sei doch noch jung und er brauche sie noch viele Jahre.

Inzwischen war es bereits Nachmittag, und Maurice hatte immer noch nicht angerufen. Da entschloss Heloise sich endlich, zum Bahnhof zu fahren.

Sie holte ihren alten Peugeot aus der Garage und fuhr los. Am Bahnhof parkte sie und lief in die Halle zum Zeitungsstand. Plötzlich erstarrte sie. Denn sie sah Maurice, und er war nicht allein.

Er trug eine Reisetasche und stützte fürsorglich eine ältere Frau am Arm. Jetzt fiel Heloise ein, dass er seine Frau vom Bahnhof abholen wollte, wenn sie aus Lille zurückkam.

Madeleine war eine hübsche Frau: klein, zierlich, mit kurzen, grauen Haaren und einer Brille. Und sie war sehr gut gekleidet, ein strenges Kostüm in Dunkelblau, halbhohe elegante Wildlederpumps, ebenfalls blau.

Maurice aber sah Heloise nicht. Er war seiner Frau zugewandt, die ihm offensichtlich etwas erzählte, denn er lachte, und zusammen verließen sie die Halle. Wie angewurzelt blieb Heloise stehen.

Nichts war geblieben von dem Gefühl des Morgens, als sie glaubte, noch niemals so glücklich gewesen zu sein. Jetzt, da sie Maurice mit seiner Frau gesehen hatte, gab es dieses Glück nicht mehr. Es war zur unschönen, heimlichen Affäre eines verheirateten Mannes geworden.

Sie hatte sich in ihrem späten Leben noch einmal auf einen Mann eingelassen, ohne nachzudenken. Und nun hatte er ihr Herz gebrochen.

Langsam verließ Heloise den Bahnhof.

# *Elf*

## Isabelle/Paris

Isabelle legte nachdenklich den Hörer auf.

»Was ist?« Ihre Freundin Martina sah hoch. Sie hatte auf dem niedrigen Tisch vor dem Sofa Fotos ausgebreitet, Fotos der beiden Freundinnen aus Kindertagen, vor der Schule, wie sie artig im Kreis der Mitschülerinnen in die Kamera lächelten, alle in Schuluniform, Faltenrock, Blazer, die Haare zu Zöpfen geflochten.

»Ich weiß nicht, meine Mutter ist irgendwie seltsam.«

»Was meinst du mit *seltsam*?«

Isabelle lachte. »Wenn ich es wüsste, wäre es nicht seltsam.«

»Also, such dir ein paar Fotos aus, die du behalten möchtest«, schlug ihr Martina vor. »Hier, das bist du auf dem Flugplatz.« Sie hob ein Bild hoch. Es zeigte Isabelle in Jeans, ihrem Lieblingskarohemd und Stiefeln. In diesem Aufzug war sie immer auf der Estancia herumgelaufen, vom Flughafen ins Gestüt und wieder zurück.

»Warum seid ihr eigentlich damals so schnell abgereist? Den Grund kenne ich bis heute nicht. Wie auf der Flucht, so hat mein Vater es damals genannt.«

»Wieso? Er war es doch, der meinem Vater gekündigt hat«, sagte Isabelle verwundert.

»Was? Niemals!«, fuhr Martina auf.

»Dann weiß ich es auch nicht«, antwortete Isabelle und zuckte die Schultern. War es möglich, dass ihre Eltern sie damals angelogen hatten? »Ich dachte immer, das sei der Grund gewesen. Aber ich glaube, mein Vater hatte auch großes Heimweh.«

»Heimweh nach Deutschland? Damals?«

»Er meinte, als Deutscher sei er verpflichtet zurückzukehren, gerade in dieser Zeit.«

»Jedenfalls war ich sehr traurig, als ihr abgereist seid«, meinte Martina. »Und du hattest versprochen, uns bald zu besuchen, hast das auch immer geschrieben, aber du hast es nie getan.«

»Ich weiß, und ich wollte es auch so gern, aber es ging einfach nicht. Wir hatten ja kein Geld, und nach dem Abitur machte ich die Ausbildung bei der Lufthansa. Es hat sich einfach nicht mehr ergeben«, antwortete Isabelle. »Aber ich war sehr glücklich bei euch.«

»Damals bist du auch geritten, machst du das heute noch?«

»Nein, Reiten ist ein zu teurer Sport.«

»Hier ist ein Foto von dir und Ramona, deinem Pferd. Mein Bruder Miguel hat nach eurer Abfahrt tatsächlich gesagt, Ramona vermisse dich.«

Miguel. Jetzt hatte Martina den Namen ausgesprochen, den beide in diesen Tagen vermieden hatten. Martina wusste, wie verliebt Isabelle schon mit dreizehn Jahren in ihren Bruder gewesen war und wie viele Tränen bei Isabelle flossen, als sie von ihren Eltern erfuhr, es gehe zurück in die »Heimat«.

Martina warf der Freundin einen verstohlenen Blick zu. »Du hast mir nie geschrieben, ob du dich von ihm noch verabschiedet hast«, sagte sie dann.

»Da gab's auch wenig zu berichten«, erwiderte Isabelle zurückhaltend.

Mehr wollte sie Martina nicht verraten.

Am Tag vor ihrer Abreise war Isabelle ins Gestüt hinübergegangen und hatte sich im Stall von Ramona verabschiedet. Ihr Gesicht in der Mähne des Pferdes vergraben, hatte sie still vor sich hin geweint. Und da stand plötzlich Miguel neben ihr. Er hatte von seinen Eltern erfahren, dass die Lamberts die Estancia verlassen würden, hatte Isabelle gesucht und nahm sie in den Arm. Die Pferde scharrten ungeduldig mit den Hufen, in der Ferne hörte man die Gauchos, die sich laut Befehle zuriefen, und über den Stallungen brummte eine einmotorige Maschine, die zur Landung auf dem nahe gelegenen Flughafen ansetzte. Und da nahm Miguel zart ihr Gesicht in seine Hände und küsste sie. Es war ihr erster Kuss gewesen, ein richtiger Kuss, einer, den man nie vergessen konnte.

Doch als Isabelle bereit war, mit ihm ins Stroh zu sinken und ihm ihre Jungfräulichkeit zum Abschied zu schenken, hatte er den Kopf geschüttelt.

»Nein, Isabelle, du bist erst fünfzehn, mehr darf nicht sein.«

Sie wollte ihm noch sagen, dass sie schon seit ihrem dreizehnten Geburtstag in ihn verliebt war, zu dem er ihr eine weiße Rose geschenkt hatte, doch er schob sie zärtlich, aber bestimmt von sich.

»Hier, ein Foto von meiner Hochzeit, willst du es haben?«, hörte Isabelle in diesem Moment Martina fragen, die ihr die Hand mit dem Foto entgegenstreckte.

Es war eine Gruppenaufnahme auf den Stufen zur Kirche nach der Trauung. Und auf dem Bild entdeckte sie Miguel, der zu ihr herübersah.

»Danke.« Lächelnd nahm Isabelle das Foto entgegen. Sie erinnerte sich sehr gut an diesen Moment. Sie hatte gespürt, dass Miguel sie ansah, und später drängelte sie sich durch die

Gäste und suchte ihn, doch er war verschwunden. Ohne Abschied war er zum Flughafen gerast, um mit einer Privatmaschine über Nizza nach Paris und von dort nach Buenos Aires zu fliegen. Bei seiner schwangeren Frau, die sich den Strapazen dieser weiten Reise nicht hatte aussetzen wollen, hatten die Wehen eingesetzt.

Also blieb ihr nur dieser kurze Moment, dieser flüchtige Blick.

»Weißt du, dass Miguel sich hat scheiden lassen?«, fragte Martina jetzt, die Isabel genauestens beobachtet hatte.

»Nein«, rief Isabelle, »das hast du mir gar nicht geschrieben. Wann denn?«

Dieses verdammte Herzklopfen!

»Sie waren nur drei Jahre verheiratet.«

»Und das Kind? Die beiden haben doch einen Sohn, oder?« Isabelle bemühte sich, ihre Stimme zwar interessiert, aber gleichzeitig nicht zu interessiert klingen zu lassen.

»Ja, den kleinen José Luis, er ist gerade fünf geworden. Miguels Frau Catherine ist nach Miami zurückgegangen, sie hat José mitgenommen. Das war für Miguel sehr hart, er liebt den Jungen sehr. Aber er hat schon vor Vaters Tod gesagt, die Ehe sei ein Irrtum gewesen.«

Und schon wieder dieses heftige Herzklopfen, das immer schneller wurde. Isabelle atmete tief durch.

»Und …« Sie stockte.

»Es gibt keine neue Frau in seinem Leben«, betonte Martina. »Er hat auch gar keine Zeit dafür. Nach dem Tod unseres Vaters hat er die Leitung der Estancia übernommen. Außerdem muss er auch noch mein Erbteil verwalten. Unser Vater hat es nie akzeptiert, dass ich einen Tangotänzer geheiratet habe. Er glaubte, Javier habe es nur auf mein Geld abgesehen.« Martina lachte auf. »Javier besitzt zwei Clubs in Buenos Aires, er ist selbst reich. Meine Mutter und Miguel aber sind die Haupterben. Das ist auch richtig so. Im Grunde lebe ich ja viel lieber in der Stadt, während Miguel ganz mit der Estancia verbunden ist. Ich denke, schon deswegen ging seine Ehe auseinander. Mein Bruder hat große Pläne, er will mehr Land kaufen, die Pferdezucht vergrößern und den Flughafen ausbauen. Doch dafür braucht er zusätzliches Geld«, erzählte Martina bereitwillig. Sicher spürte sie, wie begierig Isabelle jedes Wort aufnahm. »Und deswegen kommt er nach Paris«, fuhr Martina fort. »Er will hier mit ein paar Investoren aus den Arabischen Emiraten sprechen.«

»Wann denn?« Jetzt konnte Isabelle ihre Aufregung nicht mehr verbergen.

»Ich weiß es nicht genau, irgendwann in den nächsten Tagen. Ich warte auf ihn. Und du? Willst du nicht hierbleiben?«

Isabelle sammelte die Fotos ein, die ihr Martina mitgebracht hatte, und steckte sie in ihre Handtasche. Dann seufzte sie und schüttelte bedauernd den Kopf.

»Nein, das geht nicht. Leider, das weißt du doch. Ich muss gleich los, sonst erreiche ich den Nachtzug nicht mehr. Morgen Vormittag habe ich ein wichtiges Gespräch bei der Lufthansa. Sie wollen mir ein Angebot machen, obwohl ich ja bereits gekündigt hatte.«

»Was für eines?«

»Ich weiß nicht, das werde ich morgen erfahren.«

»Wie geht es dir denn jetzt mit dem Fliegen«, fragte Martina vorsichtig, »machst du Fortschritte?«

»Bis jetzt habe ich es leider nicht einmal bis in die Maschine geschafft, auf der Gangway musste ich umkehren, so schlimm war das Gefühl. Ich habe eine Therapie begonnen«, erzählte Isabelle, »um die Angst zu überwinden, irgendwann will ich ja wieder fliegen können.«

Ihre Stimme klang so verzweifelt, dass Martina sie an sich zog. »Das tut mir wirklich leid für dich«, sagte sie mitfühlend. Isabelle erwiderte die Umarmung, löste sich dann aber daraus.

»Wird schon werden«, erklärte sie betont munter. Sie mochte es nicht, wenn man sie bemitleidete. »Also, ich muss dann los, ich hole nur noch meine Tasche.«

»Es wird alles gut«, tröstete Martina sie, als Isabelle aus dem anliegenden Raum zurückkam. »Das habe ich im Gefühl. Und wenn du wieder fliegen kannst, besuchst du mich sofort, versprochen?«

»Ja, versprochen.«

Sie verabschiedeten sich rasch, denn Isabelle war bereits spät dran.

Unten vor dem Hotel ging sie auf ein wartendes Taxi vor dem Plaza zu, der Portier des Hotels öffnete dessen hintere Tür und hielt sie ihr auf. Gerade, als Isabelle einsteigen wollte, fiel ihr Blick auf ein anderes Taxi, das vor dem Hotel anfuhr und aus dem ein großer schlanker Mann eilig heraussprang. Während er die Tür zuwarf, drehte er sich zu ihr um. Sie erstarrten, ihre Blicke verfingen sich, eine Sekunde nur, dann hörte sie den Portier »Madame?« sagen, die Aufforderung, einzusteigen. Isabelle wusste, sie konnte nicht bleiben, sie musste ihren Zug erreichen.

Als der Wagen anfuhr, drehte sie sich um, sah durchs Rückfenster zu Miguel, der stehen geblieben war und ihr nachsah.

# Zwölf

## Emmanuelle/Deauville

*Anfang September*

Der Regen peitschte gegen die Windschutzscheibe, als Emmanuelle am späten Abend in Deauville vor dem Haus ankam. Seit Simones Tod vor vier Jahren gehörte es ihr.

Im Erdgeschoss waren die beiden Schaufenster noch hell erleuchtet. Zwischen Schmuck, Taschen und kostbaren Parfümflakons stand ein großes Foto von Emmanuelle. Vor zehn Jahren hatte Simone aus ihrer »Ramschboutique«, wie sie ihren Laden nannte, die »Emmanuelle Leclerc Boutique« gemacht. Hier verkauften sie die teuren Taschen von Emmanuelles Label, die in Italien produziert wurden und die ein italienischer Designer für sie entwarf, genauso wie die Schals und den Schmuck. Das Parfüm stellte eine Schweizer Kosmetikfirma her, Emmanuelle hatte nur den Duft bestimmt.

Simone war eigenständige Geschäftsführerin gewesen und hatte die Boutique mit großem Erfolg geführt. Doch wenn Emmanuelle ihr anbot, für sie ein Haus am Meer oder im Ort zu kaufen, lehnte Simone jedes Mal ab. »Ich liebe meine Wohnung, kein Mensch auf der Welt bringt mich hier weg.«

Rasch stieg Emmanuelle jetzt aus, stellte den Mantelkragen hoch, nahm ihre Tasche vom Rücksitz und rannte durch den Regen ums Haus herum zum Hintereingang, der zur Wohnung hinaufführte.

Einmal hatte sie dieses Haus ein »Puppenhaus« genannt, und das traf es sehr gut. Chloé hatte nie verstanden, dass sie sich keine repräsentative Villa in Deauville gekauft hatte, doch für Emmanuelle war diese Dachgeschosswohnung über der Boutique in einer stillen Nebenstraße ihre Zuflucht. Hier war ihr Zuhause.

Nach Simones Tod hatte Pierre die Wohnung renovieren lassen. Doch manche Neuerungen, die er vorschlug, hatte Emmanuelle abgelehnt. Sie wollte einiges so belassen, wie es gewesen war.

Hastig stieg sie jetzt die schmale, steile Holztreppe mit dem hellblauen Läufer und dem weißgestrichenen Geländer hoch und schloss die Tür auf.

Sie hatte ihre Putzfrau Marie angerufen, die für sie bereits eingekauft und Blumen auf den Tisch des Wohnzimmers gestellt hatte.

Emmanuelle warf ihre Tasche im Schlafzimmer auf den Boden, schälte sich aus ihrem durchnässten Trenchcoat und warf ihn achtlos in der Diele über einen Stuhl. Die Wohnung von 58 Quadratmetern hatte schräge Decken und bestand aus einer Küche, einem Wohn- und einem Schlafzimmer und dem winzigen Zimmer, in dem Emmanuelle nach ihrer Ankunft im Jahr 1933 gewohnt hatte. In diesem kleinen Raum hatte sie nichts verändern lassen. Emmanuelle liebte die alte französische Tapete mit Blumenmuster und die dazu passende Tagesdecke auf dem Bett. Hier schlief Isabelle, wenn sie mit ihr nach Deauville kam.

Der Parkettboden in der gesamten Wohnung war durch Pierres Handwerker aufgearbeitet worden, und auch das Bad mit seinen Schrägen war renoviert und hatte sogar eine freistehende Wanne auf vier Löwenfüßen. Emmanuelle fühlte sich in diesem Badezimmer mit seinen frischen hellblauen Kacheln wohl. Sie war begeistert gewesen, als sie die Wohnung nach der Renovierung betreten hatte.

Es tat gut, hier zu sein.

*

Am nächsten Tag besuchte Emmanuelle das Grab von Tante Simone und stellte einen großen Strauß aus bunten Astern darauf. Anschließend schlenderte sie durch den Ort und blieb vor dem Haus stehen, in dem sie damals mit dem Geld ihrer Tante ihre erste Boutique eröffnet hatte. Sie hatte das Geschäft acht Jahre lang betrieben, bis sie dann 1943 nach Paris ging, ein Jahr, bevor die Hauptstadt durch die Alliierten befreit wurde.

Pierre hatte ihr damals geholfen, ihre erste Boutique einzurichten. Irgendwo fand er bei einem Trödler einen Ladentisch, Regale, alte venezianische Spiegel. Davor war er monatelang immer wieder in das Geschäft von Simone gekommen, einmal kaufte er einen Schirm für seine Mutter, dann eine Brosche für seine Oma, das nächste Mal einen Schal für seine Schwester. Die er nicht hatte, wie er ihr später gestand. Er kam, weil er sich in die Nichte der Ladenbesitzerin verliebt hatte, die zarte, stille, junge Frau, die sich sofort in sich zurückzog, wenn er sie nur anlächelte.

Er kam auch an dem Tag, als sie gerade das eigene Geschäft angemietet hatte, und da unterhielt sie sich zum ersten Mal mit ihm. Sie habe keine Ahnung, wie sie die neue Boutique, in der sie selbstentworfene Kleider anbieten wollte, einrichten könne. Es durfte ja so gut wie nichts kosten.

Da hatte er ihr spontan seine Hilfe angeboten, denn er studierte in Paris Innenarchitektur.

Langsam schlenderte Emmanuelle nach Hause. Pierre hatte sie drei Jahre lang »angebetet«, wie er es nannte, war immer wieder gekommen, wenn er seine Großeltern in Deauville besuchte. Irgendwann besaß er den Mut, sie zum Essen einzuladen. Aber erst Monate danach machte er den Versuch, sie zu küssen.

Emmanuelle war sofort zurückgewichen, dann aber spürte sie, wie sie ihn damit verletzte. Und sie spürte auch, dass langsam in ihr Gefühle für ihn erwachten.

Bei einem Strandspaziergang eine Woche später erzählte sie ihm von der erlittenen Vergewaltigung, die eigentlich keine gewesen sei, da sie sich nicht gewehrt hatte. Sie sprach über ihr Gefühl von Ekel, Abscheu, von Schuld und auch Scham. Es war das erste Mal, dass sie sich wieder öffnen konnte.

Da nahm Pierre sie ganz vorsichtig in seine Arme, und sie legte den Kopf an seine Schulter. So blieben sie lange stehen, ohne ein Wort zu sprechen. Pierre bedrängte sie nicht, doch irgendwann schliefen sie miteinander. Emmanuelle überwand nach und nach ihre Scheu, denn Pierre erwies sich als vorsichtiger Liebhaber, der sie allmählich wieder ins Leben, in die Liebe zurückgeführt hatte.

*

Erst nach drei Tagen ging Emmanuelle zum Meer hinunter. Über Nacht war es Herbst geworden.

Sie marschierte los, eingepackt in eine dicke Jacke, Stiefel und warmen Pullover. Sie hatte die langen Spaziergänge am Strand schon immer geliebt, vor allem die Einsamkeit des Herbstes, da hatte der Strand ihr gehört.

Auch heute lief sie den Strand entlang. Ein grauer Nachmittag, ein graues Meer. Sie fand einen leeren Strandkorb und setzte sich fröstelnd hinein, ihre Wolljacke fest um die Schultern gezogen. Nach einem heftigen Gewitter am Tag zuvor schien der Sommer vorbei zu sein, nur noch vereinzelte Spaziergänger hatten sich ans Meer verirrt, ein paar Rufe von Kindern klangen zu ihr herüber. Sie sah den Möwen zu, die übers Wasser taumelten und sich plötzlich fallen ließen, so wie sie es bereits vor Jahren getan hatten, als sie ebenfalls hier aufs Meer blickte.

Immer wieder liefen ihre Gedanken in die Vergangenheit zurück.

Tante Simone, Pierre und auch Chloé: Was wäre gewesen, wenn sie diese drei Menschen, die hinter ihr standen und sie liebten, nicht gehabt hätte?

Tante Simone, die ihre letzten Ersparnisse zusammenkratzte, um ihrer Nichte die eigene Boutique zu ermöglichen.

Chloé, eine junge Frau, die ihre Eltern vor die Tür gesetzt hatten, als sie ihnen gestand, in eine Frau verliebt zu sein. Eine Frau, die Frauen liebte – für die bürgerliche Familie von Chloé eine tiefe Schande. Chloé brachte Modeverstand und auch die Ausbildung zur Direktrice mit, denn sie hatte an einer Modeschule studiert, während Emmanuelle immer Autodidaktin blieb.

Und Pierre, der sie mit einer Zartheit liebte, die sie damals so sehr brauchte. Sie beide hatten geglaubt, sie würden ewig zusammenbleiben, doch ihre Liebe hatte nicht ausgereicht.

Emmanuelle zog jetzt ihre Beine hoch, umschloss sie mit den Armen und sah aufs Meer hinaus, horchte auf das Geräusch des Wassers, das kam und sich wieder zurückzog. Es war schön, hier zu sein.

Sie atmete die kühle Luft tief ein und ließ ihren Blick über den leeren Strand schweifen. Nur eine Frau lief mit ihrem Hund am Meer entlang. Er bellte begeistert, drehte sich um sich selbst und lief mit wehenden langen Ohren dem Stock nach, den seine Besitzerin weit wegschleuderte. Emmanuelle sah ihm mit einem Lächeln nach, dann blieb ihr Blick an einem großen schlanken Mann hängen. Langsam kam er näher, während er sich suchend umsah, bei jedem Strandkorb stehen blieb.

Ohne nachzudenken, sprang sie hoch.

»Julian! Julian!«, rief sie, bis er sie sah und auf sie zukam.

Auch sie ging los, langsam, Schritt für Schritt ihm entgegen. Und dann standen sie sich gegenüber, lächelten sich an, und es war alles anders als an dem Abend nach der Modenschau. Keine Fremdheit stand zwischen ihnen. Julian breitete die Arme aus und zog sie an sich.

In stummer Umarmung blieben sie stehen, Emmanuelle spürte sein Herz durch den Pullover hindurch klopfen, und sie drückte sich noch fester an ihn. Immer so bleiben, ihn umarmen, ihn endlich wieder halten.

»Woher wusstest du, wo ich bin?«, fragte sie, noch an ihn gepresst.

»Ich habe in deinem Geschäft angerufen und wurde mit Chloé verbunden. Nachdem ich nicht lockerließ, hat sie mir die Adresse genannt. Als ich dich in deinem Haus nicht angetroffen habe, bin ich zum Strand gegangen. Ich dachte, ich finde dich hier.«

Glück, das bedeutete dieser Moment, still in der Umarmung mit Julian zu verharren. Julian legte den Arm um Emmanuelle, und so liefen sie am Strand entlang, bis es dunkel wurde und die ersten Sterne hinter Wolkenfetzen auftauchten.

Erst später, als sie bereits in ihrer Wohnung ankamen, stellte sie die Frage, wieso er überhaupt hier sei. »Ich dachte, du bist jetzt wochenlang unterwegs.«

Julian zuckte die Schultern. »Ich habe mich für ein paar Tage krankgemeldet und mich für einen anderen Flug einteilen lassen.«

Sie sahen sich an. Ein paar Tage, mehr nicht. Aber diese Tage gehörten ihnen. Nur ihnen.

*

In ihrer ersten Nacht liebten sie sich schweigend, erst als die Morgendämmerung durchs Fenster hereindrang, flüsterten sie sich leidenschaftliche Worte zu, versicherten, wie sehr sie sich nach dem anderen gesehnt hatten. Sie lagen eng beieinander, und dann begann Julian zu erzählen, hastig, schnell. Er sprach über seine große Enttäuschung, als er seiner Mutter gegenüberstand.

»In meiner Erinnerung war sie warmherzig und schön«, erzählte er, »doch ich fand eine ältere, unzufriedene Frau vor, die mich einzig und allein nach Amerika holte, um ihre eigenen Schuldgefühle zu beschwichtigen. Der Mann, für den sie uns verlassen hatte, heiratete sie nie. Er engagierte sie als Hausdame, und sie war und blieb seine Geliebte. Dieser Mann war mir gegenüber aber sehr loyal, und er sorgte dafür, dass ich nach einiger Zeit eingebürgert wurde. Er war es auch, der mich gleich nach dem Krieg durch seine Beziehungen zur Pan Am brachte. Die Jahre zuvor war ich bei ihm als Chauffeur angestellt, und dann wurde ich Pilot für sein Privatflugzeug.« Atemlos hörte Emmanuelle zu, immer in der Hoffnung, er würde endlich erzählen, warum er sie verlassen hatte. In den vergangenen Jahren hatte sie mehrmals daran gezweifelt, dass er ging, weil er Jude war.

Irgendwann schliefen sie ein. Als Emmanuelle aufwachte, war es bereits Mittag und der Platz neben ihr leer. Er ist gegangen, schoss es ihr durch den Kopf, aber gleich darauf hörte sie die Wohnungstür, Julian schaute zu ihr ins Schlafzimmer und hob ein Baguette hoch.

»Nichts geht über frisches französisches Weißbrot«, lachte er, »das wird mir fehlen, wenn ich wieder in Frankfurt bin.« Dann war ihm anzusehen, dass er das lieber nicht gesagt hätte. Er kam zum Bett, beugte sich zu ihr hinunter und küsste sie. »Jetzt bin ich hier«, flüsterte er ihr zu.

War das ein Trost? Würde nicht jede Stunde, in der sie sich wieder auf ihn einließ, die neue Trennung nur schwerer machen?

Abrupt schob Emmanuelle diesen Gedanken von sich, sie zog ihren Bademantel über und ging in die Küche, in der er sich schnell zurechtgefunden hatte.

»Geh zurück!«, forderte er sie mit einem Lächeln auf. »Wir frühstücken im Bett.«

Und das taten sie. Sie versuchten beide, nicht zu sehr an die Vergangenheit zu rühren, nicht sofort über die tragischen Ereignisse zu sprechen, aber im Laufe des Tages und der folgenden Nacht tasteten sie sich langsam an den Kern ihrer Geschichte heran. Jetzt erzählte Julian von seinem Duell mit Rolf, dem tödlichen Ausgang, der panischen Flucht aus Europa. Daher stamme auch die Narbe. Er habe bisher nie mit jemandem darüber gesprochen. Heute sei das erste Mal.

»Ich habe einen Menschen umgebracht«, flüsterte er, »das hat mich jahrelang verfolgt. Das Gesicht des toten Rolf habe ich heute noch vor mir.«

Emmanuelle hatte ihm schweigend zugehört und strich ihm jetzt zärtlich über die Wange, berührte mit ihren Lippen die Narbe. »Meine Stiefmutter schrieb mir häufig Briefe. Es war ein Trost für sie, wie auch für mich. Eines Tages erhielt ich von ihr die Nachricht, dass die Akte Rolf Beckmann geschlossen sei. Und das schon seit einiger Zeit. Man habe in der Gegend vom Schlachtensee Zigeuner gesehen, die man für die Täter hielt, denn Rolfs Leiche war nackt und er war offensichtlich ausgeraubt worden. Man habe die Zigeuner nicht gefasst, sie seien verschwunden. Die NSDAP aber habe es als Anlass benutzt, um den Hass gegen Zigeuner zu schüren. Ich war erleichtert, jetzt schien ich frei zu sein, doch letztendlich …«

»… warst du es doch nicht, da du ihn getötet hast«, vollendete Emmanuelle den Satz. »Das kann ich gut verstehen.« Mit einem gelösten Lächeln strich Julian ihr die Haare aus der Stirn. »Ich weiß, dass du meine Schuldgefühle verstehst, andere tun das nicht.«

Zwischen Lieben und Ausruhen erzählte sie schließlich von den Stunden in Rolfs Gewalt. »Das Schlimmste«, sagte sie, »waren meine Scham und auch das Gefühl von Schuld.«

»Wieso Schuld?«

»Es selbst provoziert zu haben, da ich ihn abwies. Vielleicht hatte ich ihm vorher unbewusste Signale gegeben.«

»Niemals!«, widersprach Julian heftig. »Er wollte dich demütigen, sich rächen. Und dadurch auch mich zerstören.«

»Ja, wahrscheinlich, doch es hat jahrelang mein Leben belastet«, flüsterte Emmanuelle.

Da nahm Julian sie zart in den Arm und bedeckte ihr Gesicht und ihren Körper mit kleinen Küssen.

Sie hatte noch nicht über das Kind, ihr Kind, gesprochen. Sie konnte es nicht, sie hatte Angst vor seiner Reaktion, denn würde er sie verstehen? Er hatte verächtlich über Frauen geredet, die ihr Kind im Stich ließen. Würde ihr Bekenntnis jetzt die Stimmung, die Liebe zwischen ihnen zerstören?

Am Nachmittag verließen sie das Bett und gingen auf den Markt. Es war ein klarer Tag, und sie kauften Käse, frisches Brot, Butter und Obst. Julian kaufte noch Fleisch und versprach ihr, ein *bœuf bourguignon* zu machen, wie sie es noch nie gegessen habe.

Arm in Arm schlenderten sie an den Ständen vorbei, blieben stehen, unterhielten sich, und niemand hätte in der ungeschminkten Frau in Hosen und Rollkragenpullover die Modeschöpferin erkannt, deren Foto groß im Schaufenster ihrer Boutique hing. Emmanuelle hatte gelacht, als Julian ihr sagte, wie schön sie sei, so natürlich. An die elegante Frau in ihrem Haute-Couture-Salon habe er sich nicht herangewagt, sie sei ihm so fremd gewesen.

Im Laufe der nächsten Tage badeten sie zusammen, hörten Musik dazu, und immer wieder kam ein »Weißt du noch?« auf. Sie waren geradezu versessen darauf, auch schöne Erinnerungen hervorzuziehen, gemeinsam lachen zu können.

Und dann sagte Julian die Worte, die er nicht hätte aussprechen dürfen: »Ich liebe dich.« Kaum hörbar für sie hauchte er es, als er sich über sie beugte und mit seiner Hand durch ihre kurzen Haare fuhr. »Ich liebe dich«, wiederholte er, da er glaubte, sie würde schlafen. Doch da zog sie ihn ganz dicht zu sich herunter.

»Ich liebe dich auch«, flüsterte sie ins Dunkel der Nacht. Es machte sie verletzbar, und von diesem Moment an spürten sie beide den Moment der Trennung näher rücken, den Abschied, der unwiderruflich sein würde.

Am nächsten Abend, als sie in der Küche saßen, konnte Emmanuelle nicht länger die Wahrheit zurückhalten. Sie erzählte Julian endlich von dem Kind, von Paula von Denks Villa, von den unterschriebenen Adoptionspapieren, von der Unmöglichkeit zu akzeptieren, dass ihr Kind für sie verloren sei.

Julian war blass geworden, das konnte sie im Schein der Kerzen sehen, die sie aufgestellt hatten. Er legte sein Besteck auf den Tisch, kam zu ihr und zog sie hoch, presste sie an sich. Schweigend standen sie in der Küche, und irgendwann spürte Emmanuelle, dass Julian weinte.

Sehr viel später streichelte er sie und nannte sie *meine Geliebte*. »Meine über alles Geliebte«, flüsterte er, »was hast du nur durchgemacht.«

Am Tag danach blieben sie zu Hause. Emmanuelle erzählte ihm von ihrem Anwalt, der eine Detektei eingeschaltet habe, um vielleicht doch noch herauszufinden, wo das Kind, *ihr* Kind, sei.

»Es ist längst erwachsen«, antwortete Julian, »und ich hoffe, es ist bei einem Ehepaar aufgewachsen, das ihm Geborgenheit und Liebe gegeben hat, so, als sei es das eigene Kind. Was ich jetzt sage, verletzt dich wahrscheinlich«, setzte er vorsichtig hinzu. »Aber ich glaube, du solltest die Suche aufgeben. Vielleicht weiß unser Kind gar nicht, dass es adoptiert wurde. Und was willst du tun? Plötzlich auftauchen, ihm sagen, du bist die leibliche Mutter? Du würdest einem Menschen, auch wenn er heute erwachsen ist, das

Fundament seines Lebens nehmen. Lass ihm sein eigenes Leben!«

»Aber es kann doch auch sein, dass unser Kind zwar weiß, dass es adoptiert wurde, aber seine leibliche Mutter sucht«, erwiderte Emmanuelle, zutiefst erregt.

Da nahm Julian sie in die Arme und zog sie an sich.

»Es gibt Dinge«, sagte er sanft, »die man nicht mehr rückgängig machen kann. Du kannst die Vergangenheit nicht mehr ändern. Hör auf, nach dem Kind zu suchen, du weißt nicht, was du damit auslöst. Du hast damals die richtige Entscheidung getroffen. Vielleicht ist es an der Zeit, das zu akzeptieren.«

Emmanuelle schwieg. Sicher hatte Julian recht, aber konnte sie das wirklich?

Am nächsten Tag zeigte Emmanuelle Julian das winzige Zimmer, in dem sie gelebt hatte, als sie hierherkam.

»Ich habe es so belassen, wie es war«, sagte sie.

»Das sieht man«, lachte Julian. »Die alten Blumentapeten sind so wunderbar französisch«, setzte er hinzu. »Das hat Atmosphäre, das darfst du nie renovieren lassen.«

Der Abend kam viel zu schnell, und in der Nacht standen sie beide auf und gingen in die Küche. Sie hatten Hunger.

»Wir haben nichts mehr da«, stellte Emmanuelle mit einem kleinen Lachen fest. »Nichts, außer einer Dose Ravioli, magst du die?« Als Julian nickte, nahm sie die Dose vom Brett über ihrem Herd.

»Dann essen wir eben Ravioli«, sagte er, nahm sie ihr aus der Hand, um sie öffnen, während Emmanuelle einen Topf aus dem Schrank holte und ihn auf den Herd stellte. Sie trugen beide Bademäntel, doch während Emmanuelle die Nudeln im Topf herumrührte, löste Julian den Gürtel ihres

Mantels und streichelte sie. Sanft fuhr er über ihre Brüste, bis sie den Topf zur Seite schob, sich umdrehte und auch ihre Hände unter seinen Bademantel schob. Sie ertastete seinen Körper, zärtlich fuhr sie über seine Brusthaare und bis hinunter zu seinem Geschlecht. Sie sog seinen Geruch ein, ihr Mund suchte seine Lippen, bis er sie hochhob und auf den Tisch setzte.

»Nicht hier«, flüsterte sie, »komm wieder ins Bett.«

Dort liebten sie sich noch einmal. Als sie sich voneinander lösten und ihr Atem sich langsam beruhigte, sah sie in seinen Augen eine tiefe Traurigkeit. Rasch wandte sie den Kopf zur Seite, sie wollte nichts sehen, nichts erkennen müssen, was diesen Moment zerstören könnte.

Sie gingen wieder in die Küche, und Emmanuelle stellte den Topf zurück auf die Platte. Julian holte Teller aus dem Schrank, legte das Besteck daneben und füllte die Gläser mit Rotwein.

»Im Kühlschrank ist noch Parmesan«, erklärte sie, »und da oben steht die Reibe.«

Sie füllte die Ravioli in die tiefen Teller, und Julian rieb den Käse darüber.

»Schmeckt doch«, meinte er nach dem ersten Bissen, aß aber wenig und trank nur einen einzigen Schluck des Weins. Die Küchenuhr tickte, es war das einzige Geräusch, das die Stille durchbrach.

War es jetzt vorbei?

»Es ist eine hübsche Wohnung«, sagte Julian und sah sich in der kleinen Küche um. »Ich mag die schrägen Wände. Sie strahlen Ruhe und Geborgenheit aus.«

»Ja, ich fühle mich hier zu Hause«, antwortete Emmanuelle. »Ich kam schon in meinen Schulferien sehr gern hierher, hauptsächlich aber, weil Tante Simone sich wenig um mich kümmerte und ich tun und lassen konnte, was ich wollte. Das war ich von zu Hause nicht gewohnt.«

Julian hörte nicht wirklich zu, er nickte unkonzentriert und blieb stumm. Da schob Emmanuelle den vollen Teller in die Mitte des Tisches.

»Was willst du mir sagen?«, fragte sie und versuchte, ihre Stimme gefasst klingen zu lassen.

Auch Julian schob seinen Teller zurück. Er sah zur Uhr, die über der Anrichte hing.

»Ich werde jetzt fahren, morgen früh muss ich den ersten Flieger nach Frankfurt nehmen, und von dort geht es am Abend nach New York, dann Tokio, Shanghai. Ich werde ziemlich lange unterwegs sein.«

Er griff nach Emmanuelles Hand, doch sie zog sie zurück.

»Wann?«, fragte sie nur.

»Ich dusche noch, packe meine Sachen, und dann muss ich aufbrechen.«

Er erhob sich, und ohne sie anzusehen, verließ er die Küche. Auch Emmanuelle stand auf, spülte das Geschirr ab und stellte die restlichen Ravioli in den Kühlschrank. Sie korkte die halbvolle Rotweinflasche zu, und dann griff sie nach Stift und einem Zettel von ihrem Küchenblock und schrieb ihrer Putzfrau eine Nachricht. Marie würde am nächsten Morgen kommen. Sicher würde sie erstaunt sein, dass Emmanuelle die Wohnung in großer Unordnung zurückließ, was sonst nicht ihre Art war.

Im Schlafzimmer warf Emmanuelle ihre Sachen achtlos in die Reisetasche, zog sich an und setzte sich aufs ungemachte Bett. Sie war ruhig geworden. Sie lauschte auf die Geräusche aus dem Bad, das Rauschen des Wassers, Julians Gurgeln beim Zähneputzen. Ihr Blick fiel auf seine Tasche, schon gepackt stand sie neben dem Bett, beige, dunkelrot einpaspeliert und mit einer dicken Kordel zum Zuziehen. PAA stand darauf. Pan American Airways. Es musste eine Tasche aus dem Jahr 1950 sein, aus der Zeit, kurz bevor die Fluggesellschaft in Pan American World Airways umbenannt wurde. Alt und verbeult, doch das Gepäckstück schien für ihn von Bedeutung zu sein.

Als Julian aus dem Badezimmer kam, rief Emmanuelle ihm zu, sie würde mit zurück nach Paris fahren.

Es dauerte keine halbe Stunde, bis sie die Ausfahrt nach Paris erreichten und auf die Autobahn fuhren. Julian hatte das Radio angedreht, und beide lauschten der Musik. Sie redeten nur ein paar Worte, als Julian irgendwann auf den Parkplatz einer Raststätte fuhr und sie hineingingen, um schnell einen Kaffee zu trinken. Es nieselte leicht, es war neblig, und Julian fuhr langsam und konzentriert, doch Emmanuelle spürte seine große Nervosität.

Sie schwiegen immer noch, als sie in Paris einfuhren.

»In welchem Hotel wohnst du?«

»Im Ritz«, antwortete er. »Soll ich dich zuerst heimfahren, oder wollen wir noch zusammen frühstücken?« Zum ersten Mal sah er sie von der Seite an.

»Fahr zum Ritz!«, forderte sie ihn auf.

»Ich liebe die Place Vendôme«, erklärte Julian, als sie vor dem Hotel anhielten.

Er stieg aus, holte die beiden Reisetaschen aus dem Kofferraum und übergab dem herbeieilenden Portier die Autoschlüssel.

»Kommst du?«

Emmanuelle schüttelte den Kopf.

Sie sah ihn an. »Es ist vorbei, nicht wahr?«

Julian senkte den Kopf, er sah sie nicht an, während er leise antwortete. »Ich kann mein Leben nicht aufgeben, mein Leben in Frankfurt mit meiner Frau, meiner Tochter.«

»Ich weiß«, antwortete sie ruhig. »Wir wussten es beide.«

»Wir haben die Erinnerung«, sagte er, »nicht nur die Erinnerung an Berlin. Aber wir wissen endlich, dass wir uns damals wirklich geliebt haben und nur die Zeit, die Ereignisse gegen uns waren. Und wir hatten diese Tage in Deauville. Niemand kann sie uns nehmen.«

»Nein«, wollte Emmanuelle antworten, doch es wurde nur ein kaum hörbares Flüstern.

»Adieu«, sagte sie leise, »adieu.«

Dann wandte sie sich um und ging. Sie folgte dem Rondell des Platzes, den auch sie so sehr liebte und auf dem jetzt die Laternen ausgingen. Sie spürte die Tränen, die ihr über die Wangen liefen, und den tiefen Schmerz des Verlustes.

Sie blieb stehen und zögerte. Doch dann drehte sie sich noch einmal um.

Julian stand vor dem Eingang des Hotels, er hob die Hand, um ihr zu winken, und sie winkte zurück.

# *Dreizehn*

## Isabelle/Hamburg

*November 1963*

Das Flugzeug steigt auf, höher, schneller, Isabelle sitzt im Cockpit, doch sie verliert die Kontrolle über die Maschine. Draußen nur die Weite des Horizonts, sie schaut nach unten, die Wolkendecke reißt auf und darunter der Atlantik, eine schwarze dunkle Bedrohung. Da leuchtet das Warnsignal auf, sie hört noch die gellenden Schreie der Passagiere, dann spürt sie den rasenden Fall der Boeing 707, der Dunkelheit entgegen.

Schweißgebadet fuhr Isabelle aus dem Schlaf hoch, stöhnend ließ sie sich zurück aufs Kissen fallen.

Immer wieder dieser Traum: Sie steuert eine Maschine, es kommt zu einem Druckabfall, und das Flugzeug stürzt ab. Sie ist unfähig, es zu verhindern, sie ist schuld.

Isabelle brauchte eine Weile, bis ihr Atem ruhiger wurde und das Schlagen ihres Herzens sich normalisierte. Wieso waren aus ihrem Erlebnis, dem »Zwischenfall«, wie es bezeichnet wurde, diese Ängste, dieser Alptraum geworden? Wieso war das Vergessen so schwer, wieso hatte sie seither kein Flugzeug mehr betreten können?

Viele ihrer früheren Kolleginnen und Piloten, darunter auch Bernd, hatten sie angerufen, um ihr etwas Nettes zu sagen.

Doch wie sollte sie sich besser fühlen, wenn man ihr erzählte, wie gut andere mit Erlebnissen dieser Art fertigwurden? Lisa Becker, die mit ihr in der Convair 340 Dienst gehabt hatte, flog längst wieder.

»Warum hast du das Angebot der Lufthansa nicht angenommen?«, fragte Bernd sie. »Beim Bodenpersonal zu arbeiten ist doch auch nicht schlecht.«

»Ich wollte einfach abschließen«, erklärte Isabelle. »Ganz.«

»Ja, so bist du«, war Bernds Antwort. »Alles oder nichts.«

Auch ihre angefangene Therapie hatte Isabelle abgebrochen.

Die Sitzungen bei Dr. Groen hatten ihr nicht gutgetan, und seine Fragen nach ihrer Kindheit quälten sie und machten sie nervös. Diese Gesprächstherapie würde ihr nicht helfen, ihre Panik, die Angst zu überwinden, das spürte sie deutlich.

Würde also ihr großer Wunsch, Pilotin zu sein, eine vage Illusion bleiben, für immer unerreichbar? Wenn sie ehrlich zu sich selbst war, glaubte sie nicht mehr daran, jemals wieder ein Flugzeug steuern zu können.

Hatten Bernd und die Männer in den Führungsetagen der Fluggesellschaften recht mit ihrer Behauptung, eine Frau habe im Cockpit nichts verloren? Waren die wenigen Frauen, die berühmt wurden für ihre Pionierarbeit, nur Ausnahmen, während man Frauen im Allgemeinen keine Flüge nach Plan anvertrauen konnte, die tägliche Routine, ständige Konzentration erforderten?

Isabelle hatte das Vertrauen in sich verloren. Ihre Ratlosigkeit wuchs sich zur Verzweiflung aus. Mittlerweile bereute sie, die Stelle beim Bodenpersonal abgelehnt zu haben. Ihre wenigen Ersparnisse gingen zu Ende, und alles schien besser, als zu Hause ihren negativen Gedanken nachzuhängen. Der Einzige, der ihr Hoffnung gab, war Julian Kröger, mit dem sie mehrmals telefoniert hatte. Mit ihm sprach sie ganz offen über ihre Ängste, er nahm sich Zeit und hörte ihr zu. Ihm erzählte sie auch von der nach zehn Sitzungen abgebrochenen Therapie.

»War das nicht sehr voreilig?«, fragte er vorsichtig nach. »Diese Gesprächstherapien sind oft sehr erfolgreich.«

»Bei mir nicht«, erklärte Isabelle. »Nichts half.«

»Wurden Sie auch in den Simulator gesetzt?«

»Natürlich, aber das bringt doch nichts, man weiß ja, dass man nicht abhebt.«

Als er sie das nächste Mal anrief, erklärte er, er habe eine Idee. »In einer Woche besuche ich einen Freund in Baltimore, und auf dem Heimflug mache ich Zwischenstopp in Hamburg. Dann könnten wir uns kurz treffen, ich habe einen Plan.«

»Da bin ich aber neugierig, was für einen Plan?«

»Das verrate ich nicht, es soll ja eine Überraschung sein.«

Isabelle musste lachen. Julian Kröger schaffte es, dass sie sich nach jedem Telefonat mit ihm besser fühlte.

Allerdings hatte sie ihm nicht erzählt, dass der Therapeut ihr bei jeder Sitzung die gleiche Frage gestellt hatte: Ob es sein könne, dass sie in ihrer Kindheit ein traumatisches Erlebnis gehabt und ihre Flugangst eigentlich gar nichts mit dem »Zwischenfall« zu tun habe? Letztendlich sei doch alles gut ausgegangen und sie als Stewardess auch für Katastrophensituationen ausgebildet worden.

Isabelle hatte verneint. Sie habe eine glückliche Kindheit in Argentinien verbracht, ohne ein traumatisches Erlebnis, das mit Angst verbunden sei. Doch der Therapeut Dr. Groen kam immer wieder darauf zurück. Bis Isabelle misstrauisch wurde. Sollte man in seinem Gutachten vielleicht unbedingt lesen, dass ihre Angst überhaupt nichts mit dem »kleinen Zwischenfall« zu tun habe, sondern andere Ursachen hatte?

Und aus diesem Grund war sie nicht mehr zu Dr. Groen gegangen.

Doch nun saß sie untätig in ihrem kleinen Appartement herum. Unzufrieden erhob sie sich und starrte in einen grauen Nachmittag hinaus.

Sie hätte gern ihre Mutter besucht, doch Heloise winkte jedes Mal ab – wenn sie sie überhaupt erreichte. Für Isabelle war das unverständlich, denn sonst freute ihre Mutter sich immer, wenn sie zu ihr nach Nancy kam. Sie könnte auch zu Emmanuelle fahren. War das im Moment eine gute Idee? Emmanuelle arbeitete an der nächsten Kollektion, die Mitte Februar gezeigt werden sollte. In Paris könnte sie durch die Straßen laufen, Museen besuchen und abends mit Emmanuelle essen gehen.

Doch Isabelle stellte sich die Frage, ob sie im Moment überhaupt die Konzentration besaß, sich über Schnitte, Mannequins, zu späte Stofflieferungen und andere Katastrophen zu unterhalten? Sie kannte ihre Schwester gut, meist war Emmanuelle vor einer Modenschau sehr nervös, geriet schnell in Panik und war ganz auf die Arbeit an der nächsten Präsentation konzentriert »So sind wir Leute aus der Modeszene eben«, hatte Chloé ihr einmal erklärt. »Wir bekommen in diesen Wochen fast nichts von dem mit, was auf der Welt passiert. Wir glauben, nichts ist wichtiger als die nächste Modenschau.« Chloé hatte gelacht und Isabelle zugezwinkert. Isabelle konnte im Grunde nicht mitreden, sie war nicht wirklich modebewusst. »Deine Schwester hat ihren ganz eigenen Stil«, verteidigte Chloé sie jedes Mal gegen Emmanuelle, die den Kopf schüttelte, wenn Isabelle in Jeans und Stiefeln das Couture-Haus betrat.

Der Tag schlich in bedrückender Langsamkeit dahin, bis Isabelle am Abend einen Anruf aus Miami bekam. Es war Miguel. Sie war so überrascht, dass sie zuerst kaum einen Gruß über die Lippen brachte.

»Es ist schade, dass wir uns vor drei Monaten vor dem Plaza versäumt haben«, begann er das Gespräch.

»Ja, das fand ich auch«, stotterte Isabelle, »aber ich musste meinen Zug erreichen, ich hatte am nächsten Morgen einen wichtigen Termin in der Personalabteilung.« Den sie hätte versäumen können, setzte sie in Gedanken hinzu. Einen Termin, bei dem man ihr ja nur die Stelle beim Bodenpersonal anbot und sie eine Erklärung unterschreiben ließ, dass sie über den »Zwischenfall« Schweigen bewahren werde.

Miguel hatte ihr nach dem nur Sekunden dauernden Wiedersehen damals Blumen schicken lassen. Und Martina schrieb in ihrem letzten Brief, sie solle Grüße von Miguel ausrichten, er werde bald nach Europa kommen. Ob er sie in Hamburg besuchen dürfe?

»Ich würde mich freuen, richte es Miguel aus«, hatte sie zurückgeschrieben. Und jetzt rief er tatsächlich an. Da war es wieder, dieses verdammte Herzklopfen!

»Ich fliege heute noch nach Europa«, erzählte er, »ich könnte also übermorgen für ein paar Stunden nach Hamburg kommen, muss dann aber bereits am Abend nach Frankfurt fliegen und von dort weiter nach Buenos Aires. Aber wir könnten uns wenigstens einmal sehen nach all den Jahren. Willst du?«, fragte er vorsichtig, da sie schwieg.

Isabelle musste erst einmal durchatmen, bevor sie sagen

konnte: Ja, sie freue sich sehr. Ich habe so oft an dich gedacht, setzte sie in Gedanken hinzu.

*

»Bist du extra nach Hamburg gekommen, um mich zu treffen?«, wollte Isabelle wissen, sobald sie sich gegenübersaßen.

»Natürlich, wieso sonst? Zweimal sind wir uns in den letzten Jahren begegnet, ohne miteinander zu sprechen, jetzt ist endlich die Zeit dafür da.«

Isabelle hatte Miguel in das kleine Restaurant am Fischmarkt geführt, in dem sie vor einigen Monaten mit Julian David Krüger gewesen war. Während Miguel Austern und einen Chablis bestellte, beobachtete sie ihn. Jahrelang hatte sie sich ein Treffen mit ihm gewünscht und auch ausgemalt. Dabei war er stets der fünfundzwanzigjährige junge Mann aus reichem Haus gewesen, der einer privilegierten Familie angehörte und sich keine Sorgen machen musste, aber auch wenig Verantwortung übernahm. Doch jetzt, fünfzehn Jahre später, saß sie einem Mann gegenüber, der Energie ausstrahlte und dem man zutraute, ein so großes Unternehmen wie die Estancia zu leiten. Seine Bewegungen, der direkte Blick, mit dem er die Menschen ansah, die Art, wie er mit dem Kellner sprach: In jeder Geste, jedem Lächeln erkannte sie seine Entwicklung zu einem erfolgreichen Mann, einem Mann, der genau wusste, was er wollte. Aber sie, wusste sie es immer noch? »Was siehst du mich so an?«, wandte sich Miguel jetzt an sie und griff nach ihrer Hand. »Ich hoffe, ich gefalle dir noch.« Sie lachten beide, und das ließ die alte Vertrautheit wieder entstehen, von der Isabelle gefürchtet hatte, sie sei vielleicht verlorengegangen.

Während sie aßen, erzählte er von seinem Leben auf der Estancia.

»Schon als mein Vater noch lebte, haben wir große Teile unseres Landbesitzes und der Rinderherden verkauft. In unserer Nähe entstanden dadurch einige kleinere Haciendas, also liegt unsere Estancia nicht mehr ganz so verlassen in der Pampa.«

»Ich fand das immer herrlich«, erklärte Isabelle. »Und das Gestüt?«, fragte sie dann und erinnerte sich unwillkürlich an ihren Kuss im Stall. Miguel lächelte sie an, als ob er sich auch daran erinnerte. »Das behalte ich. Mein Vater und ich hatten uns schon in den letzten Jahren auf die Zucht von Polopferden konzentriert. Wir verkaufen sie weltweit. Aber ganz besonders liegt mir der Flughafen am Herzen«, sagte Miguel. »Ich möchte ihn modernisieren und auch neue Flugzeuge kaufen. Eine Cessna und einen Learjet. Diese Investitionen rechnen sich, da wir ja jetzt Nachbarn haben. Sie kommen mit dem Auto und wollen schnell nach Buenos Aires geflogen werden. Oder nach Santiago.«

Dann wollte Miguel wissen, warum Isabelle in den vergangenen Monaten der Einladung seiner Schwester nicht gefolgt sei, sie in Buenos Aires zu besuchen.

»Ich konnte nicht«, seufzte sie. »Niemand scheint mich zu verstehen …«

»Was ist los?«

Da erzählte Isabelle von dem Flug in der Convair 340 und ihrer Flugangst danach, die sie nicht überwinden konnte.

»Eigentlich«, fügte sie hinzu, »darf ich nicht darüber reden, das habe ich sogar unterschrieben, aber ich bin mir sicher, du kannst schweigen.«

»Natürlich, ich kenne niemanden, den es interessieren könnte«, grinste er.

»Und trotzdem habe ich mich in den vergangenen Wochen überall als Pilotin beworben. Ich dachte, ich kriege meine Angst schon irgendwie in den Griff, aber ich bekomme sowieso nur Absagen.«

»Martina hat mir schon erzählt, dass du vor einer Weile deinen Flugschein gemacht hast, herzlichen Glückwunsch! Auf welcher Maschine denn?«

»Es war eine Cessna 172.« Isabelle lächelte.

»Also hast du die Lizenz, eine Privatmaschine zu fliegen?«

»Ja, theoretisch schon – aber praktisch eben nicht.«

»Du hättest sofort wieder fliegen sollen, das ist das Beste, glaube mir. Dann hättest du die Angst längst überwunden.«

Isabelle lachte ungläubig auf. »Das habe ich ja gemacht, wir mussten doch direkt danach von Kopenhagen wieder nach Hamburg fliegen. Aber bei meinem nächsten regulären Einsatz konnte ich das Flugzeug nicht mal betreten, ich bekam sofort eine Panikattacke.« Isabelles Stimme klang traurig und verzweifelt.

Miguel schien es zu spüren und verwickelte Isabelle in ein angeregtes Gespräch über die Boeing 707, über die Super Constellation und die neuesten Kleinflugzeuge. Und dann war es bereits Zeit zu gehen.

Sie verließen das kleine Lokal und blieben vor der Tür stehen. Miguel legte den Arm um Isabelle, da es ein kühler Novemberabend war und sie sichtlich fror. Sie atmete tief ein und sah in den klaren Abendhimmel hinauf. Dort erkannte sie einen winzigen Stern, der lautlos seine Bahn zog. Ein Flugzeug, das vielleicht über den Atlantik flog. Ein Gefühl von tiefer Sehnsucht und auch Traurigkeit ergriff sie. Würde sie jemals ihre Angst überwinden können?

»Es ist nur eine Frage der Zeit, glaube mir.« Es war, als habe Miguel ihre Gedanken erraten. Sie lächelte ihn an, und er zog sie noch fester an sich. Schweigend gingen sie weiter, bis sie vor dem Hotel Atlantic standen.

»Ich muss meine Sachen holen, dann fahre ich zum Flughafen. Das Hotel stellt mir eine Limousine zur Verfügung, ich kann dich vorher nach Hause fahren, oder …«

Isabelle spürte, was er dachte: Ich kann auch erst morgen fliegen, und wir können diese Nacht miteinander verbringen.

Isabelle schüttelte den Kopf und ihr Blick signalisierte ihm ein klares Nein. Da nahm er ihr Gesicht in beide Hände und küsste sie. Erst zart, langsam, sein Mund öffnete ihre Lippen, und er wurde drängender und leidenschaftlicher.

Isabelle aber löste sich.

»Wie damals«, flüsterte sie atemlos, »daran wirst du dich nicht erinnern, aber …«

»Natürlich erinnere ich mich!« Miguel zog sie wieder fest an sich. »Es fiel mir verdammt schwer, dich gehen zu lassen, aber du warst erst fünfzehn.«

»Und du ein Gentleman«, erwiderte Isabelle lächelnd. Er zuckte die Schultern und lachte, dann aber wurde er ernst.

»Ich möchte, dass du zu mir nach Argentinien kommst«, sagte er plötzlich.

»Ich …«

»Meine Cessna ist eine 172, die kannst du bei mir fliegen«, unterbrach er sie. »Und du kannst in eurem Haus wohnen.«

»Miguel, das geht nicht. Abgesehen von meiner Flugangst, wie soll ich spontan eine solche Entscheidung treffen? Und was bedeutet das überhaupt: ich soll zu dir kommen? Wie meinst du das?«

»So, wie ich es gesagt habe.«

Wieder dieser verdammte rasche Herzschlag, heftiger, schneller als zuvor. »Nach einem gemeinsamen Abendessen können wir doch nicht gleich für die Zukunft planen«, gab sie zu bedenken. »Und was hat dich in all diesen Jahren daran gehindert, dich bei mir zu melden?«

»Durch Martina wusste ich einiges über dich. Unter anderem von dem jungen Mann, in den du dich vor Jahren verliebt hast.«

»Ach ja, Jürgen, meine allererste Liebe. Nachdem Schluss war, habe ich mich oft gefragt, wieso er mir gefallen hat.« Isabelle lachte. Ihr Lachen war so erfrischend, dass Miguel unwillkürlich mit einstimmte.

»Ich war eifersüchtig«, gab er dann zu. »Doch vor allem hatte ich damals eine schwere Zeit. Mein Vater und ich gerieten ständig aneinander, es gab große Auseinandersetzungen zwischen uns. Er brauchte lange, bis er bereit war, von seinem Sohn Ratschläge anzunehmen. Aber ich will auch nicht sagen, dass ich wie ein Mönch gelebt habe«, bekannte er. »Trotzdem, irgendwie bist du mir nie aus dem Kopf gegangen. Ich sehe dich noch vor mir, das junge Mädchen in Jeans und kariertem Hemd mit den langen Haaren. An dir war nichts Gekünsteltes wie an den anderen Frauen, die ich kannte.«

»Du hast geheiratet«, erklärte Isabelle ruhig.

»Ja, sie war schwanger, deswegen. Aber die Ehe war von vornherein ein Fiasko.«

Wie alle meine Beziehungen, schoss es Isabelle durch den Kopf. »Ach, Miguel, es geht einfach zu schnell«, sagte sie dann. »Du tauchst plötzlich hier auf, verschwindest nach ein paar Stunden und machst mir so ein Angebot. Das sollten wir uns genau überlegen.« Sie versuchte, vernünftig zu sein. Doch als er sie noch fester an sich zog, legte sie ihren Kopf an seine Schulter. Es fühlte sich gut an und so richtig. War das der Platz in ihrem Leben, den sie immer gesucht, nach dem sie sich gesehnt hatte?

»Du musst nur bei der Lufthansa anrufen und ein Ticket buchen. Es wird bei mir vom Konto abgebucht«, sagte er. Als Isabelle sofort abwehrte, setzte er hinzu: »Ich möchte dir eine Freude machen, nimm es bitte als ein Geschenk von mir an«, murmelte er an ihrem Ohr. »Du kannst bestimmen, wann du kommst. Die Entscheidung liegt bei dir. Und es verpflichtet dich zu nichts. Besuche uns einfach, und wenn du willst, kannst du jederzeit zurückfliegen. Aber gib uns eine Chance, lass es uns riskieren!«

Sie standen eng umschlungen, bis Miguel sich sanft löste.

»Ich muss leider gehen. Adiós. Quiero que vengas«, flüsterte er, und ohne sich noch einmal umzudrehen, verschwand er in der Drehtür des Hotels.

»Aber«, rief Isabelle ihm noch nach, »ich kann doch nicht mehr fliegen.« Sie verstummte, da Miguel sie ja nicht mehr hörte. Nahm er ihre Angst so wenig ernst?

# *Vierzehn*

## Emmanuelle/Paris

*Ende November 1963*

Emmanuelle stand am Fenster, rauchte eine Zigarette und sah auf die Straße hinunter. Es war bereits Abend, und sie hatte den ganzen Tag gezeichnet. Doch sie hatte das Gefühl, keine guten Ideen mehr zu haben. Sie fühlte sich vollkommen leer und ausgebrannt.

Sie sah hinunter zur Tagesbar, und wie jedes Mal dachte sie an Julian. Würde das immer so sein?

»Du rauchst schon wieder.« Chloé hatte den Raum betreten, ohne dass Emmanuelle es gemerkt hatte.

»Eine am Tag wird doch wohl erlaubt sein«, antwortete sie leicht gereizt, drückte die Zigarette dann aber aus.

»Um zwei Uhr war der Vertreter von dieser neuen Firma da. Sie produzieren Seidenstoffe mit den schönsten Mustern im Stil der dreißiger Jahre, aber nur in kleinen Mengen. Jedes Modehaus will sie exklusiv haben, wir müssen uns also mit einer Order beeilen. Er hat auf dich gewartet, wo warst du denn?«

»Ich habe Pierre getroffen«, erklärte Emmanuelle. »Im *Deux Magots*.«

»Und?«

»Er war einige Monate in Lausanne, um ein Haus einzurichten, jetzt ist er zurück.«

»Und?«, wiederholte Chloé, da das nicht alles sein konnte.

»Er hat sich verliebt«, sagte Emmanuelle nach kurzem Zögern. »Er denkt sogar daran, wieder zu heiraten.«

»Das glaube ich nicht«, rief Chloé aus. »Du und Pierre, ihr gehört doch zusammen, ihr wart immer *das* Traumpaar, auch nach eurer Scheidung.«

»Tja, jetzt wohl nicht mehr.« Emmanuelle zuckte die Schultern. »Weißt du, irgendwann musste es so kommen.«

»Ist es die, mit der du ihn damals im Sommer gesehen hast?«

»Ich denke, ja. Ihr Name ist Henriette, und sie ist … sie ist zehn Jahre jünger als ich.«

»Wie fühlst du dich?«

»Nicht gut, aber das hat nichts mit Pierre zu tun. Es ist in Ordnung, wir können ja trotzdem noch befreundet sein.«

»Falls diese Henriette das erlaubt«, erwiderte Chloé lachend. »Also, ich werde mir dann morgen früh die Stoffe ansehen. Vielleicht inspirieren sie mich, wäre ja schön. Du weißt, dass ich eigentlich keine gemusterten Stoffe mag.«

»Diese werden dir aber gefallen.«

Nachdem Chloé gegangen war, blieb Emmanuelle noch eine Weile stehen. Seit den Tagen in Deauville hatten sich ihre Gefühle verändert. Sie war trotz der Trauer ruhiger geworden, gelassener.

Jetzt wusste sie, dass Julian sie geliebt hatte. »Wir haben Deauville«, hatte er gesagt. Sie dachte oft an ihn, und auch wenn es keine Zukunft für sie gab: Auf eine bestimmte Art gehörten sie für immer zusammen.

Gerade als sie ihr Arbeitszimmer verlassen wollte, wurde ein Anruf zu ihr durchgestellt. Ihr Anwalt Lucien Bourdouxe war in der Leitung. Vor einer Begrüßung rief er schon in den Apparat: »Madame Leclerc, wir haben endlich eine Spur.

Eine Frau, eine frühere Krankenschwester, hat sich gemeldet. Die Detektei hatte noch einmal in allen Berliner Zeitungen einen großen Aufruf getätigt.«

»Und?« Mehr brachte Emmanuelle nicht heraus. Ihre Kehle war wie ausgetrocknet, und sie konnte kaum atmen.

»Diese Frau behauptet, am 30. Mai 1933 ein Baby in der Villa der Frau von Denk abgeholt zu haben. Direkt nach der Geburt wurde das Kind an sie übergeben. Sie sollte es zu einem Ehepaar bringen, das im Ausland lebte. Mehr wollte sie nicht sagen, sie will Geld für ihre Auskunft. Viel Geld«, fügte der Anwalt hinzu. »Und wir wissen nicht, ob sie die Wahrheit sagt oder einfach nur abkassieren will. Die Detektei ist in den vergangenen Monaten schon vielen Hinweisen nachgegangen, aber alle liefen ins Leere.«

»Und warum erwähnen Sie diese Frau jetzt?«

»Sie scheint glaubwürdiger zu sein als alle anderen, darum hat mir die Detektei diese Information weitergegeben.«

»Wie heißt sie? Wo wohnt sie?«

»Das hat sie nicht preisgegeben. Sie will erst die Versicherung, dass sie die geforderte Summe bekommt. Dann will sie sich äußern.«

»Wo lebt sie?«

»In Berlin«, antwortete Lucien Bourdouxe.

»Ich bezahle jede Summe.« Emmanuelle klang heiser, und sie konnte kaum einen klaren Gedanken fassen. »Sagen Sie ihr das. Ich fliege sofort zu ihr, ich …«

»Bitte, beruhigen Sie sich. Unternehmen Sie nichts. Wir müssen vorsichtig sein. Außerdem wissen wir nicht, ob noch andere junge Frauen am 30. Mai 1933 in der Villa von Denk entbunden haben. Es kann hier auch eine Verwechslung vorliegen. Wir müssen abwarten.«

»Ich war die Einzige«, erklärte Emmanuelle mit erstickter Stimme, »die an diesem Tag ein Kind zur Welt brachte.«

*

Emmanuelle wartete.

Während dieser Tage telefonierte sie mit Isabelle, die ihr von Miguels Besuch erzählte. Emmanuelle freute sich mit ihrer Schwester, dass sie endlich ein richtiges Rendezvous mit ihm gehabt hatte.

»Und wie geht es weiter?«, fragte Emmanuelle dann vorsichtig.

»Er hat mich nach Argentinien eingeladen. Aber mal sehen«, fügte Isabelle rasch hinzu.

»Es ist wegen des langen Fluges, nicht wahr?«

Es blieb still am anderen Ende der Leitung. Da schwieg auch Emmanuelle, denn was sollte sie sagen? Was halfen schon Worte wie: Es wird schon wieder, bleib optimistisch, du schaffst das schon?

»Ich hab dich lieb, und ich denke an dich«, sagte sie dann. »Und ich drücke dich ganz fest.«

»Danke«, flüsterte Isabelle. »Ich liebe dich auch, große Schwester.«

Zwei Tage später rief Emmanuelle Isabelle an, um über die Recherchen ihres Anwalts zu berichten, in die sie große Erwartungen setzte.

Im September hatte sie ihrer Schwester von den Tagen in Deauville mit Julian erzählt und endlich auch von dem Kind, das sie erwartet und zur Adoption freigegeben hatte. Isabelle war wie elektrisiert gewesen. »Wieso hast du mir das verschwiegen?« Isabelle war verletzt gewesen, dass Emmanuelle über Jahre hinweg nichts erzählt hatte.

Die Reaktion ihrer Schwester aber fiel anders aus, als Emmanuelle es sich erhofft hatte.

»Willst du meine Meinung wissen?«, fragte Isabelle nach einer kurzen Pause.

»Ja, nur zu.«

»Dieses Kind, das du damals zur Adoption freigegeben hast, ist sicher zu Eltern gekommen, die es geliebt haben. Heute ist dieses Kind erwachsen. Es ist vielleicht verheiratet, es hat ein Leben, verstehst du?«

»Nein, das verstehe ich nicht.« Emmanuelle erschrak, da ihre Stimme sehr schroff geklungen hatte. Isabelle jedoch sprach unbeirrt weiter: »Dieser Mann oder diese Frau wird seine Eltern lieben, und da taucht plötzlich eine wildfremde Frau auf und erklärt: Hallo, ich bin deine Mutter. Was glaubst du, wie dieser Mensch sich dann fühlt? Du ziehst ihm das Fundament unter den Füßen weg. Du nimmst ihm alles, worauf sein Leben gebaut ist, vermittelst ihm auch noch die bittere Erkenntnis, dass ihn seine eigene Mutter nicht haben wollte. Ich finde, du solltest damit abschließen.«

Emmanuelle schwieg betroffen. So ähnlich hatte auch Julian sich geäußert. Aber sie hatte geglaubt, bei ihrer Schwester mehr Verständnis und Zuspruch zu finden.

»Es kann aber sein, dass die Adoptiveltern dem Kind gesagt haben, dass sie nicht die leiblichen Eltern sind. Vielleicht sucht das Kind auch nach mir.«

»Das *Kind*«, betonte Isabelle, »ist längst erwachsen und lebt sein eigenes Leben. Du solltest die Vergangenheit hinter dir lassen und einem Menschen nicht seine Wurzeln nehmen.«

»Seine Wurzeln liegen bei mir, bei mir und Julian«, antwortete Emmanuelle heftig.

»Nein«, widersprach Isabelle, »es ist sicher in der Familie verwurzelt, in der es aufwuchs. Lass es gut sein.«

Emmanuelle war enttäuscht. Niemals hätte sie gedacht, dass ihre Schwester so ablehnend reagieren würde. Genau wie Julian.

Dann aber atmete sie tief durch. »Also, ich werde zuerst einmal abwarten, welche Informationen ich von dieser Krankenschwester bekomme. Und dann entscheide ich. Ich will mein Kind einfach nur sehen, verstehst du?« Emmanuelles Ton war bittend geworden. »Ohne dass ich mich zu erkennen gebe. Ich will wissen, wo und wie mein Kind lebt. Ob es glücklich ist«, fügte sie noch hinzu.

»Wenn du *dein Kind, das heute erwachsen ist*«, sagte Isabelle mit Nachdruck, »siehst und Details kennst, dann wird es dir noch viel schwerer fallen, im Hintergrund zu bleiben. Dann fängst du an, eine emotionale Bindung aufzubauen, und das kann nur schmerzlich sein. Denn diese Frau oder der Mann wird nicht verstehen, dass du ihn oder sie als Kind weggeben hast.«

»Ich kann es doch dann erklären«, rief Emmanuelle leidenschaftlich aus.

Doch Isabelle erwiderte etwas, das ihre Schwester zutiefst verletzte: »Zu wissen, dass die eigene Mutter einen nicht wollte – ich glaube nicht, dass man das verzeihen kann.«

Da beendete Emmanuelle das Gespräch und legte auf. Hatte ihre Schwester recht? Würde ihr Kind wirklich so reagieren, wie Isabelle es glaubte?

Die nächsten Tage verbrachte Emmanuele wie im Fieber, unruhig lief sie im Atelier hin und her, nachts konnte sie nicht schlafen, und morgens saß sie bereits sehr früh hinter ihrem Zeichentisch, ohne wirklich einen guten Entwurf zustande zu bringen.

Endlich, am fünften Tag, kam der ersehnte Anruf ihres Anwalts. Er schlug vor, ihr per Kurier ein Dokument zu schicken. »Es ist der Brief der Krankenschwester, der einige Details enthält, die wir überprüft haben. Der Anwalt, den sie in ihrem Schreiben erwähnt, Dr. Frey, ist vor sechs Jahren gestorben, und seine Kanzlei wurde aufgelöst. Wir haben uns erkundigt. Wenn Sie den Brief gelesen haben, können wir telefonieren. Wir haben Frau Kessler die von ihr gewünschte Bestätigung gegeben, dass wir ihr nach Erhalt ihrer Erklärung die geforderte Summe überweisen. Das ist doch in Ordnung, oder?«

»Ja, natürlich«, erwiderte Emmanuelle rasch. »Aber bitte schicken Sie den Kurier sofort los.«

»Ist schon unterwegs«, versicherte der Anwalt, bevor er auflegte.

Emmanuelle ging hinunter ins Büro, um den Kurier zu erwarten.

Als er endlich kam, nahm sie mit zitternden Händen den Brief entgegen und lief die Treppe hoch und in ihr Arbeitszimmer.

Oben begegnete ihr Chloé.

»Ich wollte gerade zu dir.«

»Es geht jetzt nicht, bitte entschuldige. Ich muss einen Moment allein sein.«

»Ist schon gut. Wenn du mich brauchst, ich bin im Atelier.«

Emmanuelle nickte ihr stumm zu und schloss hinter sich die Tür. Sie ließ sich auf den Stuhl fallen und begann zu lesen.

*Ich, Marianne Kessler, versichere, dass meine Schilderung der Ereignisse der Wahrheit entspricht.*
*1933 wurde ich auf eine Zeitungsannonce aufmerksam, in der – gegen großzügige Bezahlung – eine Krankenschwester gesucht wurde, die ein neugeborenes Kind auf einer langen Reise begleiten könne. Ich bewarb mich und stellte mich bei dem Anwalt Dr. Frey, der diese Annonce geschaltet hatte, vor. Mit ihm schloss ich einen Vertrag ab. Die Reisekosten in der ersten Klasse wurden von dem Ehepaar, das das Kind adoptieren wollte, übernommen, auch bekam ich ein sehr hohes Honorar. Meine Rückfahrt in der ersten Klasse eines Luxusdampfers wurde mir ebenfalls bezahlt.*
*Direkt nach der Geburt eines kleinen Mädchens in der Villa der bekannten Frau Paula von Denk, Potsdam, wurde der Säugling mit Namen Rose an mich übergeben. Man hatte sich für mich entschieden, da ich ausgebildete Kinderkrankenschwester bin und in den Jahren 1930 bis Anfang 1933 eng mit einem Berliner Kinderarzt zusammengearbeitet hatte, der große Erfolge mit einer Ersatznahrung für Säuglinge erzielen konnte, einer speziellen für Neugeborene, die keine Muttermilch vertrugen oder deren Mütter nicht stillen und auch keine Amme engagieren konnten.*
*Mir wurde ein Vorrat an diesem Milchpulver für mindestens drei Monate gestellt, außerdem erhielt ich genaue Anweisungen durch den Kinderarzt. Zuerst blieb ich noch zwei Wochen in Berlin und betreute das Neugeborene in meiner Wohnung. Dann wurde Rose, wie mit dem Anwalt vereinbart, von einem Arzt daraufhin untersucht, ob sie kräftig genug sei, um eine so lange Reise zu überstehen. In Berlin wurden mir dann durch den Anwalt Dr. Frey der Pass des Kindes, seine Geburtsurkunde und weitere Dokumente in*

*einem verschlossenen Kuvert übergeben. Die anwaltliche Bestätigung, dass ich berechtigt sei, das Kind nach Buenos Aires zu den Adoptiveltern zu bringen, übergab man mir ebenfalls. Danach flog ich mit dem Säugling von Berlin nach Hamburg und bestieg dort ein Schiff, das über Rotterdam nach Buenos Aires fuhr. Ich wusste wenig über die Adoptiveltern. Die Eheleute hießen Eliane und Franz Huber, und sie lebten schon seit zwanzig Jahren in Buenos Aires.*

*Dort kamen wir ohne Kontrollen an Land, denn die Umstände waren von besonderer Art.*

*Während der gesamten Überfahrt war alles reibungslos verlaufen. Doch einen Tag bevor wir in den Hafen von Buenos Aires einliefen, wurde Rose krank. Sie vertrug das Pulver nicht mehr, erbrach sich wiederholt. Der Körper des Kindes trocknete sehr schnell aus, es wurde apathisch, wimmerte leise, bekam sogar noch hohes Fieber. Der Schiffsarzt war ratlos, konnte keine genaue Diagnose stellen, sondern sagte, es sei ein Brechdurchfall und für das Kind lebensbedrohlich, da es auch keine Flüssigkeit bei sich behalten konnte. Kurz vor der Ankunft sagte er mir, es gäbe für das Mädchen keine Hoffnung mehr. Trotzdem hatte er über Funk einen Krankenwagen angefordert, der am Hafen auf uns warten würde. Bei der Ankunft in Buenos Aires durfte niemand vor uns von Bord, alles wurde abgeriegelt, und der Schiffsarzt mit zwei Stewards brachte mich sofort mit der kleinen Rose als Erste vom Schiff. Zwischen den vielen Wartenden sah ich den Krankenwagen und auch das Ehepaar Huber, das ein großes Schild mit meinem Namen in die Höhe hielt. Frau Huber war natürlich entsetzt über den äußerst kritischen Zustand des Kindes. Weinend übergab ich ihr Rose, ich hatte das*

*Mädchen liebgewonnen; Herrn Huber überreichte ich das Kuvert mit den Dokumenten. Dann erhielt ich, wie vereinbart, mein Honorar. Ich verabschiedete mich und ging.*
*Ich traf das Ehepaar Huber nie wieder, auch erfuhr ich nicht, wann genau das Kind starb.*

*Marianne Kessler,*
*Berlin, den 2. Dezember 1963*

# *Fünfzehn*

## Heloise/Nancy

*Anfang Dezember 1963*

Es war das erste Mal seit Jahren, dass Heloise wieder von Argentinien träumte. Aber in ihren verzerrten dunklen Traumbildern war es ein anderes Land als das, in dem sie gelebt hatten. Im Traum reichte es, furchterregend weit, bis zu einem Horizont, an dem die Sonne verglühte. Sie hörte das Geräusch eines einmotorigen Flugzeugs über sich. Der Motor brummte laut und immer lauter. Erschreckend, bedrohlich.

Heloise fuhr aus dem Schlaf hoch. Sie brauchte Zeit, bis sie erkannte, dass sie in ihrem Bett lag und dass das Brummen von der Straße kam. Sie schwang ihre Beine über die Bettkante, erhob sich, noch ganz schwindlig von ihrem Traum, und erst langsam begriff sie, dass es der Motor eines Lastwagens gewesen war, der vorbeifuhr.

Der Traum beschäftige Heloise über den ganzen Tag hinweg. Bis sie sich in ihrem Schlafzimmer vor ihre Kommode kauerte und die unterste Schublade aufzog, die »Schublade mit Erinnerungen«. Sie nahm nach und nach alte Fotos und Briefe heraus, die sie auf dem Boden ausbreitete.

Zwischen diesem ganzen Durcheinander fand sie schließlich Felix' Tagebuch und schlug wahllos eine Seite auf.

*16. September 1936*
*Ich habe die Einsamkeit der Nacht erlebt, als ich über die Anden flog.*
*Ein eisiger Sturm warf Schnee gegen meine Windschutzscheibe, daher konnte ich nichts mehr erkennen, mich kaum mehr orientieren. Lichter, die ich für einen Flughafen hielt, leiteten mich in die Irre, denn es waren nur die Sterne, die mich dem Himmel entgegenführten und dadurch fast ins Verderben.*
*Das sind Momente, in denen man sich der Natur und ihren Gesetzen unterwerfen muss.*

Heloise erinnerte sich an Felix' Flug über die Anden, der für ihn ein Wunschtraum gewesen war – einer, der ihn aber fast das Leben kostete.

Orientierungslos, ohne Hoffnung, am Ende seiner Kräfte fing er schließlich einen Funkspruch auf, der ihn zu einem Flughafen in Chile leitete. Kaum hatte er die Maschine aufgesetzt, fiel er völlig erschöpft aus dem Cockpit und brach auf der Landebahn zusammen. Es war sein letzter Flug gewesen.

Heloise blätterte in dem Tagebuch wieder zurück auf die ersten Seiten. Dort erzählte Felix ausführlich über die Albatros L 73, mit der er bei der Luft Hansa Ende der zwanziger Jahre seine ersten Nachtflüge geflogen war.

Versunken in die Vergangenheit, sah Heloise das ganze Buch durch. Einige Seiten waren herausgerissen, viele Passagen durchgestrichen, es waren nur noch Fragmente eines Fliegerlebens erkennbar.

»Ich habe mir überlegt, aus meinen Erinnerungen ein Buch zu machen«, hatte Felix einmal zu ihr gesagt. Zu guter

Letzt schien er wieder Energie zu entwickeln, ein wenig hoffnungsvoller in die Zukunft zu blicken, nachdem er seit ihrer Rückkehr nach Deutschland in tiefe Depression gefallen war. Er hatte nach langer Zeit wieder Mut gefasst.

»Zuerst«, hatte er noch am Abend vor seiner Reise nach Paris gesagt, »werde ich mit unserer Tochter reden. Wenn das alles endlich ausgesprochen ist, mache ich mich ans Schreiben. Warum habe ich nicht schon früher daran gedacht?« Doch nur einen Tag später verblutete er auf der Autobahn nach Paris.

Langsam klappte Heloise das schmale ledergebundene Tagebuch zu. Vorne auf dem Einband hatte sie nach seinem Tod ein altes Foto von ihm aus dem Jahr 1932 aufgeklebt: Felix in seiner Fliegerjacke mit hochgestelltem Kragen, die mit Fell gefütterte Ledermütze auf dem Kopf, lässig an eine Junkers Ju 52 gelehnt. Lachend hob er auf dem Foto die Hand, ein gutaussehender, charismatischer Mann.

Nachdenklich ordnete sie zum ersten Mal diese alten Fotos, Zeitungsausschnitte, die Todesanzeige für Felix, ein paar Briefe, und legte dann alles in die Kommode zurück. Sie drückte die Schublade zu, blieb aber auf dem Boden vor der Kommode sitzen.

Sie und Felix hatten die Zeit in Buenos Aires sehr genossen. Sie beide liebten diese aufregende Stadt, auch wenn im Sommer eine schwere Dunstwolke über den Häusern hing, so dass man kaum atmen konnte. Sie waren ins Teatro Colón gegangen, ins berühmte Café Tortoni, und sie schlenderten an den Sonntagen Hand in Hand durch die Straßen. Einmal – und daran erinnerte sie sich ganz besonders intensiv – blieben sie am Rand eines kleinen Platzes stehen. Eine Kapelle spielte Tango, und sie sahen lächelnd den alten Paaren zu, die sich im

Rhythmus drehten, während viele, auch junge Leute einen Kreis um die Tänzer gebildet hatten und sie anfeuerten.

Später hatten Heloise und Felix erfahren, dass es dort jeden Sonntag einen kleinen Tangowettbewerb für Senioren gab. Das aber wussten sie noch nicht, als sie plötzlich selbst in der Mitte der Tanzenden standen und sich drehten, während die Zuschauer Beifall klatschten. Heloise lächelte, als sie daran dachte.

Felix fühlte sich wohl in seiner Position als Berater der Regierung, und vor allem liebte er die Vorträge, die er hielt. Er sprach über seine tollkühnen Flüge bei der Luft Hansa, und die Zuhörer kamen in Scharen und bewunderten ihn, die lebende Legende der Luftfahrt. Es waren zwei schöne Jahre in Buenos Aires gewesen, bevor sich Felix entschied, die Leitung des Flughafens von Claudio Richter zu übernehmen. Die erste Zeit dort in der gewaltigen Natur, der Weite der Pampa, erschien ihnen wie ein neues Abenteuer. Heloise seufzte tief auf. Es hatte keinen Sinn, immer und immer wieder an Argentinien zu denken, an dieses grandiose Land, das sich in ihren Erinnerungen jedoch auch mit Schuldgefühlen und Ängsten verband. Hörten sie damals auf, sich zu lieben, kam das Ende schleichend oder erst nach ihrer Rückkehr, in den Jahren in Deutschland? Lange saß sie bewegungslos auf dem Boden, die Hände in den Schoß gelegt und die Stirn gegen das Holz der Kommode gepresst.

Dann aber zog sie langsam die oberste Schublade auf. Hier lag die Spitzenunterwäsche, die sie für ihre erste Nacht mit Maurice gekauft hatte. Die Dessous hatten ihr für kurze Zeit das Gefühl gegeben, jung zu sein.

Heloise kauerte immer noch auf dem Boden, auch als das Telefon läutete und das Klingeln nicht mehr aufhören wollte.

Seit sie Maurice mit seiner Frau gesehen hatte, ging sie abends ab zehn Uhr nicht mehr an den Apparat. Es war die Zeit, in der Maurice sie sonst angerufen hatte.

Oft dachte sie an den Nachmittag, an dem sie ihn am Bahnhof mit seiner Frau gesehen hatte. Immer wieder sah sie diese Szene vor sich, versuchte sich genau an seinen Gesichtsausdruck zu erinnern, im Nachhinein in seinen Gesten etwas zu erkennen, das ihr die Gewissheit gab, es existiere keine Liebe mehr zwischen den Eheleuten. Doch je genauer sie sich diese Szene ins Gedächtnis rief, desto mehr erkannte sie Zuneigung und tiefe Verbundenheit zwischen den beiden.

Erst zwei Tage danach hatte er sie angerufen. Er entschuldigte sich, er sei ein wenig krank gewesen, erzählte auch noch, welches Medikament er nahm, und irgendwann erwähnte er kurz die Rückkehr seiner Frau. Heloise hatte versucht, kühl zu bleiben, als sie ihm sagte, sie habe sie zusammen gesehen, und jetzt könne sie die Beziehung nicht mehr weiterführen.

»Ich möchte nicht deine billige Affäre sein«, stieß sie plötzlich unter Tränen hervor.

Sie hatte gespürt, wie ihre Worte ihn trafen. Stotternd fragte er, wie sie denn auf so einen Unsinn komme. Ja, natürlich habe er seine Frau abgeholt, das habe er ihr doch erzählt.

»Und du hast doch gewusst, dass ich verheiratet bin, ich habe dich nie belogen.«

Er verstand Heloise nicht. Er rief wieder an, schrieb ihr sogar einen kurzen Brief, bat sie um ein Gespräch, doch Heloise zerriss das Schreiben. Einmal klingelte es an der Haustür, dann mehrmals, doch Heloise rührte sich nicht.

Ein anderes Mal sah sie ihn auf dem Platz vor ihrem Haus sitzen und zu ihr herüberblicken. Nur durch Zufall hatte sie ihn entdeckt, als sie durchs Küchenfenster nach dem Wetter sah. Sie hatte ihm doch gesagt, dass es vorbei sei. Warum akzeptierte er das nicht?

Aber offenbar konnte er es nicht, genauso wenig, wie es ihr gelang. Sie horchte weiter nach draußen. Jedes leise Geräusch vor ihrem Haus brachte ihr Herz ins Stolpern. Stand Maurice vor ihrer Tür und wartete auf sie?

Jetzt war es still, und Heloise zog sich an der Kommode hoch. Wieder läutete das Telefon. Und dann noch einmal. Aber es konnte auch etwas passiert sein, sagte sie sich und ging mit zögernden Schritten in die Diele. Sie atmete tief durch und griff nach dem Hörer.

Es war Emmanuelle. Ihre Stimme klang beunruhigt.

»Was ist los mit dir? Ich habe schon so oft versucht, dich zu erreichen, und Isabelle erreicht dich auch fast nie.«

»Nein, nein, alles in Ordnung«, erklärte Heloise hastig. Emmanuelle machte eine kleine Pause, bevor sie weitersprach. »Ich muss dir eine Frage stellen.«

Heloise erschrak. Aus der Stimme ihrer Tochter hörte sie heraus, dass Emmanuelle etwas ernsthaft beschäftigte. »Was ist denn?«, fragte sie nervös.

»Hattet ihr damals Kontakt zu anderen Deutschen in Buenos Aires?«

»Nein, überhaupt nicht. Als dein Vater Berater war, blieben wir ganz für uns. Später, als wir dann in der Pampa lebten, waren wir mit dem Ehepaar Richter befreundet und kannten die Besitzer der Haciendas, die zu den großen Festen kamen. Warum willst du das wissen?«

»Nun, ich dachte, ihr hättet vielleicht jemand in Buenos Aires gekannt. Seid ihr dort zufällig einmal einem deutschen Ehepaar namens Huber begegnet?«

»Wieso?«

Emmanuelle hielt erneut inne, bevor sie unsicher fortfuhr. Dieses Thema hatte immer zwischen ihr und ihrer Mutter gestanden. Doch dann erzählte sie von den Nachforschungen, die sie nach all den Jahren endlich angestellt habe, dem Brief Marianne Kesslers und von der kleinen Rose – *»mein Kind!«* –, die offenbar bei der Ankunft in Buenos Aires gestorben war.

»Und ist es nicht seltsam«, betonte Emmanuelle. »Buenos Aires, ausgerechnet dort, wo auch ihr hingezogen seid.«

Als ihre Mutter nichts sagte und auch sonst nicht reagierte, setzte Emmanuelle hinzu: »Nun ja, es gibt ja die merkwürdigsten Zufälle.«

»Ja, die gibt es«, erklärte Heloise, deren Stimme gehetzt und zittrig klang.

»Ich sollte die Sache wohl auf sich beruhen lassen. Also, Maman, ich muss aufhören, wir haben jetzt noch eine Anprobe, die sicher die halbe Nacht dauern wird. Chloé ruft bereits nach mir. Salut.«

»Salut«, antwortete Heloise tonlos. Sie verharrte noch lange in der Diele, nachdem sie den Hörer aufgelegt hatte.

Dann ging sie in die Küche und stellte sich ans Fenster, verborgen durch den zugezogenen Vorhang, den sie nur an der Seite ein wenig lupfte.

Alles war still und dunkel auf dem Platz. Heloise wusste, nur ein paar Straßen weiter herrschte bereits vorweihnachtlicher Betrieb, funkelten Lichter, und jedes Schaufenster war festlich dekoriert. Langsam ließ sie den Vorhang fallen und ging mit schweren Schritten wieder in ihr Schlafzimmer. Sie legte sich in ihren Kleidern aufs Bett und zog die Decke über sich. Und dann ließ sie ihren Tränen freien Lauf.

# *Sechzehn*

## Emmanuelle/Paris

Emmanuelle griff immer wieder nach dem Brief von Marianne Kessler. Doch je öfter sie ihn las, desto unsicherer wurde sie

Ihre Mutter hatte kaum etwas gesagt, nicht einmal wirklich reagiert, als sie ihr Fragen stellte.

Ausgerechnet Buenos Aires – es gab diese verrückten Zufälle im Leben. Viele Deutsche lebten in Argentinien. Emmanuelle hatte damals in der Denkschen Villa gehört, dass sich sogar kinderlose Ehepaare aus dem Ausland für die Neugeborenen interessierten, die bei Paula von Denk auf die Welt kamen.

Gleich nach Kriegsende, noch im Jahr 1945, war sie mit Pierre nach Potsdam gefahren. Doch die Villa war bei einem Bombenanschlag der Royal Air Force zerstört worden, ebenso das Rathaus mit dem zuständigen Standesamt. Sie hatte sich damals viel davon versprochen, geglaubt, die Adoptiveltern ausfindig machen zu können. Enttäuscht war sie zurück nach Deauville gefahren, da keine Nachforschungen mehr möglich waren.

Sie sollte das alles auf sich beruhen lassen und mit der Vergangenheit abschließen. In einem plötzlichen Impuls griff Emmanuelle nach dem Brief von Marianne Kessler und zerriss ihn. Vorbei, es war vorbei, sie musste es akzeptieren. Ihr Kind war tot. Gestorben einige Wochen, nachdem sie es zur Welt gebracht hatte. Manchmal verspürte sie noch den tiefen

Schmerz, wenn sie an den Moment dachte, als man ihr das Kind wegnahm.

Damals, als sie nach Deauville zu Tante Simone gekommen war, sprach sie nie über ihren schweren Verlust, über die Sehnsucht nach ihrem Kind. Sie konnte es nicht, und es hätte auch nichts bewirkt, denn für sie war es verloren, sie hatte sich ja vertraglich verpflichtet. Doch sie hatte all die Jahre so oft an ihr Kind gedacht: wie alt es jetzt war, wie es wohl aussah, wo es aufwuchs, mit wem es spielte. Dabei war es offenbar schon lange tot gewesen.

In den nächsten Tagen fand Emmanuelle nicht in die Arbeit zurück. Sie blieb in ihrer Wohnung und versuchte, dort zu zeichnen. Ihre Gedanken jedoch beschäftigen sich nicht mit der nächsten Kollektion, sondern mit ihrem Kind. Obwohl sie entschieden hatte, die Vergangenheit ruhen zu lassen. Dann dachte sie an Julian.

Hatte er nicht das Recht zu erfahren, was mit seinem Kind geschehen war? Doch immer wieder kamen ihr Zweifel. Denn wie konnte es endgültige Gewissheit geben?

Emmanuelle hatte mit ihrem Anwalt gesprochen, aber der meinte nur, es sei aussichtslos, nach dreißig Jahren in einem südamerikanischen Land die Sterbeurkunde eines deutschen Babys zu finden, das wahrscheinlich schon tot angekommen war.

»Und dieses Ehepaar Huber? Kann man nicht nach ihnen suchen?«

Doch ihr Anwalt hatte nur gelacht. »Das war vor dreißig Jahren. Geben Sie es auf, Madame Leclerc«, war seine Meinung.

Emmanuelle sehnte sich danach, mit Julian darüber zu sprechen, seine Meinung zu hören. Aber Emmanuelle wusste auch: Wenn sie wieder Kontakt mit ihm aufnahm, verstieß sie gegen die gemeinsam getroffene Entscheidung, einander loszulassen. In Deauville hatten sie die Vergangenheit aufleben lassen, aber die Gegenwart gehörte ihnen nicht mehr.

*

Es war noch nicht einmal acht Uhr morgens, als Emmanuelle völlig übermüdet ihr Arbeitszimmer im Salon betrat, in ihrer Mappe wenige Zeichnungen, das magere Ergebnis der letzten Nacht, die sie durchgearbeitet hatte.

Völlig gerädert ließ sie sich auf den Stuhl vor ihrem Zeichentisch fallen und barg ihr Gesicht in den Händen. Sie sah erst hoch, als Chloé mit einer Tasse Kaffee vor ihr stand.

»Ich habe geklopft«, erklärte sie und hielt ihrer Freundin die Tasse hin.

»Tut mir leid«, seufzte Emmanuelle, »ich bin völlig am Ende, vor allem, weil ich nichts wirklich Brauchbares habe.«

Sie öffnete die Mappe, nahm ihre Skizzen heraus und schob sie Chloé über den Tisch zu. Dann nahm sie ihrer Freundin die Tasse ab und trank einen gierigen Schluck des heißen starken Kaffees.

»Na ja, wir haben noch Zeit«, versuchte Chloé, sie zu trösten. Ihre Blicke trafen sich – beide wussten sie, dass es nicht stimmte. »Ich schaue die Skizzen später durch«, schlug Chloé vor. »Die Stoffmuster für die bedruckten Seidenkleider sind schon da, komm mit!«

»Da bin ich ja gespannt.« Emmanuelle erhob sich sofort, und zusammen gingen sie zum Atelier.

Im Raum gegenüber, dessen Tür offen stand, war das Radio auf volle Lautstärke gestellt. Emmanuelle blieb kurz stehen, denn Radio France gab eine Meldung durch:

> Eine Maschine der Pan American Airlines ist abgestürzt. Die Boeing 707 war auf dem Weg von Costa Rica nach Philadelphia mit Zwischenstopp in Baltimore. Sie war in ein schweres Gewitter geraten und wurde vom Blitz getroffen, während sie in der Warteschleife kreiste. Das Unglück, bei dem der Tank in der linken Tragfläche explodierte, ereignete sich um 20.58 Uhr Ortszeit. Alle einundachtzig Menschen an Bord starben.

»Furchtbar«, sagte Chloé, »was für eine Tragödie.«

»Ja, entsetzlich«, stimmte Emmanuelle ihr zu, dann gingen sie zusammen weiter die Treppe hoch ins Atelier.

Emmanuelle verbrachte den Tag mit Anproben, nahm ihre Termine wahr. Sie trank Kaffee und nochmals Kaffee, während sie mit Chloé die neuen Skizzen durchsah, mit ihr besprach, welche Entwürfe aus der vergangenen Sommerkollektion man ein wenig abändern und neu variieren konnte. Emmanuelle wusste, dass sich Chloé Sorgen machte, denn bis jetzt gab es noch kaum einen wirklich guten neuen Entwurf.

Gegen Abend nahm Emmanuelle eine Kopfschmerztablette und öffnete in ihrem Arbeitszimmer das Fenster. Kalte Winterluft strömte herein, als sie sich weit hinausbeugte. Durch die offene Tür der Tagesbar sah sie die vielen Menschen, die sich um die Theke drängelten. Sie war müde, vollkommen leer im Kopf, also entschloss sie sich, nach Hause zu gehen. Sie musste sich einfach hinlegen.

Auf dem Weg zu ihrer Wohnung schlug sie den Kragen ihres Mantels hoch, denn ein leichter Schneeregen setzte ein, die Flocken blieben in ihren Haaren hängen und flogen ihr ins Gesicht. Als sie zu Hause ankam, schaffte sie vor Müdigkeit kaum noch die ersten Stufen zu ihrer Wohnung hoch.

Da wurde die Haustür aufgedrückt, und eine Stimme rief: »Madame Leclerc!«

Emmanuelle drehte sich um. Margerie, das neue Lehrmädchen, lief auf sie zu und schwenkte ein Kuvert in der Hand.

»Ein Telegramm für Sie, es ist gerade gekommen, und Madame Chloé wollte, dass ich es Ihnen sofort bringe.«

Langsam ging Emmanuelle die ersten Stufen wieder hinunter, ihre Beine trugen sie kaum mehr, als sie den Umschlag nahm, den Margerie ihr entgegenhielt.

»Danke«, sagte sie verwundert, lächelte dem Mädchen zu.

Während sie die Treppe hochging, riss sie bereits das Kuvert auf.

Ein Telegramm an sie, geschickt von einem Jon Scott, aufgegeben in Baltimore, Maryland.

# *Siebzehn*

## Julian Kröger/Baltimore

Der Pan-Am-Flug Nummer 214 nach Philadelphia wurde aufgerufen. Julian David Kröger erhob sich, umarmte Jon Scott zum Abschied und ging zum Gate. Dort drehte er sich noch einmal um. Jon hob die Hand und winkte ihm lächelnd zu.

Jon war Julians bester Freund, ihm hatte er sich anvertraut und von den Tagen in Deauville mit Emmanuelle Leclerc erzählt. Auch von der Entscheidung, seine Frau und seine Tochter nicht zu verlassen, obwohl er Emmanuelle liebte. Er hatte befürchtet, dass sein Freund ihn verurteilen würde – immerhin hatte Julian seine Frau Helen betrogen. Aber Jons Verständnis für seine innere Zerrissenheit hatte ihm gutgetan, und sie hatten vereinbart, sich jetzt wieder öfter zu treffen. Daran dachte Julian, als er die Maschine betrat, sich auf seinen Platz setzte und sich anschnallte.

»Boarding completed«, hörte er mit halbem Ohr die Stewardess sagen. Gedankenverloren sah er durchs Fenster, wie die Maschine abhob und langsam hochstieg. Jon war besorgt gewesen, denn die Wettervorhersage sei bedrohlich, er habe sich erkundigt. Doch Julian hatte gelacht. Es werde schon alles gutgehen. Er hoffe nur, in Philadelphia noch die letzte Maschine nach New York zu bekommen.

»Morgen fliege ich dann in aller Frühe über Hamburg nach Frankfurt.«

Julian hatte seinem Freund erzählt, dass er Isabelle, Emmanuelles Schwester, in Hamburg treffen wollte.

»Aber sie weiß noch nicht, dass ich sie einfach mit in den Flieger nach Frankfurt nehmen werde.«

»Warum machst du das?«, hatte Jon erstaunt gefragt. »Weil sie Emmanuelle Leclercs kleine Schwester ist?«

»Nein, das hat mit Emmanuelle gar nichts zu tun. Isabelle Lambert ist eine mutige junge Frau, Aber sie hat seit einem Zwischenfall, der fast zum Absturz führte, massive Flugangst. Aus persönlichen Gründen möchte sie unbedingt nach Buenos Aires fliegen, schafft es aber nicht, ein Flugzeug zu betreten. Ich glaube, es gibt dort einen jungen Mann, den sie treffen will«, erzählte er weiter, »sie hat es zwar nicht ausgesprochen, aber irgendwie habe ich das im Gefühl.«

»Und da nimmst du sie einfach mit in den Flieger?« Jon hatte gelacht.

»Ja, ich will ihr helfen. Sie soll keine Zeit zum Nachdenken haben. Ich besorge vorab ein Ticket, und in Frankfurt setze ich sie dann in die Maschine nach Buenos Aires.«

Jon hatte ihm einen überraschten Blick zugeworfen, aber geschwiegen. Julian lächelte, als er jetzt daran dachte. Jon hatte ihn fragend angesehen, und Julian ahnte, was sein Freund in diesem Moment gedacht hatte: Wieso die Schwester? Gab es etwas, das ihm sein Freund verschwieg?

Julian aber empfand echte Zuneigung und auch Bewunderung für Isabelle, eine so mutige junge Frau. Sie war fürs Fliegen geboren, er spürte es – diese Leidenschaft, die ihr Vater und auch er selbst besaßen. Er wollte sie in ihrem großen Wunsch unterstützen, denn sie schien sonst niemanden zu haben, der dafür Verständnis hatte und sich für sie einsetzen wollte.

Die Maschine erreichte ihre Flughöhe und brummte gleichmäßig dahin. Es wurde serviert, und die Stewardess fragte ihn, ob er etwas trinken wolle, doch Julian lehnte ab.

»Wirst du deine berühmte Modeschöpferin wiedersehen?«, hatte Jon ihn gefragt, als sie vor seinem Haus ins Auto stiegen, um zum Flughafen zu fahren.

»Nein«, wehrte Julian ab, »das werde ich nicht.«

Doch Emmanuelle beherrschte seine Gedanken, seine Gefühle.

Als er aus Deauville nach Frankfurt zurückkam, hatte er die Absicht gehabt, seiner Frau von diesen Tagen zu erzählen. Aber Helen hatte keine Zeit für ein ruhiges Gespräch, manchmal übernachtete sie sogar im Institut, ihre Arbeit dort nahm sie ganz in Anspruch. Sie spürte nicht, dass Julian sich verändert hatte.

Er beobachtete Helen, wenn sie nach Hause kam. Sie sprach wenig mit ihm über ihre Arbeit, aber sie redete oft stundenlang am Telefon mit einem Kollegen.

»Ihr seht euch doch jeden Tag, musst du dann abends auch noch mit ihm telefonieren?«, hatte er sie, halb lachend, halb verärgert, gefragt.

»Er versteht mich«, war ihre lapidare Antwort. »Du kannst dich ja nur über Flugzeuge und die Fliegerei unterhalten.«

Das hatte ihn getroffen. »Es ist doch mein Beruf.«

So entfernten sie sich nach sechzehn Jahren Ehe immer mehr voneinander. Julian hatte die Entscheidung, die Pan Am zu verlassen und noch ein paar Jahre bei der Lufthansa zu fliegen, vor allem seiner Familie wegen getroffen. Er wollte seiner Ehe eine neue Chance geben, da sie sich bereits in New York auseinandergelebt hatten. Aber auch in Frankfurt saßen sie sich meist schweigend beim Essen gegenüber und hatten sich nichts zu sagen. Ihre Tochter Charlotte ging in ein Internat außerhalb von Frankfurt, und nach dem Abitur wollte sie zurück nach Amerika, um dort zu studieren.

Mit Jon hatte Julian sich an die vielen guten Jahre bei der Pan Am erinnert, und als sie zum Flughafen fuhren, schlug Jon ihm noch vor, sich in New York unbedingt den neuen Pan Am Tower anzusehen.

»Vielleicht kannst du dich mit einem Hubschrauber von Idlewood aus hinfliegen lassen«, meinte er. »Ich kann ein paar Leute anrufen. Von dort oben hast du einen gigantischen Blick über New York.«

Doch Julian schüttelte den Kopf. »Ich muss wirklich ganz schnell zurück nach Frankfurt, ich habe dann drei Tage frei, und vielleicht fliege ich …«

Er hatte es nicht ausgesprochen.

Aber er spürte, wie stark sein Wunsch war, nach Paris zu fliegen. Zu Emmanuelle.

Auch jetzt dachte er wieder an sie. Brauchte ihn seine Familie überhaupt? Helen jedenfalls kam ohne ihn zurecht, immer mehr gab sie ihm dieses Gefühl. Seine Tochter war von ihrer Mutter schon als Kind zur Selbständigkeit erzogen worden, und in ein paar Jahren ging sie sowieso zurück nach Amerika.

Tief in seinen Gedanken versunken, hörte Julian kaum die Durchsage des Piloten, sie würden wegen des starken Gewitters in einer Warteschleife fliegen.

Er lehnte sich zurück und schloss die Augen. Ein ungeheurer Gedanke war ihm gekommen. Konnte er vielleicht sogar frei sein? Frei für Emmanuelle? Helen und Charlotte würden ihn kaum vermissen. Noch nie war ihm das so klar gewesen. Er konnte sich entscheiden, für ein … Leben mit Emmanuelle!

Julian öffnete die Augen und warf einen Blick durchs Fenster. Ein greller Blitz blendete ihn, Flammen schlugen aus der Tragfläche, sein Mund öffnete sich zu einem stummen Schrei. Wie ein Feuerball stürzte die Maschine durch die Luft.

# *Achtzehn*

## Isabelle/Hamburg

Eisige Windböen schlugen vom Meer herein und warfen dichten Schnee gegen Häuser und Bäume. Isabelle kämpfte gegen den Wind und gegen ihren tückischen Schirm, der umklappte und den die Böen ihr fast aus den Händen rissen.

Der Schneesturm war so plötzlich hereingebrochen, dass sich kaum jemand dagegen schützen konnte. Es war noch früher Morgen, Männer in Anzügen und Trenchcoats hielten sich Aktentaschen oder Zeitungen über den Kopf, während sie mit der anderen Hand nach einem Taxi winkten oder die Straßen entlang zu ihren Büros hasteten.

Isabelle wollte nur schnell Kaffee kaufen und sich eine Zeitung holen. Sie freute sich auf den Nachmittag, denn Julian Kröger wollte für drei Stunden nach Hamburg kommen und sich mit ihr treffen. Er hatte sie am Vortag noch kurz aus Baltimore angerufen.

»Na«, hatte er sie gefragt, »sind die Koffer für Buenos Aires schon gepackt?«

Isabelle hatte gelacht. »Eigentlich schon.«

Aber wie soll das gehen?, fügte sie in Gedanken hinzu. Die Flugangst ließ sich nicht einfach so wegpusten.

Martina hatte ihr geschrieben: Wann sie denn endlich käme? Auch Miguel warte schon ungeduldig auf sie.

Sollte sie wirklich fliegen, würde das bedeuten, dass sie in diesem Jahr über Weihnachten nicht in Europa wäre. Es wäre das erste Fest, das sie nicht wie in den letzten Jahren mit ihrer Mutter in Nancy feiern würde.

Silvester verbrachte sie dagegen stets in Paris bei Emmanuelle, meist hatten sie mit Pierre, Chloé und deren Lebensgefährtin gefeiert.

Als Isabelle von ihren Plänen erzählte, hatte ihre Schwester ihr nur erklärt, sie solle das tun, was für sie wichtig sei, und sich auf keinen Fall gebunden fühlen. Doch ihre Mutter war zutiefst erschrocken gewesen, als sie davon hörte.

»Warum nicht?«, hatte Isabelle ihre Pläne verteidigt. »Ich wollte schon immer einmal dorthin zurück, das weißt du doch, das habe ich oft gesagt. Ich bin dort aufgewachsen, und auf eine Art ist es meine Heimat.«

»Deine Heimat?« Heloise hatte ungehalten reagiert. »Deine Heimat ist hier, bei uns, deiner Familie.«

Bevor Isabelle antworten konnte, sprach ihre Mutter schon weiter.

»Entschuldige«, murmelte sie, »ich muss aufhören, mir geht es nicht gut. Ich verstehe ja, dass du nach Argentinien willst, vor allem, da deine Freundschaft mit Martina wieder intensiver geworden ist.«

»Maman, ich weiß noch gar nicht, ob ich fliege. Meine Flugangst ist ja nicht plötzlich verschwunden.«

»Ich will, dass du glücklich bist. Bitte denke daran, dass ich immer nur das wollte«, flüsterte Heloise nur und hängte rasch ein.

Ihr Verhalten beunruhigte Isabelle. Aber ihre Mutter benahm sich schon die ganzen letzten Monate über eigenartig. Isabelle versuchte, ihren Schirm unter Kontrolle zu bekommen, ihn zusammenzuklappen, da er sowieso nichts nützte und sie bereits komplett durchnässt war.

Sie lief noch schnell zum Kiosk. Die beiden Ständer davor waren umgefallen, die Zeitungen lagen auf der nassen Straße, doch der Besitzer blieb offenbar lieber im Warmen.

Isabelle bückte sich, in der einen Hand den Schirm und ihre Einkaufstasche, mit der anderen zog sie unter großen Mühen eine Tageszeitung unter dem Ständer hervor.

> **Flugzeugabsturz in Baltimore,** USA
> Gestern Abend, Ortszeit 20.58 Uhr, stürzte der Pan-Am-Flug Nummer 214 kurz vor Philadelphia ab. Die Maschine wurde während des Fliegens von Warteschleifen von einem Blitz getroffen, wodurch sie in der Luft explodierte. Sie zerschellte bei Elkton, Maryland, auf offenem Gelände. Alle einundachtzig Menschen an Bord starben.

Isabelle ließ den Arm mit dem Schirm und der Tasche sinken. Der Schnee peitschte auf sie herunter. Sie blieb wie erstarrt stehen, gelähmt von einer furchtbaren Erkenntnis.

*

Es war Walter Herrmann, der sie anrief und noch einmal bestätigte, was Isabelle längst geahnt hatte. Julian hatte in der Maschine gesessen. Es gab keine Hoffnung mehr.

»Ich bin in Hamburg, komm, Kleines, lass uns treffen.«

Zuerst wollte Isabelle nicht, doch dann ließ sie sich überreden. Alles war besser, als allein zu Hause zu sitzen. Wusste Emmanuelle Bescheid? Doch die Zeit drängte, Walter wartete bereits auf sie, und so beschloss Isabelle, ihre Schwester erst anzurufen, wenn sie nach Hause zurückkam.

Der Sturm hatte sich gelegt, und es fielen nur noch ein paar vereinzelte Schneeflocken vom grauen Himmel. Sie traf Walter in einer kleinen Teestube, sie tranken Darjeeling, in den Walter einen kräftigen Schuss Rum goss. »Du brauchst das jetzt«, entschied er, »du siehst schrecklich aus, Kleines.«

Walter und sie saßen lange zusammen und redeten. Auch ihm vertraute Isabelle nun an, wie stark sie seit dem Beinahe-Absturz unter Flugangst litt. Und dass Julian einen Plan gehabt habe, um sie davon zu »heilen«. Als Walter die Tränen sah, die jetzt über Isabelles Wangen liefen, griff er betroffen nach ihrer Hand. »Ich habe nicht gewusst, dass er dir so viel bedeutet hat.«

Isabelle konnte nur nicken, sie suchte in ihrer Handtasche nach einem Taschentuch, schneuzte sich lautstark und nickte wieder, reden konnte sie nicht.

Es dauerte, bis sie nach ein paar Tassen Tee mit reichlich Rum erzählte, wie sehr sie Julian Kröger gemocht hatte. Er hatte sie ernst genommen in ihren Ambitionen. »Julian Kröger hat angedeutet, er wolle mir helfen, und mich gefragt, ob meine Tasche für die Reise nach Buenos Aires schon gepackt sei.« Wieder schossen Isabelle die Tränen in die Augen.

»Vielleicht wollte er dich einfach in den Flieger nach Buenos Aires setzen«, schlug Walter vor.

»Wie hätte das denn gehen sollen? Ich habe doch kein Geld für einen Flug.«

»Nun, da hätte sich Julian …«

Isabelle unterbrach ihn sofort. »Nein, der Flug ist sehr teuer, das hätte ich niemals angenommen.«

Sie dachte an Miguel, der sofort bereit gewesen war, alle Kosten für sie zu übernehmen. »Weder von ihm noch von jemand anderem«, setzte sie noch hinzu.

Während sie sich die Tränen trocknete und in den grauen Tag hinaussah, hörte sie Walter fragen, warum sie denn nicht mit dem Schiff fahren wolle.

»Oder hast du da auch Angst?« Besorgt sah er sie an. Isabelle verneinte. »Aber billig ist das ja auch nicht gerade.«

»Lass mich nur machen«, erklärte er, »ich melde mich in ein paar Tagen bei dir. Ich kenne eine Menge Leute bei den Reedereien.«

Nachdem sie sich verabschiedet hatten, ging Isabelle mit einer kleinen neuen Hoffnung nach Hause und rief abends Emmanuelle an. Doch sie erreichte ihre Schwester nicht.

Erst am nächsten Tag erfuhr sie von Chloé, dass Emmanuelle nach Deauville abgereist sei und man sie nicht stören dürfe. Selbst Chloé nicht. Emmanuelle habe ein Telegramm erhalten, in dem stand, Julian David Kröger sei Passagier der abgestürzten Pan-Am-Maschine gewesen.

»Ein Freund von Julian hat es an sie geschickt, ein gewisser Jon Scott.«

»Sie ist ganz allein nach Deauville?«, wollte Isabelle wissen. »Chloé, sie braucht doch gerade jetzt jemanden, der für sie da ist. Sicher geht es ihr furchtbar schlecht. Soll ich nicht kommen?«

»Nein«, wehrte Chloé ab. »Wenn Emmanuelle allein sein will, dann sollten wir das respektieren. Und du, chérie, musst kein schlechtes Gewissen haben.«

Isabelle schloss für einen Moment die Augen, dachte nach. »Dann richte Emmanuelle aus, dass ich bereits übermorgen ein Frachtschiff nach Buenos Aires besteige. Sie soll sich bitte keine Sorgen machen«, setzte sie noch hinzu, in dem Wissen, dass Emmanuelle sich bei dieser Neuigkeit natürlich Sorgen machen würde. »Und bitte sage ihr auch, wie leid es mir für sie tut und dass ich so gern für sie da gewesen wäre.«

»Ja, ja, chérie, mach ich, natürlich, aber was hast du vor?«

»Ich wollte doch schon seit langem nach Argentinien. Und fliegen kann ich immer noch nicht. Ein alter Freund hat mir eine Stelle auf diesem Schiff besorgt. Das ging alles ganz schnell. Offiziell als Sekretärin, ich glaube aber, ich soll ›Mädchen für alles‹ sein, Post und Rechnungen schreiben, die wenigen Passagiere betreuen. Die Reederei hat händeringend jemand gesucht. Es wird schlecht bezahlt, aber meine Überfahrt ist dadurch umsonst.«

Chloé schwieg lange, dann hatte sie nur geseufzt und ihr eingeschärft, sich vom Schiff aus zu melden. Und Isabelle versprach es. »Und bitte kümmere du dich um Emmanuelle«, bat Isabelle noch eindringlich.

»Du weißt doch«, antwortete Chloé, »dass ich immer für sie da bin. Wenn sie es zulässt«, fügte sie noch leise hinzu. »Und du, pass auf dich auf.«

»Mach ich«, versprach Isabelle.

Als sie drei Tage später an Bord der »Gundula I« ging und der kalte Wind ihr um die Ohren wehte und an ihren Haaren riss, atmete sie tief ein. Seit langer Zeit fühlte sie sich zum ersten Mal wieder lebendig, sie stand am Beginn eines neuen Abenteuers.

Argentinien wartete auf sie.

# *Neunzehn*

## Isabelle/Argentinien

Drückende Schwüle lag über der Stadt, als die »Gundula I« in den Hafen von Buenos Aires einlief. Isabelle ging von Bord und wurde von ihrer Freundin Martina überschwenglich begrüßt und umarmt. Da Isabelle ein wenig schwankte, nahm ihre Freundin sie fest am Arm und ließ sie auch nicht los, bis sie vor ihrem Auto standen.

»Offenbar muss ich mich an festen Boden erst wieder gewöhnen«, murmelte Isabelle, während Martina die Wagentür öffnete und sie auf den Beifahrersitz schob. »Obwohl wir ja sogar einen Zwischenstopp in Rio gemacht haben.«

»Du bist ganz blass«, stellte Martina fest, »es ist wohl doch besser, wir fahren sofort nach Hause. Ich dachte ja, wir machen eine kleine Stadtrundfahrt, so nach dem Motto ›Erinnerst du dich noch‹.«

»O nein«, stöhnte Isabelle, »bitte gleich nach Hause. Die Wochen auf dem Schiff waren sehr anstrengend.«

»Bist du seekrank geworden?«, wollte Martina wissen, während sie sich hinters Steuer setzte und den Wagen anließ.

Isabelle nickte. »In den ersten beiden Wochen war das Meer sehr unruhig, und mir war ständig übel, aber dann ging es.«

»Also, wir waren ja alle geschockt, als wir gehört haben, dass du auf einem Frachter angeheuert hast.«

»Miguel auch?«, wollte Isabelle wissen.

Martina warf ihr einen schnellen Seitenblick zu. »Nein, er nicht, er bewundert dich dafür.«

Jetzt lächelte Isabelle. Miguel verstand sie also.

»Nun erzähle«, sagte Martina, »war es schlimm?«

»Irgendwann gewöhnt man sich an alles. Selbst an eine Kajüte unter Deck, ein schmales Bett, ein winziges Waschbecken, an schwankenden Boden und an Stürme. Aber die ganze Besatzung war ungeheuer nett.«

»Und die bestand wirklich nur aus Männern?«

»Ja.« Isabelle lachte über den irritierten Ton in Martinas Stimme.

»Aber ich kann jetzt morsen und funken, das ist doch etwas. Und ich kann dich beruhigen«, setzte sie noch hinzu. »Es war auch eine Gruppe englischer Touristen an Bord, fünf Frauen und vier Männer, die schliefen direkt in den Kajüten neben mir. Außerdem hat der Kapitän auf mich aufgepasst.«

Martina schüttelte nur den Kopf. »Ich hätte niemals den Mut dazu. Ach, sieh mal«, forderte sie ihre Freundin auf, »wir überqueren die Plaza de Mayo, und dort, rechts, siehst du? Die Casa Rosada, der Regierungssitz.«

»Ich weiß«, war Isabelles Antwort. »Ich kenne Buenos Aires doch noch, wir sind ja manchmal mit deiner Mutter in die Stadt gefahren.«

»Du warst selten dabei«, widersprach Martina, »du hast dich lieber im Pferdestall und auf dem Flugplatz herumgetrieben.«

»Das stimmt.« Isabelle erinnerte sich nicht gern an die Millionenstadt, die zwar »Gute Lüfte« hieß, für sie aber immer schon gleichbedeutend war mit Hitze, überfüllten Straßen, Lärm und Benzingestank.

»Ich verstehe dich nicht, Martina, dass du nicht auf der Estancia wohnst, die Villa ist doch so riesengroß.«

»Ich liebe die Stadt«, erklärte ihre Freundin, »ich habe hier immer schon gern gewohnt, auch als ich noch nicht verheiratet war. Buenos Aires hat ein ganz besonderes Flair, immer noch geprägt von Evita Perón. Glaub mir, das spürt man, auch noch über ein Jahrzehnt später. Weißt du«, Martina kicherte, »Anfang der fünfziger Jahre habe ich mir die Haare blond färben lassen, kannst du dir das vorstellen? Aber zu Evitas Zeiten hast du in Buenos Aires fast nur blonde Frauen mit Hochsteckfrisur gesehen.« Jetzt lachte Martina ihr lautes herzliches Lachen, das Isabelle noch aus der Kindheit sehr gut kannte.

»Und wenn sie oben auf dem Balkon der Casa Rosada mit ihrem Mann stand, lag ihr die Stadt zu Füßen«, schwärmte Martina. »Kurz vor ihrem Tod haben meine Eltern und ich sie auf einer großen Gala kennengelernt. Ich erinnere mich sehr gut an sie, aber sie sah bereits sehr krank aus«, berichtete Martina seufzend.

Als Isabelle schwieg, erzählte sie weiter: »Wusstest du, dass Juan Perón nach ihrem Tod eine minderjährige Geliebte hatte, die in die Räume von Evita einzog, angeblich um die Hunde der Verstorbenen zu hüten? Als er dann vor acht Jahren nach seinem Putsch ins Exil geschickt wurde, kam sie in ein Heim für jugendliche Prostituierte.«

Isabelle schüttelte ungläubig den Kopf. »Was du alles weißt, Martina.«

»So. Wir sind da.« Martina bremste scharf und hielt vor einem schmalen zweistöckigen Haus im vornehmen Viertel Recoleta.

Isabelle stieg aus und sah sich um. Eine ruhige Straße mit teuren Geschäften, direkt gegenüber einem gepflegten Park. Nichts wies darauf hin, dass Recoleta das Friedhofsviertel der

Stadt war. Hier wurden in monumentalen Mausoleen berühmte und reiche Bewohner der Stadt beerdigt.

Isabelle erinnerte sich noch sehr gut, dass Touristen zu jeder Jahreszeit mit Fotoapparaten durch dieses Viertel liefen.

Als Martina die beiden Taschen aus dem Kofferraum holte, sah Isabelle den leicht gewölbten Bauch ihrer Freundin.

»Du bist schwanger«, rief sie aus, und Martina nickte strahlend. »Ja, bereits im vierten Monat. Ich wolle es dir später erzählen.«

Da umarmte Isabelle ihre Freundin. In Paris hatte Martina geklagt, dass sie nach fünf Jahren Ehe immer noch kein Kind erwarte. »Es ist doch unser sehnlichster Wunsch.«

»Ich freue mich für dich.« Herzlich drückte Isabelle Martina noch einmal, löste sich dann und griff nach den Taschen. »Ich trage sie, du darfst jetzt nichts heben, auf keinen Fall«, bestimmte sie.

Im Haus war es kühl, und Isabelle war erleichtert, als Martina vorschlug, sie solle zuerst ein Bad nehmen und ein wenig schlafen. »Du siehst müde aus.«

Isabelle war dankbar, dass ihre lebhafte, energiegeladene Freundin ihr erst einmal Ruhe gönnte.

»Es ist genau das, was ich brauche«, erklärte sie. Während Martina sie die Treppe hinaufbegleitete, schwankte Isabelle wieder leicht und zog sich vorsichtig am Geländer hoch. »Hoffentlich vergeht das bald«, meinte sie noch, als sie bereits das helle Gästezimmer mit dem großen Bett mit Baldachin betraten.

»So, jetzt schlafe dich erst einmal aus.« Martina gab ihr einen Kuss auf die Wange und zog hinter sich die Tür zu.

Isabelle ließ ihre beiden Taschen fallen und lief ins anliegende Badezimmer.

Als Erstes ließ sie Wasser ein und räkelte sich im duftenden warmen Schaum. Kurz bevor sie einschlief, schaffte sie es gerade noch, aus der Wanne zu klettern, ein Handtuch zu greifen und sich im Schlafzimmer mit einem Seufzer aufs Bett zu werfen.

Beim Aufwachen wusste Isabelle im ersten Moment nicht, wo sie sich befand. Nichts schwankte, der Rücken schmerzte nicht, und die Bettwäsche war aus glattem Satin und kratzte nicht. Erstaunt und verschlafen richtete sie sich auf und sah sich um.

Die Sonne schien durch die Lamellen der Fensterläden, und das Licht fiel in einem Streifenmuster auf den dunklen Steinboden.

»Isabelle?« Es klopfte leise an der Tür, und noch bevor Isabelle antwortete, steckte Martina bereits ihren Kopf ins Zimmer. »Es gibt Frühstück. Du hast zwanzig Stunden durchgeschlafen«, kicherte sie.

Noch völlig verwirrt nickte Isabelle und versprach, sich rasch fertig zu machen. Als sie nach unten kam, wartete Martina auf sie und führte sie ins Speisezimmer, in dem ein Dienstmädchen in schwarzem Kleid und weißer Schürze gerade Kaffee aus einer silbernen Kanne einschenkte.

»Javier hat auf dich gewartet, doch dann musste er zu einer Probe in seinen Club«, entschuldigte Martina ihren Mann und bot Isabelle Platz an. »Aber er lässt dich ganz herzlich grüßen. Ich wollte ja heute mit dir in die Stadt gehen, Café Tortoni und so weiter, aber Miguel hat gestern Abend angerufen. Er meinte, du würdest bestimmt zuerst raus auf die

Estancia wollen. Die anstrengenden Shopping-Touren sollten wir besser verschieben.«

Isabelle lächelte. Wie jedes Mal, wenn Miguels Name fiel, bekam sie bereits Herzklopfen. Tiefe Vorfreude ergriff sie, kaum konnte sie es erwarten, hinaus auf die Estancia zu fahren. In den vielen Nächten, in denen sie auf dem schaukelnden Schiff in ihrer engen Kajüte lag und nicht schlafen konnte, hatte sie sich die Ankunft dort in allen Farben ausgemalt und erst dabei erkannt, wie groß ihr Heimweh nach der Estancia gewesen war. Doch sie hatte auch viel an Julian David Kröger gedacht und jedes Mal einen schmerzhaften Verlust gespürt. Der Gedanke ließ sie nicht los, dass er den Tod gestorben war, dem sie knapp entgangen war. Für einen kurzen Augenblick hatte sie nackte Todesangst durchlebt. Wie aber musste es sein, wenn es diesen Moment, diese Sekunden gab, in denen der Tod Realität wurde, Sekunden des Entsetzens, das Erkennen, dass es keine Hoffnung mehr gab? Was fiel einem ein, dachte man an den Menschen, den man am meisten liebte? Sie konnte es nicht wissen, doch eines war ihr in den vergangenen Wochen klargeworden: Sie trauerte um ihn. Sie vermisste ihn. Sie hatte einen Freund verloren.

»Woran denkst du?«, wollte Martina wissen. »Hast du keinen Hunger? Du nimmst ja gar nichts.«

»Ich muss mich erst eingewöhnen«, entschuldigte sich Isabelle und versuchte sich auf Martina zu konzentrieren, die ihr in allen Einzelheiten von ihrer Schwangerschaftsübelkeit in den ersten Wochen erzählte.

»Jetzt erst wird es allmählich besser. Aber du musst unbedingt bald kommen, ich möchte nämlich mit dir die ganze Babyausstattung einkaufen. Das darfst du mir nicht abschlagen.«

»Nein, nein, ich komme ganz bestimmt«, versprach Isabelle. Martina redete weiter, schnell und fast ohne Unterbrechung. Von ihrem Mann Javier, der so liebevoll sei und sie sehr verwöhne. Lächelnd hörte Isabelle ihr zu. Zum ersten Mal stellte sie die große Ähnlichkeit zwischen den Geschwistern Martina und Miguel fest. Beide besaßen dieselben dunklen lebhaften Augen, schwarze Haare und einen dunklen Teint. Martina aber war klein, neigte zur Korpulenz, während ihr Bruder über eins neunzig groß war, sehnig und gut durchtrainiert. Auch sprach Miguel wenig, er beobachtete gern und hörte zu, während seine Schwester am liebsten selbst redete. Und das fast ununterbrochen.

Während Martina jetzt von ihren Freundinnen erzählte, die alle schon mehrere Kinder hätten, sah Isabelle sich im Speisezimmer um. Der Raum war nicht groß, sie saßen an einem ovalen Tisch, gedeckt mit feinstem Porzellan. An der Wand hingen viele gerahmte Fotos der Familie, darunter stand eine breite Kommode, nachgemachtes Rokoko, Isabelle erkannte das sofort. Pierre hatte ihren Blick dafür geschärft. Auf der Kommode standen auf Spitzendeckchen kleine Porzellanfiguren in graziösen Tanzposen.

Martina bemerkte, dass Isabelle die Figuren betrachtete, und sagte: »Sie stammen aus der deutschen Manufaktur Nymphenburg. Gefallen sie dir?«

Isabelle wollte sie nicht kränken und nickte. »Ja, sie passen sehr gut zu dir.«

»Mein Mann schenkt mir an jedem Geburtstag und Namenstag eine Figur. Ich liebe sie, ich sehe sie mir jeden Morgen beim Frühstück an und freue mich.«

»Dann gehst du also mit guter Laune in den Tag.«

Sie frühstückten, tranken ihren Kaffee und unterhielten sich über das Opernhaus Teatro Colón und die weltberühmten Sänger, die dort gastierten.

Als es klingelte, verließ das Dienstmädchen auf einen Wink von Martina hin das Speisezimmer. Kurz darauf hörte Isabelle draußen die Männerstimme, die ihr Herz sofort wieder höher schlagen ließ. Dann ging die Tür auf, Miguel trat ein und lächelte sie an. Isabelle sprang auf und lief ihm entgegen.

»Willkommen zu Hause«, sagte er und küsste sie leicht auf beide Wangen.

*

## Isabelle/Auf der Estancia

*Eine Woche später*

Als Isabelle die Motorengeräusche hörte, hob sie den Kopf, schützte ihre Augen mit der Hand gegen die Abendsonne und beobachtete die Cessna, die sich langsam näherte und an Flughöhe verlor.

Die Landung aber konnte sie nicht mehr verfolgen, dazu war der Flughafen ein Stück zu weit entfernt und die Sicht auf ihn durch die hohen Jakarandabäume in ihrem Garten versperrt. Sie wusste aber, dass Miguel in dieser Maschine nach Hause kam. Der Pilot José hatte ihn auf dem Flughafen Ezeiza in Buenos Aires abgeholt. Miguel hatte dort seinen fünfjährigen Sohn José Luis besucht, aber er hatte ihr versprochen, an diesem Abend noch kurz bei ihr vorbeizuschauen.

Isabelle hatte von den Rosenbüschen welke Blüten abgeschnitten, und während sie den Garten verließ, zog sie sich bereits die Arbeitshandschuhe von den Fingern. Sie lauschte dem Gesang der Zikaden und ging aufs Lambert-Haus zu, wie alle es nannten. Es besaß immer noch seinen ockergelben Anstrich und die dunkelgrünen Fensterläden. Isabelle fand, es wirkte wie eine kleine Villa in der Toskana.

Es wurde bereits dunkel, als sie hineinging und die Tür hinter sich zuzog. Bernada, die Haushälterin der Richters, die bei ihr aushalf, war schon gegangen, und drinnen war es sehr still. Isabelle legte die Handschuhe und die Gartenschere auf die Konsole und ging in die kleine »Halle«. Ihr Vater hatte die Diele so getauft. Das einzig Besondere darin war der große Kamin, gebaut aus wuchtigen braunen Klinkersteinen. Davor standen ein niedriger Tisch und tiefe breite Sessel, vor fünfzehn Jahren schon ausgesessen. An der Wand über dem Kamin hing das große Bild, das Felix Lambert so sehr geliebt hatte. Ein französischer Maler hatte im Jahr 1916 den berühmten Piloten Roland Garros gemalt. Roland hatte sich in Siegerpose in seinem Morane-Saulier-Eindecker porträtieren lassen.

Ihr Vater war sehr stolz gewesen, als er dieses Bild in einer Galerie entdeckte. Wie es aber nach Buenos Aires gekommen war, blieb immer ein Rätsel.

Als die Lamberts damals die Estancia verließen, hatten sie nur das Nötigste mitgenommen, alles andere blieb hier, Möbel, Bilder, Porzellan.

»Warum können die Richters unsere Möbel und die Bilder nicht verpacken lassen und uns mit dem Schiff nachschicken?«, hatte Isabelle damals gefragt. Sie war untröstlich gewesen, weil sie alles zurücklassen mussten.

»Das geht nicht. Basta«, hatte ihr Vater sie angefahren und keine weiteren Erklärungen hinzugefügt. »Irgendwann vielleicht«, schwächte er ab, als er die Tränen in Isabelles Augen sah. Aber bei ihrer Rückkehr fand sie dadurch alles genauso vor, wie sie es damals verlassen hatten. Wie die Haushälterin ihr erzählte, hatte Emilia Richter, Miguels und Martinas Mutter, sie ein paar Tage vor Isabelles Ankunft hierhergeschickt, um die Tücher von den Möbeln zu nehmen, die Vorhänge zu waschen, das Porzellan, Töpfe und Besteck auszupacken und gründlich zu spülen.

Isabelle war müde, denn die vergangenen Tage waren anstrengend gewesen. Jeden Morgen war sie mit Miguel im Jeep um das ganze Gelände der Estancia gefahren, erst am Abend kamen sie zurück. Er hatte ihr alles gezeigt. Doch es waren zu viele Eindrücke, zu viele Gespräche, die sich in ihrem Kopf sammelten.

Erst ging es zum Gestüt, das modernisiert und vergrößert worden war, dann fuhren sie zu den Weiden, auf denen die Rinderherden grasten. Als die Tiere den Jeep hörten, setzten sie sich in Bewegung, doch da tauchten in der Ferne auch schon berittene Gauchos auf, die sie mit lauten Rufen und Hunden zurücktrieben. Bevor Isabelle fragen konnte, wie viele Rinder es waren, fuhren sie bereits über holprige Wege zu den Pferdekoppeln, abgesichert durch elektrische Zäune und Wachmänner, die ihre täglichen Runden dort abfuhren als Schutz für die Polopferde. Die Tiere hoben kaum die Köpfe, als Miguels Jeep heranbrauste und anhielt, um Isabelle auch das zu zeigen.

Am meisten hatte Isabelle der Flughafen interessiert, die verlängerte Lande- und Startbahn, das neue Gebäude mit dem Tower, der Hangar.

Ihr wurden die beiden jungen Piloten vorgestellt, die Mechaniker, der Fluglotse. Voller Stolz führte Miguel ihr den neuen Learjet vor, seine beiden Hubschrauber, die Cessna 172.

»Meine Gauchos fliegen oft mit den Hubschraubern, um die Rinderherden von der Luft aus zusammenzutreiben«, erzählte er.

Während dieser Zeit des intensiven Zusammenseins war Miguel stets höflich und zurückhaltend.

Aber wo blieb der zärtliche Miguel, dessen großer Wunsch es gewesen war, dass sie hierherkam? Wann sahen seine Augen sie wieder so an wie in Hamburg?

Was war passiert, dass er sich ihr gegenüber so anders verhielt, so reserviert? Hatte sie etwas falsch gemacht? Seine Mutter Emilia hatte Isabelle – zu ihrem großen Bedauern, wie sie betonte – nur kurz begrüßen können. Bei Isabelles Ankunft war sie bereits auf dem Sprung nach Buenos Aires.

»Ich habe wichtige Termine«, entschuldigte sie sich. Doch trotz der knappen Zeit hatte Emilia ihr von der großen Armut erzählt, die in der Stadt herrsche. Es gebe kein Wirtschaftswachstum im Lande, soziale Spannungen nähmen zu. Hier setze ihre Stiftung an.

Isabelle war tief beeindruckt von Emilias starkem sozialem Engagement. Miguels Mutter war im Alter von siebzig Jahren immer noch eine schöne Frau, ihre einstmals blonden Haare waren jetzt silbergrau, und sie trug sie in einem strengen Knoten. Dadurch wirkte sie noch distinguierter, als sie es immer schon gewesen war. Sie war groß, sehr schlank und mit dezenter Raffinesse gekleidet, wirkte immer beherrscht und kühl. Damit war sie schon damals das Gegenteil von Isabelles Mutter gewesen, die klein, lebhaft und auch ein wenig launisch war. Zwar besaß Heloise Lambert Gespür für Pariser Chic, sie konnte aber mit Emilias Eleganz nicht mithalten.

Die beiden Frauen verstanden sich nicht besonders gut, daran erinnerte sich Isabelle, aber Emilia hatte ihr immer große Zuneigung entgegengebracht. Manchmal strich Miguels Mutter ihr über die blonden zerzausten Haare und sagte, sie sei ein ganz wunderbares Mädchen.

In Erinnerungen versunken, stand Isabelle immer noch in der dämmrigen Halle. Außer den Zikaden und dem Gesang eines einsamen Vogels schien nichts die Stille des frühen Abends zu stören. Da aber horchte Isabelle plötzlich auf. War das nicht das leise Geräusch eines gedrosselten Motors? Näherte sich ein Auto von hinten dem Haus?

Niemand kam jemals auf die Idee, von dieser Seite über den holprigen Weg anzufahren, der von der Landstraße weg- und bis zum Hintereingang des Hauses führte.

Isabelle wagte kaum zu atmen, reglos blieb sie im Dunkeln stehen. Jeder Muskel in ihrem Körper war angespannt. Die hintere Tür blieb immer verschlossen, das wusste sie, verriegelt sogar mit Sicherheitsschlössern. Sie duckte sich und lief in dieser Haltung in die Küche. Ohne Licht zu machen, richtete sie sich vorsichtig auf und riskierte einen raschen Blick durchs Fenster. Da sah sie die Silhouette zweier Männer, die in gebückter Haltung rasch näher kamen.

Das Telefon! Wieder geduckt, bewegte sie sich zurück in die Halle. Mit zitternder Hand griff sie nach oben auf die Konsole und zog den Apparat zu sich herunter. Wie war die Nummer, die Nummer der Villa? Wie war der Notruf? Wie sollte sie bloß in der Dunkelheit wählen? Sie sah ja die Wählscheibe kaum. Ruhig, du musst ruhig bleiben!, ermahnte sich Isabelle. Mit klopfendem Herzen lauschte sie nach draußen. Alles war jetzt still, aber sie konnte sich nicht getäuscht haben, sie hatte die Männer gesehen. Wo waren sie jetzt?

Würden sie versuchen, ins Haus zu gelangen? Über den Balkon?

Da aber hörte sie einen Jeep. Das musste Miguel sein! Er kam schnell näher, das Licht seiner Scheinwerfer erfasste das Haus, irrte durch die dunkle Halle. Er hielt direkt vor der Haustür.

Ohne nachzudenken, richtete Isabelle sich auf, lief zur Tür, riss sie auf und schrie ihm entgegen: »Vorsicht, Miguel! Vorsicht, da sind zwei Männer!«

Miguel reagierte sofort. Schon war er bei ihr, schob sie ins Haus zurück, folgte ihr und warf die Tür zu.

Da hörten sie das Geräusch des Motors hinter dem Haus, der nicht mehr gedrosselt war, sondern laut aufheulte und schnell in der Ferne verklang.

»Sie sind weg«, flüsterte Isabelle, deren Herz immer noch schnell und heftig schlug.

In einer Gefühlsaufwallung zog Miguel sie an sich. »Gott sei Dank bin ich rechtzeitig gekommen.«

»Ach«, seufzte Isabelle auf, »ich war so erschrocken, ich wusste überhaupt nicht, was ich tun sollte. Ich konnte ja in der Dunkelheit nicht einmal telefonieren.«

»Keine Angst, ich werde in Zukunft besser auf dich aufpassen«, versprach Miguel und hauchte ihr einen Kuss auf die Lippen.

In dieser Nacht blieb er bei ihr im Haus. Doch er schlief auf dem Sofa im Wohnzimmer.

*

In den nächsten Tagen wurden vor den Fenstern des Lambert-Hauses Gitter angebracht, um den Garten ein hoher gesicherter Zaun gezogen und eine Alarmanlage gelegt.

Miguel holte sie nun nicht mehr jeden Tag ab, um ihr die Estancia zu zeigen, denn er musste sich wieder ganz seinen beruflichen Verpflichtungen widmen. Aber abends kam er zu ihr. Wenn Isabelle tagsüber ins Gestüt oder zum Flughafen wollte, begleitete sie der frühere Gaucho Ronaldo. Emilia und Miguel bestanden darauf.

Sie war bereits zwei Wochen auf der Estancia, als Miguel sie an einem Spätnachmittag abholte.

»Heute reiten wir aus«, erklärte er der freudig überraschten Isabelle.

Miguel wartete, bis sie in die hohen Reitstiefel geschlüpft war, die er ihr mitgebracht hatte, und zu ihm in den Jeep stieg.

»Woher kanntest du meine Schuhgröße?«, wunderte sie sich.

Miguel lachte. »Ich habe einfach geraten.«

»Ich bin schon lange nicht mehr auf einem Pferd gesessen. Genau genommen seit damals nicht mehr.«

»Keine Angst, das verlernt man nicht«, beruhigte Miguel sie.

Im Stall führte er sie zu einem grauen Pferd. »Ich habe sie Ramona genannt, nach der Stute, auf der du immer geritten bist. Weißt du noch? Damals?«

Während Ramona von dem Stallburschen gesattelt wurde, kraulte Isabelle sie am Hals, fuhr ihr zärtlich durch die Mähne und redete ihr gut zu, sie bitte nicht abzuwerfen. »Ich bin seit vierzehn Jahren nicht mehr auf einem Pferd gesessen«, erklärte sie dem Pferd, während sie Miguel zuzwinkerte. »Bitte wirf mich nicht ab.« Das zufriedene leise Schnauben der Stute beruhigte sie. »Ich mochte Ramona damals so gern.

Ich erinnere mich an die Nacht, in der sie geboren wurde, weißt du noch? Du hast mich rufen lassen, weil du wusstest, was ich für eine Pferdenärrin war. Ich liebte sie vom ersten Moment an.«

»Ich auch. Aber Ramona II ist ihr sehr ähnlich«, sagte er. »Ich glaube, sie mag dich.«

Isabelle war begeistert, als Miguel ihr in den Sattel half und sie zusammen durch den gepflasterten Innenhof ritten und das Tor passierten. Dann ging es in leichtem Galopp über die Wiesen bis hin zu der Gruppe von Zypressen, die schon vor Jahren ihr Ziel bei Ausritten gewesen war. Tiefe Freude ergriff Isabelle. Wie sehr hatte sie die Estancia, das weite Land und das Reiten vermisst! Glücklich lächelte sie Miguel zu, und da beugte er sich zu ihr herüber, griff nach ihrer Hand und drückte sie.

An diesem Abend kam Miguel schon früher. Sie saßen auf dem Sofa in der Halle und unterhielten sich, bis Isabelle ihm eine Frage stellte, die ihr seit ihrer Ankunft durch den Kopf ging. »Warum spricht jeder von *meinem* Haus? Auch Bernada«, sagte sie. »Alle nennen es das Lambert-Haus. Warum?«

Miguel zögerte. »Das erzähle ich dir in den nächsten Tagen, es dauert etwas länger.«

»Wir haben doch Zeit, oder?«

»Ja, schon. Aber wir wollen nichts überstürzen, es könnte viel verderben.«

Isabelle lächelte. War er deswegen so zurückhaltend ihr gegenüber? Weil er Sorge hatte, etwas falsch zu machen?

»Hast du deiner Mutter erzählt, dass du nachts bei mir bist?«, fragte sie dann.

»Ja, natürlich, auch sie macht sich Sorgen um dich.« Seine Stimme klang ruhig und bestimmt.

»Erzählst du deiner Mutter immer, wo du bist?« Isabelle hatte kurz gezögert, bevor sie die Frage aussprach.

Jetzt lachte Miguel. »Nein, natürlich nicht. Wir wohnen zwar zusammen in der Villa, aber jeder lebt sein eigenes Leben.« Mit einem Lächeln zog er Isabelle an sich, sie legte den Kopf an seine Schulter, und so blieben sie eine Weile stumm sitzen, bis Miguel sich erhob und sie sanft vom Sofa hochzog. »Komm!«

Isabelle zögerte, dann aber ging sie mit ihm hinauf in ihr Schlafzimmer. Sie standen eng beieinander, während seine Hände sacht über ihren Rücken strichen und dann ihre Taille umfassten. Als Isabelle in Miguels Gesicht sah, überwältigte sie der Ausdruck von Zärtlichkeit darin, so dass sie die Arme um seinen Hals schlang und ihn zu sich herunterzog, bis sie schließlich auf ihrem Bett lagen.

Isabelle hatte bereits einige Beziehungen erlebt, doch niemals hatte sie ein so starkes Gefühl von Liebe überwältigt, dass ihr die Tränen in die Augen stiegen.

»Warum weinst du denn?«, flüsterte Miguel, und da sie nicht sofort antwortete, beugte er sich über sie und küsste sie auf die geschlossenen Augenlider.

»Weil ich glücklich bin«, flüsterte sie, »weil ich so unglaublich glücklich bin.«

*

»Hast du inzwischen einen Verdacht, wer diese Männer gewesen sind?«, wollte Isabelle wissen, als sie zusammen im Bett lagen.

»Ich weiß es nicht«, antwortete Miguel zögernd. Doch Isabelle hatte das Gefühl, er wusste mehr, als er ihr sagte.

»Aber du und deine Mutter, ihr habt eine Ahnung, wer sie sein könnten, nicht wahr?« Mit einer ungeduldigen Bewegung wich Isabelle Miguel aus, als er zärtlich mit seiner Hand ihren Schenkel entlangfahren wollte. Daher zog er sich zurück und streckte sich aus, während sich Isabelle etwas aufrichtete und gegen das Kopfende des Bettes lehnte. Der Vorfall lag schon fast eine Woche zurück, und sie wollte endlich Antworten auf ihre Fragen und sich nicht länger mit Andeutungen abspeisen lassen. Sie hatte das ungute Gefühl, dass man ihr etwas verschwieg.

»Ich weiß nicht.« Miguel stützte sich mit dem Ellenbogen ab. »Meine Mutter meinte, ich solle dir Zeit lassen.«

»Ich will es hören«, beharrte Isabelle und sah ihn flehend an. »Egal, was es ist.«

»Es ist wirklich eine lange Geschichte.«

»Miguel, die Nacht hat gerade erst angefangen.« Isabelle lachte, aber es klang gezwungen.

Er schien zu überlegen, dann begann er zu erzählen: »Du weißt ja, dass unsere Väter befreundet waren. Mein Vater hatte große Pläne, unseren Flughafen zu modernisieren und eine eigene Fluglinie zu gründen. *Richter Airlines.* Dein Vater hat zuerst gezögert, er wollte ja nur für eine begrenzte Zeit in Argentinien bleiben, doch dann nahm er das Angebot an, den Flughafen zu leiten. Überraschend schnell sogar. Mein Vater hat später erzählt, er habe das Gefühl gehabt, deine Eltern liefen vor jemandem davon.«

»Was? Vor wem denn?« Alarmiert sah Isabelle ihn an.

»Das wussten wir nicht. Es war zuerst auch nur eine Ahnung«, fuhr Miguel fort und strich mit seinem Zeigefinger an Isabelles nackter Schulter entlang, doch sie reagierte nicht darauf, atemlos hörte sie ihm zu.

»Während die Arbeit an dem Flughafen begann, erkannten meine Eltern immer deutlicher, dass mit Felix Lambert etwas nicht stimmte. Dein Vater fuhr häufig nach Buenos Aires und wirkte danach geistesabwesend und nervös, und auch deine Mutter machte oft einen niedergeschlagenen, dann aber wieder einen komplett überdrehten Eindruck. Sie hatten niemals Geld, obwohl dein Vater sehr gut bei uns verdiente. Dann entließen sie die Haushälterin und verkauften sogar ihr Auto. Aber das passierte erst nach und nach, zog sich über einige Jahre hin. Mal schien es besser, dann wieder schlechter zu sein, aber dann, einmal ...«

»Einmal?«, drängte Isabelle.

»Als deine Eltern für einen Tag nach Buenos Aires fuhren, stieß mein Vater auf dem Gelände mit einem Gerichtsvollzieher zusammen, der ihm einen Vollstreckungsbescheid zeigte. Daraus ging hervor, dass dein Vater hohe Bankschulden hatte, die er offenbar nicht ausgleichen konnte. Mein Vater bezahlte. Doch fast am gleichen Tag erfuhren meine Eltern außerdem, dass dein Vater das Schulgeld für dich schon monatelang nicht mehr hatte bezahlen können. Damals waren du und Martina gerade in die dritte Klasse gekommen.«

Isabelle richtete sich kerzengerade auf, Röte schoss ihr ins Gesicht. »Sag bitte nicht, dass deine Eltern mein Schulgeld übernommen haben.«

Miguel nickte und fuhr fort: »Doch, ja, aber bitte hab jetzt kein schlechtes Gewissen. Es ist Jahre her, und meine Eltern mochten dich schon immer sehr, es war für sie keine große Sache. Damals schenkte mein Vater euch das Haus. Früher hatten entfernte Verwandte meiner Mutter darin gewohnt, die nach Patagonien gingen. Mein Vater wollte seinem Freund Felix eine Freude mit dieser Schenkung machen. Aber er ließ es nicht ins Grundbuch eintragen, sonst hätte jeder Gläubiger das Haus wegpfänden können. Also ging diese Schenkung nur per Handschlag vor sich. Das Haus sollte der Familie Lambert gehören und eines Tages an dich gehen, darauf hat mein Vater bestanden.«

Isabelle zog sich die Decke bis zum Kinn hoch. »Das ist beschämend«, flüsterte sie. Unwillkürlich rückte sie von Miguel ab, doch er legte den Arm fest um sie und zog sie wieder zu sich heran.

»Das ist es nicht«, erklärte er mit Nachdruck. »Soll ich weitererzählen?«, fragte er dann vorsichtig.

»Natürlich«, erwiderte Isabelle, »ich möchte jedes Detail erfahren!«

»Einige Jahre vergingen, und alles schien in Ordnung zu sein, außer dass deine Eltern weiterhin nie Geld besaßen, und dann …« Miguel zögerte.

»Was? Was?«, rief Isabelle mit erstickter Stimme.

»Dein Vater kam zu uns in die Villa und berichtete, er habe in Buenos Aires einen Flugzeugkonstrukteur getroffen, den er noch aus seiner Berliner Zeit kennen würde. Es handelte sich um den berühmten Kurt Tank. Wir wussten, dass er kurz zuvor aus Deutschland nach Argentinien gekommen war. Ich erinnere mich noch sehr gut«, sagte Miguel mit ruhiger Stimme, da Isabelle sich in betroffenes Schweigen hüllte, »wir waren alle begeistert, als wir von dem Treffen erfuhren. Vor allem, als dein Vater erzählte, Tank sei offen für eine Zusammenarbeit mit *Richter Airlines*. Ein eigenes Flugzeug zu entwickeln, das war der große Traum meines Vaters.«

»Und?« Isabelles Stimme war nur noch ein heiseres Flüstern.

»Angeblich könne sich Tank sehr gut vorstellen, ein Kleinflugzeug für die *Richter Airlines* zu konstruieren, doch das würde Zeit kosten und sehr teuer werden. Tank verlangte einen hohen Vorschuss in bar. Mein Vater ließ sich sofort darauf ein.«

»Wann war das?« Isabelles Herz schlug hart und schnell, sie konnte kaum atmen. »Bevor wir Argentinien so Hals über Kopf verließen?«

Miguel nickte. »Ja, genau damals. Ihr seid abgereist, während meine Eltern mit Martina ein paar Tage in Chile verbrachten.«

»Hör auf, hör auf«, schrie Isabelle. »Das darf nicht sein, bitte! Mein Vater war kein Betrüger.« Isabelle wickelte sich in die Decke ein und sprang aus dem Bett. Mit dem Rücken zu Miguel stellte sie sich ans Fenster und starrte hinaus.

»Nein, nein, das kann nicht sein«, wiederholte sie immer wieder, mit dem Gesicht abgewandt. Ich muss hier weg, ich muss weg, schoss es ihr durch den Kopf. Sie konnte die Gastfreundschaft der Richters nicht länger in Anspruch nehmen.

»Ich fahre morgen ab«, erklärte sie leise, ohne sich nach Miguel umzudrehen. »Und ich werde mit Emmanuelle sprechen. Irgendwie werden wir die Schulden unseres Vater abbezahlen.«

Doch auch Miguel war aus dem Bett gesprungen und stand jetzt hinter ihr, umschlang sie fest und zog sie an sich.

»Unsinn! Ihr müsst gar nichts bezahlen. Es kam doch ganz anders. Dein Vater hat dieses Geld nicht veruntreut. Als meine Eltern noch in Chile waren, übergab er mir einen Brief, zusammen mit einem dicken Kuvert. Er erklärte mir, er könne die Verhandlungen nicht mehr führen. Der Brief sei für Claudio Richter, seinen besten Freund, bestimmt.«

»Und?«, fragte Isabelle mit bebender Stimme.

»Das Kuvert enthielt die komplette Summe. Dein Vater hat sie nicht unterschlagen. Ich aber war völlig konsterniert, als deine Eltern mit dir fluchtartig die Estancia verließen. Sie hätten die Chance, ein Schiff nach Europa zu erreichen, erzählten sie. Mein Vater habe ihm gekündigt, aber das stimmte nicht, wie sich später herausstellte. Ich habe den Brief nicht gelesen, aber ich erfuhr von seinem Inhalt. Felix Lambert schrieb, er sei in Versuchung gewesen, das Geld zu nehmen, und allein das zwinge ihn, Argentinien zu verlassen. Er ließ uns wissen, dass er bereits dreizehn Jahre zuvor einem unseriösen Finanzmakler in die Hände gefallen sei, den er auf dem Schiff nach Buenos Aires kennengelernt hatte. Dieser Mann forderte für den gewährten Kredit satte sechzig Prozent Zinsen, und dein Vater unterschrieb damals den Kreditvertrag. Er lieferte sich damit diesem Kriminellen vollkommen aus. Aber er war immer zu stolz, über diese Schwierigkeiten zu reden und seinen besten Freund zu bitten, auch diesen Kredit auszugleichen. Unmittelbar vor eurer Abreise waren seine Schulden offenbar ins Unermessliche gestiegen. Deine Eltern müssen sehr verzweifelt gewesen sein.«

»Meine Mutter weiß das alles?« Isabelle zitterte vor Nervosität und Anspannung.

»Ja, ich denke schon.«

»Warum?«, murmelte Isabelle. »Warum brauchten sie so viel Geld, als sie noch in Buenos Aires lebten?«

»Das kann ich dir nicht beantworten. Darüber musst du mit deiner Mutter sprechen.«

»Und die Männer neulich, was wollten die? Haben sie etwas damit zu tun?« Während Isabelle sich umdrehte, löste sie sich aus seinen Armen. Beunruhigt sah sie ihm in die Augen.

»Es kann sein, kann aber auch nicht sein«, antwortete er. »Das weiß man nicht, aber Verjährung gibt es bei diesen Kredithaien nicht, du könntest also tatsächlich in großer Gefahr sein.«

»Aber woher wissen sie, dass ich hier bin?«

»Sie werden überall ihre Verbindungsleute haben, kontrollieren die Namen der Einreisenden, die mit dem Schiff aus Europa kommen. Ich fürchte, Einwanderer sind oft leichte Opfer für sie. Und irgendwie werden sie auf den Namen Lambert gestoßen sein, der Name eines ihrer Schuldner.«

Als Isabelle schwieg, nahm Miguel sie wieder in den Arm. »Es ist schwer für dich, ich weiß es. Aber wir werden mit diesen Leuten schon fertig werden.«

»Ich habe Angst«, murmelte Isabelle.

»Ich bin bei dir«, flüsterte Miguel an ihrem Ohr, »und das werde ich immer sein, egal, was kommen wird.«

*

An einem glühend heißen Nachmittag lud Emilia Isabelle zum Kaffee ein. Sie hatte am Morgen angerufen und Isabelle vorgeschlagen, ihr den Abschiedsbrief ihres Vaters an Claudio Richter zu geben. Von ihrem Sohn wusste Emilia, dass er mit Isabelle darüber gesprochen hatte.

Die beiden Frauen waren allein, Miguel hatte sich in die Büroräume zurückgezogen. Isabelle trug ihr weißes Baumwollkleid, das am Saum und an den Ärmeln mit Spitzen besetzt war, dazu Stiefel. Emmanuelle hätte darüber nur den Kopf geschüttelt, doch Isabelle liebte dieses Kleid. Sie hatte sich allein auf den kurzen Weg gemacht, denn Ronaldo, ihr Bodyguard, schien sich zu verspäten. Nach einer knappen Viertelstunde lief sie bereits die breite Auffahrt zur Villa hoch.

Direkt vor dem überdachten Eingang, getragen von vier Säulen, standen der Bentley der Richters und auch Miguels Jeep. Der Butler war nicht zu sehen, und so betrat Isabelle die riesige Halle, in der früher große Feste mit mehreren hundert Leuten gefeiert wurden.

Isabelle war schon als Kind in der Villa ein und aus gegangen. Nichts schien sich verändert zu haben: der hohe wuchtige Kamin mit dem Bild von Miguels Großvater darüber, die dunkle Holzvertäfelung an den Wänden, die Kronleuchter. Tief sog sie den vertrauten Geruch ein und überhörte die Schritte des Dienstmädchens Rosetta, bis sie Isabelle höflich begrüßte und sie auf die Terrasse bat. Emilia wartete dort auf sie. Miguels Mutter trug ein dunkelblaues Seidenkleid und um den Hals ihre dreireihige Perlenkette.

»Du siehst hübsch aus«, lächelte Emilia, als sie Isabelle mit einem schnellen Wangenkuss begrüßte und ihr einen Platz anbot.

»Danke!« Isabelle freute sich, dass ihr Kleid Emilia gefiel. Aber dann waren ihre Gedanken bereits wieder bei dem Brief, den Emilia ihr geben wollte. Während Rosetta den Kaffee einschenkte und auf einer silbernen Platte Petits Fours servierte, die der französische Koch der Richters frisch gebacken hatte, hörte man im Park das leise Geräusch der Sprinkleranlage auf dem gepflegten Rasen. Sonst herrschte Stille.

»Emilia«, begann Isabelle, kaum dass sie einen Schluck Kaffee getrunken hatte, »ich war entsetzt, als Miguel mir vorgestern erzählte, was damals passiert ist. Wenn es noch offene Schulden bei eurer Familie gibt, werden Emmanuelle und ich sie selbstverständlich übernehmen.«

Jetzt lächelte Emilia erneut, stellte ihre Tasse wieder ab und griff nach Isabelles Hand.

»Das ehrt dich, meine Liebe, aber das ist Unsinn. Es ist alles längst vergessen. Jetzt gilt es nur, herauszufinden, wer dich eventuell noch verfolgt, um bei dir Geld zu holen. Wir haben unsere Anwälte bereits eingeschaltet. Leider hat dein Vater uns damals nicht den Namen dieses Kredithais genannt, das würde uns die Nachforschungen erleichtern. Wir wissen nur, dass er aus Deutschland kam. Aber mach dir keine Sorgen, es wird alles gut. Komm, nimm dir ein Petit Four!«

Isabelle hatte keinen Hunger, doch aus Höflichkeit nahm sie ein gelbes Törtchen, verziert mit einer Pistazie.

»Wenn du willst«, schlug Emilia vor, »hole ich gleich den Brief, du kannst ihn behalten. Ich habe ihn nicht gelesen, Claudio und ich respektierten die Privatsphäre des anderen. Aber ich dachte, ich hebe ihn für dich auf.«

»Für mich? Woher hast du denn gewusst, dass ich zurückkomme?«

»In jedem deiner Briefe an Martina hast du es geschrieben, sie hat es uns erzählt«, antwortete Emilia lächelnd. »Und auf ihrer Hochzeit an der Côte d'Azur hast du auch davon gesprochen, erinnerst du dich nicht?«

»Doch, doch, natürlich, trotzdem war es weit weg … Aber es stimmt, irgendwie habe ich auch immer gewusst, dass ich eines Tages zurückkomme.«

»Na, siehst du.« Emilia versicherte ihr noch einmal, wie sehr sie und ihr Mann Isabelles Eltern geschätzt hatten.

»Schade, dass wir Emmanuelle nie kennenlernen durften«, sagte sie schließlich. »Aber was nicht war, kann ja noch werden, oder?«

Isabelle nickte überrascht. »Natürlich, Emilia, warum nicht?«

»Damals schien der Bruch zwischen deinen Eltern und deiner Schwester sehr tief gewesen zu sein.«

»Ja, aber jetzt verstehen sich meine Mutter und Emmanuelle wieder gut.«

»Das freut mich«, erwiderte Emilia höflich, dann erhob sie sich. »Ich hole dann den Brief.«

Isabelles Herz fing unruhig zu schlagen an. Wollte sie wirklich das beschämende Geständnis ihres Vaters lesen?

Da kam Emilia bereits zurück und legte den Brief neben Isabelles Teller.

»Hier, lass dir Zeit«, meinte sie, »ich habe noch eine kurze Besprechung mit ein paar Leuten wegen meiner Stiftung. Ich hoffe, sie sind bereit für eine große Spende. Wünsch mir Glück.« Damit verabschiedete sich Emilia, und Isabelle sah ihr nach, wie sie mit schnellen leichten Schritten durch die offene Terrassentür ins Haus ging.

Isabelle wartete noch, zögerte, dann griff sie doch nach dem schmalen Kuvert, holte den Brief heraus und begann ihn zu lesen.

Nach zwei Seiten ließ sie den Brief enttäuscht sinken, da er bis jetzt nichts enthielt, was für sie neu oder überraschend war. Ihr Vater schilderte vage, in welche Abhängigkeiten er geraten sei, verabschiedete sich, entschuldigte sich noch einmal, es sei unverzeihlich, einfach so aus dem Land zu verschwinden, ohne Claudio Richter persönlich um Vergebung zu bitten.

Dann aber las sie weiter. Ihr Vater hatte eine neue Seite begonnen, seine Schrift wurde unleserlich, war kaum noch zu entziffern.

*… lass mich in dieser Stunde des Abschieds noch hinzufügen, was Du vielleicht ohnehin gewusst hast:*
*Du warst der beste Freund, den ich jemals hatte. Mein einziger wahrer Freund. Du warst für mich da, als ich Dich brauchte. Ich kann nicht mit Worten ausdrücken, was ich fühle: Dankbarkeit, tiefe Freundschaft und Achtung für Dich, den Menschen, der immer zu mir stand, obwohl ich Deinen Respekt nicht verdient hatte.*

*Wie ich Dir schon schrieb: Meine Frau und ich haben uns in etwas verstrickt, das kein Zurück kennt. Seit Jahren leben wir in der Angst vor diesen Blutsaugern. Aber auch vor der Wahrheit. Jetzt sind bereits fünfzehn Jahre vergangen, aber aus dieser Falle kommen wir nie mehr heraus.*
*Noch etwas muss ich Dir erzählen, es drängt mich danach. Erinnerst Du dich an die Beechcraft Model 17, diesen wunderbaren Doppeldecker, das teuerste Flugzeug, das Du jemals erworben hast? Wir haben es beide geliebt.*
*Eines Tages erzählte man Dir, ich sei leichtsinnig mit ihr umgegangen. Ein Gaucho hatte beobachtet, wie ich im Sturzflug nach unten fiel, plötzlich die Maschine wieder hochzog und dann in den Landeanflug ging.*
*Es war der einzige große Streit zwischen uns. Wie gern hätte ich Dir damals den Grund genannt, warum ich das getan hatte, doch Du wolltest nichts wissen. So hüllte ich mich in Schweigen.*

*Es war wohl besser so, dass Du niemals erfahren hast, wie ausweglos mir damals alles schien und welche Gedanken mir durch den Kopf gingen. Feigheit, das war noch nie meine Sache gewesen. Also bleibt mir nur noch, Dich zu umarmen.*
*Möge Gott Dich immer beschützen, vor allem vor diesen Gedanken, die damals durch meinen Kopf gingen: allem ein Ende zu setzen, alles zu beenden.*
*Doch darüber sprach ich nicht mehr mit Dir.*
*Felix*

Isabelle sah hoch, als Emilia zurückkam.

»Nun, hast du etwas herauslesen können, was für dich wichtig ist?«

»Nicht wirklich«, wich Isabelle aus. »Mein Vater schreibt etwas über ein Flugzeug, die Beechcraft Model 17. Habt ihr sie verkauft?«

Emilia schüttelte den Kopf. »Nein, nein, sie wird nur nicht mehr geflogen. Aber sie steht am Flughafen in Halle III. Sie wird streng bewacht. Ich glaube, Miguel will sie irgendeinem Museum überlassen, aber da musst du ihn fragen.«

»Irgendwie«, überlegte Isabelle, »erinnere ich mich an sie, ich weiß nur nicht so genau, was es damit auf sich hat.«

Beechcraft Model 17?

Sie musste noch sehr klein gewesen sein, ein Kind. Doch eine genaue Erinnerung kam nicht zurück.

# *Zwanzig*

## Heloise/Nancy

*Februar 1964*

In der halbdunklen Klosterkirche, umgeben vom Duft der Kerzen, der Blumen und des Weihrauchs, saß Heloise nach ihrer Beichte in der letzten Bank. Der Pater hatte ihr ungerührt zugehört.

»Du hast Ehebruch begangen, meine Tochter, das ist eine Sünde«, erklärte er.

»Tief im Inneren weiß ich, dass es keine Sünde ist«, widersprach Heloise ihm. »Ich liebe diesen Mann.«

»Wie könnte Gott diese Liebe gutheißen? Er ist verheiratet, und die Ehe ist unauflöslich. Und du fragst tatsächlich, ob du ihn weiterhin lieben darfst? Jedes Mal, wenn du dich deinem Liebhaber hingibst, begehst du eine Sünde. In deinem Alter hätte ich mehr Verstand und Reife von dir erwartet.«

»Ich habe ihn schon so lange nicht mehr gesehen, und wenn wir uns geliebt haben, waren wir glücklich.«

»Erzähl das nicht mir, einem alten Priester«, war die verärgerte Antwort von Pater Jacques. »Denk darüber nach, was im Alter von Bedeutung ist. Es ist der Glaube. Gott nahe zu sein, das ist das Glück, die Befriedigung im Alter.«

Heloise hatte geschwiegen und auf ihre rotlackierten Fingernägel gesehen.

Die Beichte hatte ihr nicht geholfen, sie fühlte sich jetzt nicht besser. Was hatte sie aber auch erwartet: Segen für ihren Ehebruch? Sie wollte einfach reden, sich zu ihrer Liebe bekennen, auch wenn es nur bei dem alten Pater Jacques gewesen war, den sie schon seit Jahren kannte.

Er hatte ihr nahegelegt, wieder öfter zur Messe zu kommen. Und sie könne sich auch dem Kreis der Senioren anschließen, die mit dem jungen Pater Mario Ausflüge in die Gegend machten oder Bibelabende veranstalteten. Das sei ihrem Alter sicher angemessener.

Sie blieb noch sitzen, um nachzudenken. Aber je mehr sie grübelte, desto ratloser fühlte sie sich. Sie hatte Maurice nicht mehr getroffen, seit sie ihn am Bahnhof mit seiner Frau gesehen hatte, und das war jetzt über fünf Monate her. Und dennoch sehnte sie sich nach ihm. Nächtelang lag sie schlaflos in ihrem Bett und erinnerte sich an seine Umarmung, seine Leidenschaft.

Heloise seufzte. Sie konnte, sie durfte nicht darauf hoffen, dass er seine Frau verließ. Er würde es nicht tun, und sie wollte das auch nicht. Sie hätte Schuldgefühle dieser Frau gegenüber, die sicher unglücklich wäre, nach über fünfzig Jahren Ehe plötzlich allein dazustehen.

Aber sie, Heloise, konnte sich für ein paar glückliche Stunden entscheiden. Er hatte in ihrem letzten Telefonat gesagt, wenn sie seine Liebe annehmen könnte, dann solle sie anrufen. Er sei da.

»Ich warte auf dich, ich liebe dich«, flüsterte er noch rasch in den Hörer, bevor er einhängte.

Er hatte die drei Worte gesagt, auf die sie gewartet hatte! Heloise weinte damals tagelang, doch sie blieb eisern, rief ihn nicht an.

Jetzt verharrte Heloise noch einen Moment und sah sich in der Kirche um. Hier hatte sie als Kind stundenlang gesessen, und hier war sie zur Kommunion gegangen.

Wie schnell die Zeit vergangen war. Seufzend erhob sie sich, eine einsame alte Frau. Was wusste der Priester schon von der verzweifelten Sehnsucht nach Liebe und Nähe im Alter? Was wusste er von schlaflosen Nächten, in denen sich die Einsamkeit wie eine riesige schwarze Fledermaus über sie senkte und sie fast ersticken ließ?

Als Heloise die schwere Holztür aufzog, erinnerte sie sich, dass der Pater ihr aufgetragen hatte, dreißig Ave Maria zu beten. Eine Übung in Disziplin, schärfte er ihr ein.

Aber nein. Liebe war das Kostbarste im Leben, und wenn sie einem begegnete, durfte man sie nicht von sich stoßen.

Heloise blieb vor der Kapelle noch einen Moment stehen, während die Tür langsam hinter ihr ins Schloss fiel.

Ein kalter Abend ließ sie frösteln, der Februar war angebrochen.

In zwei Wochen würde Emmanuelles Modenschau stattfinden, die Präsentation der Frühjahrs- und Sommerkollektion. Sie hatten sich schon so lange nicht mehr gesehen, über ein halbes Jahr. Ob ihre Tochter den Tod von Julian David Kröger verkraften konnte? Emmanuelle hatte so verzweifelt geklungen, als sie ihre Mutter anrief, um ihr schöne Weihnachten zu wünschen. Sie hatte sich in Deauville verkrochen, war also ebenso allein gewesen wie ihre Mutter. Und Isabelle hatte die Weihnachtstage auf einem Frachter verbracht.

Brach die Familie auseinander? Ging jeder jetzt seine eigenen Wege?

Ihre Töchter waren jung; wenn sie einsam oder verzweifelt waren, konnten sie diesen Gefühlen den tröstlichen Gedanken an die Zukunft entgegensetzen. Doch sie, Heloise, war siebzig Jahre alt, die Zeit, die vor ihr lag, wurde kürzer. Sollte sie nur noch von der Erinnerung leben?

Mit raschen Schritten überquerte sie den Platz, ging zu ihrem Haus und schloss die Tür auf. Da fiel ihr ein deutscher Schlager ein, den sie in Argentinien bei irgendeiner Veranstaltung gehört hatte: *Kann denn Liebe Sünde sein?* Zarah Leander hatte das Lied gesungen.

»Kann denn Liebe Sünde sein?«, summte Heloise vor sich hin. Den restlichen Text hatte sie vergessen, so fing sie noch einmal von vorne an. »Kann denn Liebe Sünde sein?«

Einen Moment blieb sie stehen, dann schlüpfte sie aus dem Mantel und warf ihn achtlos auf den Stuhl neben der Eingangstür. Vor dem Spiegel nahm sie ihre Mütze ab und fuhr sich durch ihre Haare.

Einen Satz hatte der Pater heute zu ihr gesagt, an den sie jetzt dachte, denn damit hatte er ihr Herz berührt: »Bring Ordnung in dein Leben, Heloise, denk über dein Leben nach.« Selbst wenn er es in Bezug auf ihre ehebrecherische Liebe gemeint hatte, konnte sie daraus auch eine andere Lehre ziehen: Sie musste an Emmanuelle schreiben. Und auch an Isabelle.

Dann konnte sie nur noch abwarten.

Heloise ging in die Küche und schenkte sich ein Glas Rotwein ein. Nachdem sie einen Schluck des Burgunders getrunken hatte, lief sie mit einer gewissen Leichtigkeit in ihr Wohnzimmer, holte Briefpapier und Füller, ging zurück und setzte sich an den Küchentisch.

*Meine liebe Emmanuelle*, begann sie.

Dann aber legte sie den Füller zur Seite.

Ihre kleine Emmanuelle! Wie glücklich war sie gewesen, als ihre Tochter auf die Welt kam!

In Argentinien hatte sie unter der Trennung von ihr sehr gelitten und das Zerwürfnis mit ihr in den letzten Berliner

Tagen längst bereut. Emmanuelle lehnte damals jeglichen Kontakt zu ihren Eltern ab. Aber war das nicht besser so gewesen?

Einmal nur schrieb Emmanuelle ihren Eltern. Das war im Jahr 1945. Sie habe erfahren, dass es am 18. März einen verheerenden Angriff der Alliierten auf Berlin gegeben habe, bei dem alle Häuser in der Straße, in der sie wohnten, getroffen worden und auch die Kellerräume ausgebrannt seien. Emmanuelle war der Ansicht, ihre Eltern sollten das wissen.

Heloise und Felix hatten im Radio von diesem Angriff gehört, doch sie hatten nicht geahnt, dass auch ihre Wohnung betroffen war und damit ihre ganze Vergangenheit ausgelöscht wurde. Nichts war geblieben.

Als sie und ihre Tochter sich nach fünfzehn Jahren in München wiedersahen, in der schäbigen Wohnung nahe des Ostbahnhofs mit den winzigen zweieinhalb Zimmern, waren Emmanuelle die Tränen in die Augen gestiegen, als sie ihre Mutter begrüßte.

Heloise hatte große Angst vor diesem ersten Treffen gehabt. Sie schlug Felix damals vor, Emmanuelle und auch Isabelle die Wahrheit zu sagen, doch er hatte nur den Kopf geschüttelt.

Emmanuelle war anschließend öfter nach München gekommen, vor allem, um Isabelle zu sehen. Die beiden waren vom ersten Moment an ein Herz und eine Seele, ohne jedes Gefühl von Fremdheit, als sie sich kennenlernten.

Emmanuelle, Isabelle.

Heloise stöhnte auf, dann aber nahm sie sich zusammen. Der Pater hatte recht, sie musste ihr Leben in Ordnung bringen.

Sie griff wieder nach dem Füller.

Sie wollte nur das Nötigste schreiben. Doch dann verlor sie sich in der Vergangenheit, in Erklärungen, und so wurde der Brief länger und länger. Der zweite an Isabelle dagegen geriet wesentlich kürzer.

Heloise faltete die Briefe sorgfältig zusammen, steckte sie in Kuverts. Es war inzwischen halb elf – so lange hatte sie also geschrieben. Morgen früh würde sie den Brief an Isabelle per Luftpost aufgeben. Dadurch würde sie ihn nur ein paar Tage nach Emmanuelle bekommen. Dann konnten die beiden, Emmanuelle und Isabelle, entscheiden, ob sie ihr verzeihen konnten. Ob sie noch eine Familie waren oder ob die beiden sich von ihr zurückzogen. Das war ein Gedanke, der Heloise in tiefste elementare Angst versetzte.

Heloise blieb in der Küche sitzen, bis es von der Kirche des Klosters elf Uhr schlug. Sie hatte es geschafft, diese Briefe zu schreiben, jetzt musste sie ihr weiteres Leben in die eigenen Hände nehmen. Sie durfte nicht immer zögern, ständig überlegen. In ihrem Alter konnte sie nicht auf die Zukunft hoffen. Sie würde Ordnung in ihr Leben bringen, in jeder Hinsicht.

Heloise atmete tief durch, erhob sich und ging in die Diele zum Telefon. Sie wählte eine Nummer, die sie seit Monaten auswendig kannte, immer wieder vor sich hingesagt, aber nie angewählt hatte.

Am anderen Ende läutete es mehrmals, dann wurde abgehoben.

»Maurice«, flüsterte Heloise. »Maurice, ich bin es. Heloise.«

# *Einundzwanzig*

## Emmanuelle/Paris

*Februar 1964*

Wie so oft war Emmanuelle am Morgen noch schnell in die Tagesbar gelaufen, trank von ihrem heißen café noir und biss in ein Croissant.

»Die besten Croissants von ganz Paris«, rief sie dem Besitzer der Bar in dem Gedränge zu. Sie stand an der Theke, und von hinten wurde geschoben und gestoßen.

Es war noch voller als gewöhnlich. Um sie herum standen Mannequins, noch ungeschminkt in Jeans, weiten Pullovern und mit dicken Schals um den Hals, unfrisiert, oft übermüdet von langen Anproben, die sich bis in die Nacht hineinzogen. Daneben ausländische Paparazzi, die bereits in Paris waren, um vor den großen Shows in Bars und vor den Modehäusern herumzulungern, immer auf der Suche nach einem guten »Schuss«.

Als Emmanuelle einen Fotografen hereinkommen sah, drehte sie sich rasch um, nahm eine Zeitung von der Theke, doch es war schwierig, sie im Gedränge vors Gesicht zu halten und gleichzeitig ihr Croissant zu essen.

Sie machte dem Barbesitzer ein Zeichen: Sie würde morgen bezahlen.

Der nickte ihr freundlich zu, und Emmanuelle drückte sich am Rücken des Fotografen vorbei und verließ ungesehen die Bar.

Chloé wartete bereits auf sie.

»Tut mir leid«, entschuldigte sich Emmanuelle, »ich habe heute früh schon ein langes Telefonat geführt, da ist mir irgendwie die Zeit davongelaufen. Deshalb musste ich noch schnell drüben ein Croissant essen.«

In Chloés Gesicht war die große Frage zu lesen, mit wem sie telefoniert hatte. Es war selten, dass Emmanuelle zu spät kam, und an einem Tag wie diesem, so kurz vor der großen Präsentation, noch ungewöhnlicher. Emmanuelle lächelte, während sie die Zeitung auf den Tisch legte, sich das halbgegessene Croissant zwischen die Zähne schob und aus ihrer Jacke schlüpfte.

Sie befand sich in einem Schwebezustand, wie sie ihrer Freundin erzählt hatte, und warte – worauf, wisse sie nicht genau.

»Irgendetwas liegt in der Luft«, hatte sie erklärt.

Chloé freute sich. Endlich schien Emmanuelle wieder Mut zu fassen. Der Tod von Julian David Kröger hatte sie in eine schwere Depression gestoßen. Dazu kam die Gewissheit, dass ihr Kind wohl schon im Alter von nur wenigen Wochen gestorben war. Jetzt schien Emmanuelle beides akzeptiert zu haben.

»Also, bevor du vor Neugierde platzt«, lächelte Emmanuelle, »ich habe mit Jon Scott telefoniert.«

»Schon wieder?«

Jetzt lachte Emmanuelle. »Chloé, ja, *schon wieder*!«

»Und? Was sagt er so?«

»Er hat ein wenig erzählt. Wir haben uns einfach unterhalten, das ist alles.«

»Das freut mich für dich«, meinte Chloé. »Und magst du jetzt einen Kaffee?«, fragte sie, da Emmanuelle nicht weitersprach.

»Ja, gern. Eigentlich hatte ich ja drüben in der Bar schon einen, aber dann kam ein Fotograf rein, und ich bin geflohen, bevor ich ihn auch nur halb austrinken konnte.«

»Julie hat deine Post hochgebracht, sie liegt hier irgendwo.« Chloé verließ das Zimmer, um gleich darauf mit einer großen Tasse Milchkaffee wiederzukommen.

»Milchkaffee?« Emmanuelle sah ihre Freundin erstaunt an.

»Ja, Abwechslung tut gut, und immer dieser starke Kaffee ist schädlich.«

»Na ja, danke. Lieb, dass du so auf mich achtest.«

»Wenn nicht ich, wer dann?«

»Ja, Chloé, da hast du recht.«

Sie lächelten sich zu, dann warf Chloé noch einen raschen Blick in den Spiegel und zupfte schnell ihre frisch gefärbten weißen Haare zurecht.

»In zehn Minuten im Atelier«, schärfte sie Emmanuelle noch ein. »Ach, übrigens, was würdest du sagen, wenn wir das Starmannequin Bettina engagieren? Sie hat signalisiert, dass sie für dich laufen möchte.«

»Givenchy wird das nicht gerne sehen, oder? Aber es wäre wunderbar.«

»Ja, es wäre ein richtiger Coup für unser Haus. Ich rufe sie an.« Damit verließ Chloé das Zimmer, und Emmanuelle hörte ihre hohen Absätze auf der Treppe.

Während sie von dem Milchkaffee trank, dachte sie an Jon Scott. Es war tröstlich gewesen, als er sie kurz nach dem Absturz der Pan-Am-Maschine anrief. Er hatte ihr von seinem Freund Julian erzählt, von dem letzten Besuch bei ihm und dass er gespürt habe, wie sehr Julian mit sich kämpfe.

»Wieso?«, wollte Emmanuelle wissen.

»Es ist nur ein Gefühl«, hier hatte Jon Scott eine kleine Pause gemacht, »aber ich glaube, er war bereit für ein Leben mit Ihnen.«

Emmanuelle hatte geschwiegen. Reagierte Jon Scott einfach nur auf ihre Traurigkeit und wollte sie trösten?

Doch es tat gut, mit ihm zu telefonieren. Inzwischen wusste sie, dass Jon Scott im Alter von einundzwanzig Jahren geheiratet hatte und mit einunddreißig wieder geschieden worden war. Und er sprach sehr viel über seine Zeit bei der Pan Am.

»In zehn Tagen ist meine große Show«, hatte sie ihm erzählt. Doch über ihre Unsicherheit, die Kollektion könne nichts taugen, schwieg sie. Jedes Mal, wenn sie sich mit ihm unterhielt, schienen ihre Befürchtungen und Ängste nebensächlich zu werden. Sie lächelte, als ihr das bewusst wurde. Dann griff sie nach der Post, die Julie hochgebracht hatte.

Unter Einladungen zu Galerieeröffnungen und Filmpremieren fand sich ein Brief ihrer Mutter. Emmanuelle war überrascht, sie konnte sich nicht erinnern, von ihr jemals Post bekommen zu haben, außer damals in Deauville, immer mit der gleichen Frage, ob sie ihre Entscheidung bedauere.

Sie riss das Kuvert auf, sie hatte nicht viel Zeit, oben im Atelier wartete man bereits auf sie.

Sie glättete den Brief und fing an zu lesen.

*Meine liebe Emmanuelle,*
*jede Frau, jeder Mann kommt mit einer Begabung zur Welt. Ich glaubte, ich sei dazu bestimmt, eine gute Mutter zu sein. Doch gerade hier, wo ich nicht an mir zweifelte, versagte ich. Damals, als Du nicht den Mut gefunden hast, Dich mir anzuvertrauen, habe ich da versagt? Wenn ich Dir das*

*Gefühl gegeben hätte, hinter Dir zu stehen, wäre dann alles anders gekommen? Ich hätte bei Dir in Berlin bleiben, für dich da sein müssen.*
*Und haben wir, Deine Eltern, Dir zu leichtfertig vorgeschlagen, Dein Kind wegzugeben, da Du mit großem Nachdruck erklärt hast, dass Du es nicht haben willst? Wir wollten das Beste und taten das Falsche.*
*Kaum waren wir in Buenos Aires angekommen, begann ich schon zu zweifeln. Immer häufiger sprach Dein Vater zudem davon, in dieser Stadt zu bleiben. In Deutschland sah er keine Zukunft mehr für uns.*
*Ich dachte viel an Dich, konnte nicht glauben, dass der Bruch zwischen uns endgültig sein sollte. Ich schrieb Dir einen Brief in die Villa der Frau von Denk. Er wurde Dir jedoch nicht übergeben mit dem Hinweis, man dürfe Dich in Deinem Zustand nicht zusätzlich belasten. Du seist weiterhin glücklich mit der einmal getroffenen Entscheidung.*
*Aber mir ließ das alles keine Ruhe. Es ging um unser Enkelkind! Es sollte nicht bei fremden Leuten aufwachsen. Und so überredete ich Deinen Vater, das Kind gleich nach der Geburt zu uns zu holen. Wir waren inzwischen sicher, dass Du irgendwann bereuen würdest, und dann wäre es zu spät. Wir waren überzeugt davon, es für Dich zu tun! Und wir warteten nur auf den Moment, in dem Du oder Simone uns schreiben würdet, wie sehr Du Dein Kind vermisst. In den folgenden zwei Jahren aber hast Du völlig anders reagiert, als von uns erwartet. Du schienst Deine Entscheidung nicht zu bereuen.*
*Das Gehalt für die Krankenschwester, die Dein Kind nach Buenos Aires brachte, die Reisekosten, der Anwalt, das Schweigegeld für Frau von Denk, all das hatte unsere*

*Ersparnisse restlos aufgezehrt. Und dann kam das Kind krank an, dem Tode nahe. Um seinen Klinikaufenthalt und die Behandlung zu bezahlen, nahm Dein Vater einen ersten hohen Kredit auf.*

*Als wir erfuhren, dass Du Dich komplett in die Arbeit gestürzt und nie von Deinem Kind gesprochen hast, waren wir ratlos. Wir hatten offensichtlich nicht in Deinem Sinne gehandelt. Aber wir liebten die kleine Rose mittlerweile abgöttisch. Und als Dein Vater den Vertrag bei Claudio Richter unterschrieb, trafen wir eine folgenschwere Entscheidung.*

*Wir wandten uns an den Arzt, der Rose, Dein Kind, nach seiner Ankunft behandelt hatte, denn Dein Vater war der Überzeugung, er werde für Geld einiges möglich machen. Er legte ihm unsere Situation dar und erzählte, dass niemand bei der Einreise die Papiere kontrolliert hatte. Es gab keinerlei behördliche Eintragung. Dr. Martinez erkannte, dass wir nur das Beste für Rose wollten, erkannte auch die Brisanz unserer Situation. Die leibliche Mutter, unsere Tochter, wollte das Kind nicht, das inzwischen bei uns aufwuchs. Dein Vater erklärte ihm, Du würdest sicher entsetzt sein, unser Handeln als Vertrauensbruch ansehen und vielleicht sogar darauf bestehen, das Kind jetzt noch, als Zweijährige, von einer fremden Familie adoptieren zu lassen. Das war unsere große Furcht. Dr. Martinez hörte sich unsere Sorgen an, erkannte, wie sehr wir Rose liebten, und erklärte uns, alles sei machbar, aber es koste viel, sehr viel Geld. Er nannte uns einen Finanzmakler, der uns helfen könne, und alles werde sich zu unserer Zufriedenheit lösen. Felix unterschrieb diesen Kreditvertrag zu Wucherkonditionen, aber in diesem Moment waren wir glücklich. Dr. Martinez stellte*

*nach Erhalt seines hohen Honorars eine Geburtsurkunde aus. Gemäß dieser Urkunde brachte Heloise Lambert in der Nacht des 10. September 1933 in seiner Praxis eine kleine Tochter zur Welt. Ein Standesbeamter war bereit, gegen eine weitere hohe Summe diese Geburtsurkunde mit amtlichem Stempel zu versehen.*
*Nachdem wir die Papiere bekamen, gemäß denen ich zwei Jahre zuvor eine Tochter bekommen hatte, reisten wir eine Woche später, am 15. Juni 1935, zur Estancia, wo Dein Vater die Stelle bei Claudio Richter antrat. Wir kamen dort an mit »unserer« zweijährigen Tochter, der wir den Namen Isabelle gegeben hatten.*

Der Brief entglitt Emmanuelles Händen, bevor sie ihn ganz zu Ende gelesen hatte. Sie konnte nicht mehr atmen, nicht denken, nichts fühlen, außer …

Isabelle. Mein … Kind … meine Tochter … Das also war aus ihrem Kind, Rose, geworden: die zweite Tochter ihrer Eltern. Isabelle, ihre Schwester.

Sie hatte jahrelang unablässig an das Kind gedacht, das sie weggegeben hatte. Warum nur hatten ihre Eltern nichts gesagt? Warum nicht wenigstens damals, als sie Isabelle in München kennenlernte? Sie hatte Isabelle vom ersten Moment an geliebt, sie hätte sie zu sich nach Paris holen, hätte fünfzehn Jahre mit ihr verbringen können, mit Isabelle, ihrer Tochter.

Emmanuelles Herz raste, ihre Kehle war wie ausgetrocknet, als sie nach dem Telefonhörer griff, um Heloise anzurufen. Dann aber legte sie wieder auf. Der ganze Raum drehte sich um sie.

Ihr Vater war vor zehn Jahren auf dem Weg zu ihr gewesen, um mit ihr zu sprechen. Wollte er ihr damals die Wahrheit sagen? Nach seinem Tod aber hatte ihre Mutter geschwiegen. Und nun, aus heiterem Himmel, dieses Geständnis in Briefform.

*Warum, Maman, warum hast du mich über Jahre belogen?*

Emmanuelle verbarg ihr Gesicht in den Händen, sie überhörte das Klopfen an der Tür und erschrak, als Chloé plötzlich vor ihr stand.

»Ich habe geklopft und gerufen, hast du nichts gehört? Wir warten auf dich.«

Emmanuelle aber überreichte ihr nur stumm den Brief. Erstaunt griff Chloé danach.

»Lies«, flüsterte Emmanuelle.

Julian, schoss es ihr den Kopf. Was hätte er dazu gesagt, dass Isabelle unsere Tochter ist?

»Und? Was meinst du?«, fragte sie, als Chloé langsam den Brief auf den Tisch legte. »Meine eigenen Eltern haben mir mein Kind weggenommen!«

»Das sehe ich nicht so«, sagte Chloé ruhig. »Deine Eltern wollten das Beste für dich. Sie glaubten, dass du deine Entscheidung eines Tages bereuen könntest. Sie holten das Kind für *dich* zu sich nach Argentinien.«

Emmanuelle lachte auf. »Für *mich*? Meine Mutter hat mir jahrelang verschwiegen, dass meine Schwester meine Tochter ist!«

»Offenbar hast du zwei Jahre lang den Eindruck erweckt, die Adoption sei die richtige Entscheidung gewesen. Was hätten deine Eltern denn machen sollen?«

»Ich hatte so große Sehnsucht nach meinem Kind«, flüsterte Emmanuelle.

»Du wolltest das Kind nicht, hast du das vergessen? Du bist mit deinem Leben nicht zurechtgekommen, warst verzweifelt. Glaubst du wirklich, du wärst in der Verfassung gewesen, ein Kind großzuziehen?«

Als Emmanuelle schwieg, sprach Chloé beschwörend weiter: »Und glaubst du, deine Tante Simone wäre begeistert gewesen, wenn du mit einem unehelichen Baby angekommen wärst? Emmanuelle! Du wolltest für dein Kind Eltern, die es lieben. Und diese Eltern hatte Isabelle!«

Schweigend und tief getroffen stand Emmanuelle auf und wandte ihrer Freundin den Rücken zu.

»Ja, aber mit dem Unterschied, dass es nicht ihre Eltern, sondern die Großeltern waren.«

»Umso besser, so wuchs Isabelle in der Familie auf.«

Emmanuelle aber wollte nicht auf Chloé hören.

»Ich habe mein Kind so sehr vermisst, ich habe jahrelang unter dem Verlust gelitten.«

»Du bist mit all den furchtbaren Erlebnissen nicht zurechtgekommen, verständlicherweise. Und in diesem Zustand wärst du eine schlechte Mutter gewesen.«

»Chloé, was erlaubst du dir!« Emmanuelle fuhr herum.

Chloé aber blieb ruhig.

»Ich bin deine Freundin, und deshalb habe ich wohl das Recht, dir die Wahrheit zu sagen. Und ich erinnere mich auch sehr genau daran, dass ihr kein Kind wolltet, du und Pierre. Ihr habt euch für die Karriere entschieden. Isabelle ist eine wunderbare junge Frau geworden, sie hatte eine schöne Kindheit, sei deiner Mutter dankbar dafür.«

»Tatsache ist aber doch, dass meine Eltern mich über Jahre hinweg belogen haben. Sie hätten mir die Wahrheit sagen müssen, spätestens als ich sie in München besuchte.«

»Warum? Isabelle war damals sicher in einem schwierigen Alter. Du hättest sie von ihren Eltern weg und nach Paris geholt, und dann?«

Emmanuelle schwieg und wandte sich wieder ab.

»Ich weiß, es klingt hart, was ich dir jetzt sage. Aber deine Eltern haben dein Kind großgezogen, und du hast Karriere gemacht. Du hast keine Verpflichtungen gehabt, keine elterliche Verantwortung übernehmen müssen, du hast die guten Momente mit Isabelle erlebt, du hast sie verwöhnt und die Zeit mit ihr genießen können. Und das geht auch weiterhin, jetzt seid ihr eben nicht Schwestern, sondern Mutter und Tochter. Freu dich doch, dass dein Kind lebt und es ihm gutgeht. Sei deiner Mutter dankbar! Es war bestimmt nicht leicht für sie, mit diesem Geheimnis zu leben.«

»Vielleicht«, aus Emmanuelles Stimme klang große Verunsicherung, »vielleicht ist das so. Aber … ich weiß nicht … ich muss mich erst daran gewöhnen.«

»Natürlich musst du das. Das braucht seine Zeit, und auch für Isabelle wird es zuerst ein Schock sein. Aber ihr seid eine Familie, und ihr liebt euch doch. Ist das nicht das Wichtigste?«

Emmanuelle zuckte nur schweigend die Schultern. Chloé blieb noch einen Moment stehen, dann drehte sie sich zur Tür.

»Ich gehe schon mal vor. Komm bitte rasch nach, wir müssen die Anprobe durchziehen, egal was ist.«

»Ja, ja«, Emmanuelle wischte die Tränen weg, die ihr plötzlich über die Wangen liefen. »Ich komme gleich.«

Sie las den Brief weiter. In den letzten Sätzen schrieb Heloise, dass sie hoffe, Emmanuelle könne ihr verzeihen. Und dass sie auch an Isabelle geschrieben habe.

Isabelle. Wie nahm sie die Wahrheit auf? Was empfand sie jetzt, wie waren ihre Gefühle?

*

Erst am übernächsten Abend rief Emmanuelle ihre Mutter an.

Heloise nahm sofort ab, es schien, als warte sie sehnlichst auf den Anruf ihrer Tochter.

»Ich habe deinen Brief bekommen«, begann Emmanuelle leise. »Es ist natürlich ein Schock für mich, aber …«

»Aber?«, fragte Heloise am anderen Ende, ihre Stimme klang dünn, und Emmanuelle hörte Unruhe und auch Angst heraus.

Emmanuelle sprach jetzt mit fester Stimme weiter: »Aber ich weiß, dass du aus Liebe gehandelt hast, ebenso wie Papa. Das ist mir klargeworden. Ihr konntet ja nicht wissen, wie sehr ich mein Kind vermisst habe.« Emmanuelle unterdrückte ein Schluchzen.

»Dein Vater und ich haben viele Fehler gemacht«, sagte Heloise mit heiserer Stimme, »aber, Emmanuelle, ich liebe dich doch so, mein Kind. Vielleicht haben wir einfach zu wenig miteinander geredet, schon damals in Berlin, als du dich vor uns so verschlossen hast.«

»Damals«, antwortete Emmanuelle, »konnte ich einfach nicht reden, es ging nicht, Maman, aber es hatte nichts mit euch zu tun.« Emmanuelle machte eine Pause und biss sich auf die Lippen. Es fiel ihr nicht leicht, es auszusprechen, doch dann tat sie es: »Ich liebe dich auch, Maman.«

Sie hörte, wie ihre Mutter am anderen Ende aufhörte zu weinen. »Wir werden uns demnächst sehen, irgendwann nach der Show«, versprach sie ihr.

»Ja, das wäre schön«, flüsterte Heloise. »Sehr schön sogar, und vielleicht kommt ja Isabelle auch, und alles wird gut.«

Doch als Emmanuelle eingehängt hatte, dachte sie an den Satz, den Isabelle ihr gegenüber geäußert hatte: »Zu wissen, dass die eigene Mutter einen nicht wollte – ich glaube nicht, dass man das verzeihen kann.«

Würde Isabelle es jetzt können?

# *Zweiundzwanzig*

## Isabelle/Auf der Estancia

Wieder saß Isabelle auf der Terrasse der Villa und trank mit Emilia Kaffee.

»Es ist vorbei«, hatte Emilia sie begrüßt, sie leicht an sich gezogen und ihr einen Kuss auf die Wange gehaucht.

Vorbei, das bedeutete, dass die Anwälte der einflussreichen Familie Richter den Finanzmakler Arnold Mayer ausfindig gemacht hatten. Sie hatten ihn sich »vorgeknöpft«, wie Emilia es vorsichtig ausdrückte.

»Sie hatten gründlich recherchiert, und da kam mehr als ein unsauberer Deal von ihm ans Licht. Damit haben unsere Anwälte ihn unter Druck gesetzt. Nun ja, es ist besser, wir kennen keine Details.« Emilia hatte mit einem distinguierten Lächeln ihren kleinen Bericht abgeschlossen. Wieder hatte die Familie Richter für die Lamberts alles geregelt und Schulden bezahlt. Für Isabelle ein fast unerträglicher Gedanke. »Ihr habt so viel für uns getan, ich wollte, ich könnte mich dafür revanchieren.«

»Das musst du nicht, wir freuen uns, dir und deiner Familie helfen zu können.«

»Ich weiß gar nicht, wie ich dir danken soll, Emilia.«

»Es war eine Sache zwischen deinem Vater und meinem Mann Claudio. Hast du irgendeine Ahnung, warum deine Eltern diesen Kredit aufgenommen haben? Schulden, die sie daran hinderten, jemals ein wirklich sorgenfreies gutes Leben zu führen?«

Isabelle schüttelte nur leicht den Kopf. Dabei kannte sie inzwischen den Grund. Vor zwei Tagen hatte sie einen Brief ihrer Mutter erhalten, der Licht in das Dunkel brachte, aber noch viel mehr Dunkelheit offenbarte. *Alles, was wir taten, taten wir aus Liebe*, hieß es darin. *Zu Dir, zu Emmanuelle. Wir verstrickten uns in Lügen, und aus diesem Geflecht fanden wir nicht mehr heraus.*

Isabelle kannte den Brief fast auswendig, so oft schon hatte sie ihn in den vergangenen Tagen gelesen. Ihre Mutter bat sie um Verzeihung. Was aber sollte sie ihr überhaupt verzeihen? Vielleicht hätten die Eltern ihr früher die Wahrheit sagen müssen, doch was wäre dann gewesen?

> *Ich kann mir vorstellen, wie enttäuscht Du bist, weil wir Dich in einer Lüge haben aufwachsen lassen und nicht den Mut zur Wahrheit fanden. Es war so schwer, wir konnten es nicht, denn wir hatten Angst vor Konsequenzen, die wir nicht einschätzen konnten.*
> *Ich kann nicht glauben, dass Du mir verzeihen kannst, aber bitte zweifle nie an meiner Liebe zu Dir. Zu Dir und zu Emmanuelle.*

Nein, an der Liebe von Heloise hatte Isabelle niemals gezweifelt. Sie war ihre Mutter gewesen, die Frau, die sie liebte, die immer für sie da gewesen war. Genauso, wie man sich eine Mutter wünschen konnte.

Aber Isabelle hatte nicht vergessen, was sie noch vor kurzem zu Emmanuelle gesagt hatte: »Zu wissen, dass die eigene Mutter einen nicht wollte – ich glaube nicht, dass man das verzeihen kann.«

Und jetzt stellte sich heraus, dass sie, Isabelle, dieses Kind war, das Emmanuelle nicht hatte haben wollen.

Plötzlich spürte Isabelle, wie ihr die Tränen aus den Augen stürzten, Tränen, die sie seit zwei Tagen zurückgehalten hatte.

Pierre und Emmanuelle hatten nie ein Kind gewollt, das hatte Pierre einmal gesagt. Sie wären niemals gute Eltern gewesen. Sie hatten Karriere gemacht.

Emmanuelle – *ihre Mutter*?

»Was ist, Isabelle, geht es dir nicht gut?«,

Die besorgte Stimme von Emilia riss Isabelle aus ihren Gedanken.

»Doch, doch.« Hastig sprang sie auf und wischte sich die Tränen vom Gesicht.

»Ich muss nach Hause, danke dir, Emilia, danke!« Schon lief sie durch die Halle und die Auffahrt hinunter.

Emilia rief ihr noch nach, was denn los sei, da drehte Isabelle sich um und winkte ihr zu.

»Ich erzähle es dir morgen. Oder … ja, bald.«

Dann rannte sie los, immer schneller, bis sie keuchend vor ihrem Haus stand. Sie lief nach oben und warf sich aufs Bett.

Sie musste lange so gelegen haben, denn als sie das nächste Mal aufsah, wurde es draußen bereits dunkel. Isabelle hob den Kopf und lauschte nach unten.

Bernada sang in der Küche ihr Lieblingslied, eine Melodie des berühmten Tangotänzers Carlos Gardel, den Bernada noch Jahre nach dessen Tod bewunderte und um den sie trauerte:

*Veinte años no es nada. Zwanzig Jahre sind ein Nichts.*

Auch ihre Mutter Heloise hatte oft die Platte mit Liedern von Carlos Gardel aufgelegt, traurig hatten sie in Isabelles Ohr geklungen.

»Warum hörst du dir diese Musik an?«, hatte sie wissen wollen.

»Weil ich traurig bin.«

»Aber wenn du traurig bist, warum hörst du dann auch noch traurige Lieder?«

»Damit ich wieder lustig werde«, hatte ihre Mutter lachend gesagt und sie zart in die Wange gekniffen, während sie sich mit der anderen Hand leicht über die Augen fuhr, um sich die Tränen abzuwischen.

Ach, Maman! Das wirst du immer für mich bleiben, meine Maman.

Aber warum hast du nur so lange geschwiegen?

# *Dreiundzwanzig*

## Emmanuelle/Paris

*April 1964*

Emmanuelle lief in ihr Zimmer und lehnte sich von innen gegen die Tür. Sie wollte nach der gelungenen Generalprobe nur rasch durchatmen, bevor sie wieder hinunterging.

Für heute Nachmittag hatten sie und Chloé eine kleine Modenschau in den eigenen Räumen angesetzt. Einladungen waren an die Chefredakteurin der französischen *Vogue* und weitere Pressevertreter verschickt worden, auch an sehr gute Kundinnen und einige Filmschauspielerinnen, die in der ersten Reihe nicht fehlen durften. Alle hatten zugesagt, das Interesse an ihrer »Zwischenkollektion« war groß.

Die Präsentation im Februar war alles andere als ein Erfolg gewesen. Das Mannequin Bettina hatte noch einiges herausgerissen, doch letztendlich hatte es nur freundlichen Applaus gegeben. Auch wenn es absehbar gewesen war: Emmanuelle hatte einige Zeit gebraucht, bis sie diese Enttäuschung verkraftet hatte. Dann aber war ihr Kampfgeist erwacht. Wenn du unten bist, musst du wieder aufstehen. War das nicht das Motto ihres Lebens gewesen? Aus diesem harten Rückschlag war bei ihr die Idee der Zwischenkollektion entstanden.

Emmanuelle trat ans Fenster. Immer wieder dachte sie an den Moment, in dem sie drüben vor der Tagesbar Julian David Kröger hatte sitzen sehen.

Julian. Sie hatten sich wiedergetroffen und ihre Liebe aufleben lassen. Es war gut gewesen, ihn in ihrem Leben zu wissen, und dort war er auch jetzt noch, nach seinem Tod. Wie hätte er reagiert, wenn er erfahren hätte, dass Isabelle seine Tochter war? Ihre gemeinsame Tochter?

Vor zwei Monaten hatte Emmanuelle auf der Estancia angerufen.

»Ich brauch Zeit«, hatte Isabelle zurückhaltend erklärt. Emmanuelle litt unter diesem Schweigen, sie hätte Isabelle so gern gesehen, sie umarmt und sich mit ihr ausgesprochen. Nach dem Brief ihrer Mutter damals war ihr erster Impuls gewesen, sofort nach Buenos Aires zu fliegen. Aber sie erkannte, dass es nicht gut gewesen wäre. Sie musste abwarten. Daher hatte sie sich in die Arbeit an der Zwischenkollektion gestürzt.

Es klopfte leise, und Chloé steckte den Kopf zur Tür herein.

»Du wirst unten gebraucht, wir müssen noch die Schuhe aussuchen. In drei Stunden geht's los.«

In diesem Moment klingelte Emmanuelles Privattelefon. Sie nickte Chloé zu, während sie bereits nach dem Hörer griff.

»Ich komme sofort.«

»Ah, wieder dieser Scott«, lachte Chloé und zwinkerte ihr zu. »Mach nicht so lange, bitte!«

Sie zog sich zurück und schloss leise die Tür.

Jon Scott. Seit fünf Monaten telefonierten sie in unregelmäßigen Abständen miteinander, und Emmanuelle wusste noch nicht einmal, wie er aussah.

Doch diesmal war es nicht Jon, sondern ein Anruf aus Argentinien.

# *Vierundzwanzig*

## Isabelle/Auf der Estancia

Isabelle legte den Hörer langsam auf die Gabel. Sie hatte es endlich geschafft, Emmanuelle anzurufen.

Sie hatte erkannt, dass sie nicht das Recht dazu hatte, Emmanuelle zu verurteilen, weil sie damals ihr Kind weggegeben hatte. Das Kind, das sie gewesen war.

»Ich … brauche dich«, hatte sie in den Hörer geflüstert und sich sofort danach auf die Lippen gebissen. Es war ihr nicht leichtgefallen, nein, es war sogar sehr schwer gewesen. Zwei Monate hatte sie gebraucht, um schließlich diese Worte auszusprechen, unterbrochen vom Knistern in der Leitung.

Isabelle blieb auf ihrem Bett sitzen, lange nachdem sie aufgelegt hatte. Sie atmete tief durch und dachte an Emmanuelles Worte: wie sehr sie Isabelle vermisste, wie sie darunter gelitten hatte, so lange nichts von ihr zu hören.

»Ich liebe dich so sehr, Isabelle. Das weißt du doch, seit dem ersten Moment, als wir uns am Bahnhof München damals begrüßt haben.«

»Ich weiß«, hatte Isabelle geantwortet. »Aber lass mir Zeit.«

»Natürlich, so lange du willst«, war Emmanuelles Antwort gewesen. Dann sprachen sie über Julian Kröger, Isabelles Vater. Wie schön wäre es gewesen, dieses neue Wissen mit ihm zu teilen! Wie hätte er reagiert? Hätte er sie gleich umarmt, sie als seine Tochter annehmen können?

Es war jetzt noch schwerer geworden, beinahe unmöglich, seinen Tod zu akzeptieren. Aber was hatte er zu ihr gesagt? *Manchmal entscheidet das Schicksal für uns.*

Isabelles Blick fiel auf den Bildband, der neben dem Telefon lag: *Giganten der Lüfte in den vergangenen fünfzig Jahren.* Eines der vielen Bücher, die seit ihrer Abreise vor vierzehn Jahren in einem Karton verstaut auf dem Speicher standen. Vor einigen Tagen hatte sie angefangen, die Kartons auszupacken, und auch diesen Band wiederentdeckt. In Gedanken versunken blätterte sie darin, und plötzlich verharrte sie bei einem Bild: Beechcraft Model 17, Staggerwing. Das Foto zeigte einen knallroten Doppeldecker, mit einem dicken Stift eingerahmt von Felix Lambert.

Die Erinnerung stand Isabelle plötzlich vor Augen, ganz klar. Der Tag, an dem sie als Kind von zu Hause ausriss. Leonida, Emilias altes Hausmädchen, das auf sie aufpassen sollte, war in der Hitze im Garten auf ihrem Stuhl eingenickt. Da war sie einfach den Weg weitergelaufen, direkt zum nahe gelegenen Flughafen. Sie wollte zu ihrem Vater.

Rot, knallrot, das Flugzeug hatte ihr sofort gefallen.

Der Bildband fiel polternd zu Boden, als Isabelle aufsprang. Sie schlüpfte in ihre Stiefel, rannte die Treppe hinunter und aus dem Haus.

*

## Emmanuelle/Paris

Endlich hatte Isabelle sich gemeldet. Emmanuelle hatte sich während des Gesprächs auf die Kante ihres Zeichentischs gesetzt, und da saß sie noch, als Chloé ein zweites Mal heraufkam und sie ungeduldig bat, endlich zu kommen, alle würden auf sie warten.

»Fang du bitte schon mal an«, meinte Emmanuelle, »ich komme nach.«

Sie beugte sich vor und zog die Schublade des Tisches auf. Hier lag ihr angefangener Brief an Isabelle. Darin hatte sie sie gebeten, sie nicht zu verurteilen, sondern zu versuchen zu verstehen, wie sehr sie ihre Entscheidung immer bereut habe. Doch dann hatte sie gezögert, den Brief zu beenden und abzuschicken. Und es war richtig gewesen.

Sie hatte gewartet, bis Isabelle auf sie zukam. Am Ende des Gesprächs hatten sie beide mit den Tränen gekämpft.

Isabelle, ihre *Tochter*, hatte ihr verziehen und sie eingeladen, endlich nach Argentinien zu kommen und sie auf der Estancia zu besuchen.

»Du willst also dort bleiben?« Der Gedanke schien Emmanuelle unerträglich.

»Ich weiß es noch nicht«, war Isabelles ausweichende Antwort gewesen. »Mal sehen.«

Langsam erhob sich Emmanuelle. In den vergangenen zwei Monaten hatte sie oft mit ihrer Mutter telefoniert. Heloise war überglücklich, dass ihre Tochter ihr verziehen hatte. Und Emmanuelle versprach ihr, sie nach der kleinen Modenschau zu besuchen.

Da gestand ihr Heloise, dass sie seit Monaten eine Beziehung habe.

»Das habe ich mir schon lange gedacht«, lachte Emmanuelle.

»Es ist zwar alles sehr schwierig«, erklärte Heloise, »ich erzähle es dir noch, aber …«

»Du bist glücklich, nicht wahr?«, hatte Emmanuelle gefragt.

»Ja, das bin ich.«

»Das hast du verdient, Maman.«

Rasch wischte Emmanuelle sich die verlaufene Wimperntusche aus den Augenwinkeln, drehte sich um und griff nach ihrer Tasche, die auf dem Fensterbrett stand. Ein wenig Puder auf die gerötete Nase und um die Augen würde nicht schaden.

Während sie die Puderdose öffnete, sah sie durchs offene Fenster hinunter auf die Straße. An diesem warmen Frühlingsnachmittag drängelten sich die Menschen durch die Rue Saint-Honoré, genossen die Wärme und schlenderten an den Couture-Häusern vorbei.

Emmanuelle fühlte sich glücklich und befreit. Als sie sich schon abwenden wollte, warf sie noch einen Blick auf die Tagesbar gegenüber.

Dort saß ein Mann an einem der kleinen Tische. Groß, schlank, lässig die Beine übereinandergeschlagen. Er unterhielt sich mit dem Besitzer der Bar, lachte, dann sah er zu ihr hoch. Emmanuelles Herz klopfte schnell. Sie wusste, wer er war, obwohl sie in den Telefonaten niemals über sein Aussehen gesprochen hatten.

Sie verharrte kurz, bevor sie ans Fenster trat, ihre Hand hob und ihm winkte.

Und Jon Scott winkte zurück.

*

# Isabelle/Auf der Estancia

*Zur gleichen Zeit*

Isabelle raste im Jeep über den holprigen Weg bis zum Flughafen. Sie erinnerte sich an etwas, das sie damals nicht ausplaudern durfte, sonst sei sie ein böses Kind. Ihr Vater hatte ihr verboten, über ihr »Geheimnis« zu sprechen. Er hatte sogar gedroht, sie müssten für immer weg, wenn sie Maman etwas erzählte oder den Richters.

Bruchstücke der Erinnerung nur.

Wie alt war sie damals gewesen, fünf? Älter auf keinen Fall.

»Du musst es vergessen«, hatte ihr Vater ihr eingeschärft, hatte sie bei den Schultern gepackt und geschüttelt. Das hatte er noch niemals zuvor getan. Er machte ihr Angst.

Der Sturzflug, der heftige Schmerz im Herzen, die Atemnot, die Angst …

Sie hatte all das in der Convair 340 erlebt, aber nicht zum ersten Mal. Die Erinnerung kam zurück.

»Papa«, hatte sie gerufen. »Papa!« Unmittelbar bevor dieser grauenvolle Schmerz ihr kleines Herz ergriff, im Moment des rasenden Sturzflugs. »Papa!«

Endlich kam Isabelle am Flughafen an und sprang aus dem Wagen.

»Wo steht die Beechcraft?«, rief sie dem Mechaniker Pedro entgegen, der gerade die Cessna aufgetankt hatte. Damit sollte der Pilot später ein paar Gäste von einer anderen Estancia abholen.

»In Halle III, Ernesto kann sie Ihnen zeigen.«

Isabelle drehte sich um und sah, wie Ernesto sie heranwinkte und das Tor zur Halle III hochzog.

Sie war damals hinaufgeklettert, ja, wie eine kleine Katze, es war nicht schwer gewesen, denn eine Leiter lehnte an der Tragfläche. Von dort nur ein Schritt ... Sie hatte sich hineinfallen lassen, sich rasch hinter dem Pilotensitz versteckt, als sie Schritte hörte. Und als sie einen Blick riskierte, saß ihr Vater schon vor ihr, er hatte sie nicht gesehen und brauste einfach los. Das Flugzeug stieg hoch, immer höher, und plötzlich schluchzte ihr Vater auf. Dann raste die Beechcraft im Sinkflug nach unten.

Da hatte sie geschrien, so laut sie konnte, hatte mit beiden Händen den Hals ihres Vaters umschlungen und sich an seinen Schultern festgekrallt. Und in diesem Moment riss er die Maschine plötzlich wieder hoch.

Isabelles Atem ging jetzt schwer, noch zögerte sie, blieb vor der Halle stehen.

»Später, Ernesto, später«, rief sie plötzlich, drehte sich wieder um und lief auf die Cessna 172 zu.

»Ich fliege!«, erklärte sie Pedro, dessen Mund offen stand, als er sah, wie Isabelle ihren Rock bis zu den Schenkeln hochriss und ins Cockpit kletterte.

Auf einer Maschine wie dieser hatte sie ihren Pilotenschein gemacht. Sie konnte es, sie würde es schaffen, jetzt, nur jetzt, in diesem Moment, später vielleicht schon nicht mehr.

Sie winkte Pedro durchs Fenster zu.

»Sagen Sie dem Tower Bescheid, ich mache einen Rundflug«, schrie sie.

»Ich weiß nicht ...« Der Mechaniker bewegte sich nicht vom Fleck.

Da schaltete Isabelle bereits, ihre Hände umfassten das Steuer.

»Komm«, flüsterte sie, »komm schon!« Isabelle beschleunigte, sie hörte den Funkspruch von José aus dem Tower, der ihr Starterlaubnis gab.

»Komm schon, Baby, komm!«

Die Cessna brauste die Startbahn entlang, leicht hob sie ab, schaukelte ein wenig, dann stieg sie hoch, immer höher. Dem Himmel entgegen, so hatte Felix Lambert den Moment beschrieben, wenn eine Maschine abhob und die Flughöhe erreichte.

Unter ihr stoben die Rinder auseinander, auf den abgegrenzten Wiesen sahen die Schafe zu ihr hoch, und als sie eine weite Schleife über das Gestüt zog, hoben die Pferde auf den Weiden neugierig ihre Köpfe.

Sie flog zurück, setzte auf der Landebahn auf, drosselte den Motor und brachte die Cessna zum Stehen.

»Gut gemacht«, flüsterte sie, »gut gemacht, Baby! Du bist ein tolles Flugzeug. Ich kann es wieder. Ich kann es wieder.«

Die Tränen liefen ihr übers Gesicht, sie schluchzte auf, und ihr Kopf sank aufs Steuer. Sie hatte es geschafft, das Trauma besiegt.

Mit zitternden Knien stieg sie langsam aus.

»Ich wusste gar nicht, dass Sie fliegen können, Sie haben mir einen schönen Schrecken eingejagt«, erklärte Pedro vorwurfsvoll. »Ich habe den Chef angerufen, er ist schon unterwegs.«

Isabelle hörte ihn nicht, sie lief auf die Halle III zu, vor der Ernesto stand und auf sie wartete.

»Glückwunsch!« Anerkennung lag in seiner Stimme. »Toll geflogen. Und wollen Sie sie jetzt sehen?«

Isabelle nickte und folgte ihm in die Halle. Zwei Angestellte hatten die Plane von der Beechcraft entfernt und zogen sich zurück, als Isabelle ihnen zunickte und stumm auf den roten Doppeldecker zuging.

»Es bleibt unser Geheimnis.«

»Ja, Papa, ich sage nichts, auch nicht zu Maman, ich verspreche es.« Und es war nur eines der Geheimisse der Familie Lambert gewesen.

Sie ging um das Flugzeug herum, nahm in Gedanken Abschied von ihrem Großvater Felix Lambert. Sie nahm Abschied von ihrer Kindheit und ihrer Jugend, aufgebaut auf einer Lüge und doch auch auf dem Mut zweier Menschen, die aus Liebe vieles auf sich nahmen. Aus Liebe zu Emmanuelle und ihr, Isabelle.

Nur ein einziges Mal war Felix Lambert am Ende seiner Kraft gewesen: als er sich das Leben nehmen wollte und sie fast mit in den Tod gerissen hätte.

Da hörte Isabelle den Motor eines Wagens, der vor der Halle scharf bremste. Sie blieb stehen und drehte sich um. Sie wartete, sie ahnte, wer gekommen war. Es dauerte nur einen Moment, bis Miguel am Eingang der Halle stand. Langsam ging sie auf ihn zu.

»Jetzt weiß ich es! Ich will hierbleiben, hier bei dir auf der Estancia.«

Als er nicht sofort antwortete, wurde sie unsicher, plötzlich hatte sie Angst, er könne ablehnen.

Doch da lachte er, kam die letzten Schritte auf sie zu und schloss sie in seine Arme.

Und das war seine Antwort, eine Antwort für die Zukunft.

# *Danksagung*

Auch bei diesem Roman bedanke ich mich bei meiner Lektorin Frau Dr. Andrea Müller für ihren unermüdlichen Einsatz und ihre ansteckende Begeisterung bei unserer Zusammenarbeit.

Ebenfalls bedanke ich mich ganz herzlich bei Frau Ulrika Rinke für ihr ganz besonderes Einfühlungsvermögen und ihren Einsatz bei der Schlussredaktion zu diesem Roman.

Mein Dank gilt auch Frau Ingrid Schmitz, die mir aus ihrer eigenen Berufserfahrung heraus viele wertvolle Informationen über den Beruf einer Stewardess im Jahr 1963 geben konnte.

Ebenfalls bedanke ich mich bei Frau Jacqueline Maass, ehemalige Mitarbeiterin bei der Pam Am, durch die ich unter anderem erfahren habe, was ein *skygod* ist.

Zuletzt gilt mein Dank auch meiner Familie, mit der ich meine Nervositäten und Zweifel während des Schreibens teilen kann genauso wie meine Freude, wenn mir ein Roman gut gelungen ist.

Und in diesem Sinne bedanke ich mich auch bei meinen vielen Lesern und Leserinnen, die mich ebenfalls von Buch zu Buch begleiten und mir durch ihre Rezensionen zeigen, wie gern sie meine Romane lesen. Sie motivieren mich immer wieder aufs Neue, gleich das nächste Buch anzugehen.

Emotional,
dramatisch,
geheimnisvoll!

Katja Maybach

# Die Nacht der Frauen

Roman

Zwanzig Jahre nachdem sie ihre Heimatstadt fluchtartig verlassen hat, kehrt Dalia Rheinberg nach Wien zurück. Eigentlich hatte sie ihren Vater nie wiedersehen wollen, lastet sie ihm doch den Selbstmord ihrer Mutter an. Doch als er in eine Klinik eingeliefert werden muss, erklärt sie sich bereit, für ihn wichtige Firmenunterlagen zusammenzusuchen. Sie kann nicht ahnen, dass sie etwas finden wird, das ihr Leben für immer verändern soll – das Zeugnis einer großen Freundschaft, die Spuren einer tragischen Entscheidung, das Dokument einer dramatischen Nacht.

KNAUR

Ein dunkles Familiengeheimnis
und eine große Liebe

Katja Maybach

# Eine Nacht im November

Roman

Als Sarah die Nachricht vom plötzlichen Tod ihrer Mutter erreicht, entschließt sie sich, nach Paris zu fliegen, um endlich das Schweigen zu durchbrechen, das seit Jahren über deren Verschwinden liegt. Schon bei der Beerdigung schlägt ihr offener Hass entgegen. Sarah ist zutiefst getroffen, und ihre Verunsicherung wächst, als sie im Haus ihrer Mutter ein altes Foto aus dem Jahr 1932 entdeckt: Es zeigt ein Liebespaar. Die junge Frau ist ihre Großmutter, der junge Mann ihr Vater …

KNAUR